Die Manor House School

Angela Brasilien

Writat

Diese Ausgabe erschien im Jahr 2023

ISBN: 9789359254425

Herausgegeben von
Writat
E-Mail: info@writat.com

Inhalt

KAPITEL I

Noras Neuigkeiten

Es war die erste Woche des Sommersemesters in der Winterburn Lodge. Die Vorbereitungen am Nachmittag waren abgeschlossen und die meisten Mädchen hatten das Klassenzimmer verlassen, um sich zu unterhalten und über den Spielplatz zu schlendern, bis die Teeglocke klingeln sollte. Vom Tennisplatz kamen die Geräusche des leisen Aufpralls von Bällen und ein paar aufgeregte Stimmen, die den Spielstand aufzeichneten; während durch die offenen Fenster des Hauses die Klänge von drei Klavieren erklangen, auf denen drei einzelne Stücke in drei verschiedenen Tonarten geübt wurden , wobei das gemischte Ergebnis ein besonders unharmonisches Klirren bildete.

Auf einer Bank in der Ecke neben der Schaukel waren zwei gelbe Köpfe und ein brauner zu sehen, die sich in unmittelbarer Nähe über einen ziemlich heruntergekommenen Atlas beugten. Ihre jeweiligen Besitzer unternahmen offenbar einen halbherzigen Versuch , eine Liste von Städten auf der Landkarte Englands aufzuspüren, und vergnügten sich zwischendurch mit dem angenehmen, wenn auch etwas unrentablen Zeitvertreib des Murrens.

„Ich hasse Geographie!" erklärte Lindsay Hepburn. „Wenn wir zu jedem Ort ein Picknick mitnehmen könnten, wäre das einigermaßen sinnvoll; aber eine Reihe ermüdender Namen aufzählen zu müssen, die einem überhaupt nichts sagen – das nenne ich dumm!" "

„Es ist auch so eine furchtbar lange Lektion!" stimmte Cicely Chalmers traurig zu. „Miss Frazer hätte uns zum ersten Mal vielleicht ein kürzeres Buch schreiben können! Es ist wirklich schade von ihr, uns mit zweieinhalb Seiten in einem neuen Buch beginnen zu lassen! Versuchen Sie es bis Mitternacht.

„Ich frage mich, warum es immer so viel schwieriger zu sein scheint, Dinge zu lernen, wenn man gerade aus den Ferien zurückkommt?" schlug Marjorie Butler mit einem melancholischen Gähnen vor.

„Ich weiß es nicht. Ich vermute, weil sich alles so schrecklich anfühlt. Es ist absolut schrecklich, daran zu denken, wie lange es noch dauern wird, bis wir wieder nach Hause können."

„Dreizehn ganze Wochen! Und jede einzelne von ihnen wird genau gleich sein: Unterricht bei Miss Frazer oder Mademoiselle, eine Stunde Üben , ein Spaziergang im Park oder entlang der Surrey Road und eine Partie Tennis, wenn Sie es schaffen, sich zu fassen des Gerichts. Es gibt nie etwas anderes, es sei denn, Miss Russell geht mit uns in ein Museum oder auf ein Konzert, und das kommt nicht oft vor, Pech gehabt!"

Lindsays Bild der bevorstehenden Amtszeit schien sicherlich nicht besonders belebend zu sein, und die anderen beiden stöhnten bei dieser Aussicht.

„Ich wünschte, man wäre nicht gezwungen, auf ein Internat zu gehen", sagte Cicely verletzt.

„Mädchen! Mädchen!" rief eine vierte Stimme und unterbrach abrupt das Gespräch. „Ich habe überall nach dir gesucht. Ich dachte, du wärst im Haus oder in der Turnhalle. Oh! Ich habe dir so eine Neuigkeit zu erzählen!"

„Was ist los, Nora?" fragte Marjorie, denn der Neuankömmling war außer Atem und sah so aufgeregt aus, als wäre es Tag des Abschieds.

„Komm her und setz dich zwischen uns", fügte Lindsay hinzu und schob die anderen weiter auf dem Sitz entlang, um Platz zu schaffen.

„Ist es etwas wirklich Schönes?" fragte Cicely.

„Es kommt darauf an, was du ‚nett' nennst. Ich gebe jedem von euch sechs Vermutungen, und selbst dann glaube ich nicht, dass einer von euch Recht haben wird."

„Miss Frazer hat nicht vor, morgen Geographie zu belegen?"

„Absolut falsch, obwohl ich wünschte, sie würde es nicht tun."

„Jemand hat mit einem Tennisball ein anderes Fenster eingeschlagen?"

„Seien Sie nicht albern! Es ist viel interessanter."

„Wird Miss Russell uns Urlaub schenken?"

„Dir wird warm! Versuchen Sie es noch einmal."

„Oh, das können wir nicht!"

„Wir geben auf!"

„Mach weiter und erzähl es!"

„Erinnern Sie sich, dass kurz vor Ostern ein Herr mit Dr. Redford kam und beide durch die Schule gingen und auf so geheimnisvolle Weise herumspuckten und herumstocherten?"

„Ja, wir haben uns gefragt, was sie taten."

„Nun, es stellt sich heraus, dass er ein Sanitärinspektor ist, und er hat einen Bericht an Miss Russell geschickt, um zu sagen, dass die Abflüsse falsch sind und sofort beseitigt werden müssen."

„Ist das deine großartige Neuigkeit?"

„Nein, es ist nur der erste Teil davon. Lassen Sie mich ausreden, dann werden Sie sehen. Dr. Redford sagt, dass die Abflüsse unmöglich berührt werden dürfen, während wir alle im Haus sind, und dennoch müssen sie geöffnet werden." einmal. Kannst du es jetzt nicht erraten?"

„Miss Russell hat nie vor, uns nach Hause zu schicken, wenn wir gerade erst zurückgekommen sind?" keuchte Lindsay hoffnungsvoll.

„Nein, das nicht, obwohl es fast genauso lustig ist. Sie hat ein wunderschönes altes Herrenhaus auf dem Land gemietet, und es soll für das ganze Sommersemester unsere Schule sein. Wir sollen in einer Gruppe dorthin gehen – Mädchen, und Lehrer und Diener und jedermann."

Wenn Nora gehofft hatte, ihre Gefährten in Erstaunen zu versetzen, war ihr das gewiss gelungen. Sie waren wild vor Neugier und feuerten alle drei gleichzeitig Fragen ab.

"Wo ist es?"

"Wann gehen wir?"

„Wie haben Sie das kennengelernt?"

„Eins nach dem anderen, bitte", sagte Nora und genoss ihre Wichtigkeit. „Ich habe gerade Mildred Roper im Flur getroffen. Miss Russell hat es den Monitressen erklärt und gesagt, sie könnten es uns erzählen, sobald sie wollten. Es ist ein hübsches elisabethanisches Haus an einem Ort namens Haversleigh, weit weg von hier . Wir sollen nächsten Dienstag anfangen."

Ein so gewaltiges Ereignis wie der Umzug der Schule von der Stadt aufs Land war in den Annalen von Winterburn Lodge ohne Beispiel.

„Es ist fast zu schön, um wahr zu sein", rief Cicely begeistert.

„Es wird wie der letzte Tag und die gleichzeitige Abreise ans Meer sein", erklärte Lindsay und tanzte in überschwänglicher Stimmung um den Sitz herum.

„Nicht ganz, denn wenn wir dort ankommen, werden wir Unterricht haben", korrigierte Nora.

„Nun, auf jeden Fall wird es viel schöner sein, als in London zu sein."

„Hurra für das alte Manor!" rief Marjorie Butler und klatschte in die Hände.

Der Bericht des Gesundheitsinspektors hatte Miss Russell tatsächlich sehr beunruhigt. Sie war entschlossen, die Änderung unverzüglich vorzunehmen, und beeilte sich, die Vorbereitungen so schnell wie möglich zu treffen.

Kisten wurden vom Dachboden heruntergeholt, und Lehrer und Aufseherinnen waren damit beschäftigt, das Einpacken von Kleidung, Wäsche, Schulbüchern und unzähligen anderen Artikeln zu überwachen. In den wenigen verbleibenden Tagen war die Arbeit entspannt, die Hauptsorge der Schulleiterin schien die Gesundheit der Mädchen zu sein, und ihr einziges Ziel war es, sie wegzunehmen, bevor bei ihnen Anzeichen einer Krankheit ausbrechen sollten.

„Miss Russell sah so besorgt aus, als ich ihr sagte, dass ich Kopfschmerzen habe", sagte Nora Proctor. „Sie fragte jeden von uns hinterher, ob wir Halsschmerzen hätten."

„Ich war dumm genug zu sagen, dass ich meinte, dass sich meins etwas kratzig anfühlte", sagte Lindsay reumütig. „Ich wünschte bald, ich hätte es nicht getan, denn sie gab mir eine schrecklich eklige, desinfizierende Lutschtablette und sagte mir, ich solle sie langsam lutschen, bis ich sie aufgegessen hätte. Ugh! Ich kann sie schon schmecken!"

„Ich habe den Geruch von Karbolsäure absolut satt. In jedem Zimmer steht ein Glas voll", sagte Cicely.

„Macht nichts! Du musst es nur noch einen Tag aushalten. Eigentlich geht es morgen los."

Den Verantwortlichen wäre es sicherlich zu verzeihen, wenn sie einen besorgten Eindruck machten, denn es war keine leichte Aufgabe, in so kurzer Zeit so viel zu erreichen. Am Dienstagmorgen waren jedoch die letzten Vorbereitungen abgeschlossen; die Kistenreihen waren verschlossen, festgeschnallt und auf Eisenbahnkarren gestapelt; während die Mädchen, eine aufgeregte, plappernde Truppe, bereitstanden und auf die Omnibusse warteten, die sie zum Bahnhof bringen sollten.

„Auf Wiedersehen, die arme alte Winterburn Lodge!" sagte Cicely und warf einen letzten Blick in das vertraute Klassenzimmer. „Wir werden diese Karten und Schreibtische erst im nächsten September wiedersehen."

„Ich frage mich, wie viele Dinge passiert sein werden, bevor wir hierher zurückkommen?" sagte Lindsay nachdenklich.

Es war eine lange Reise nach Somerset, aber Miss Russell hatte Salonkutschen gemietet und große Körbe mit Mittagessen mitgenommen; Daher fühlte sich die Expedition nach Meinung ihrer mindestens dreißig Schüler wie ein Picknick an.

„Ich wünschte, wir könnten jedes Jahr hinfahren, sonst würde Miss Russell ganz aufs Land ziehen", sagte Beryl Austen, die sich einen Eckplatz gesichert hatte und von der Aussicht ins Schwärmen geriet.

„Dann wäre es keine Stadt und wir könnten keine Gastmeister haben", sagte Mildred Roper, eine der Monitressen.

„Wer will sie haben? Ich bin mir sicher, dass ich nur zu froh sein sollte, sie nie wieder zu sehen!"

Mildred lächelte.

„Ich nehme an, schließlich werden wir zur Schule geschickt, um etwas zu lernen", bemerkte sie trocken. „Ich fürchte, Sie werden feststellen, dass Miss Frazer Ihnen viel Arbeit geben wird, um den Verlust von Herrn Hoffmann und Monsieur Guizet auszugleichen ."

„Es ist mir völlig egal, solange es Spaß macht, wenn der Unterricht zu Ende ist. Wir werden eine herrliche Zeit haben, und ich habe vor, mich richtig zu amüsieren."

Beryl drückte nur die Gefühle der übrigen Mädchen aus, von denen die meisten das kommende Semester als Feiertag betrachteten. Während der Zug durch grüne Wiesen und Wälder dampfte, die gerade erst Blätter hatten, schien es tatsächlich so, als ob London und die Professoren endgültig zurückgelassen worden wären, und ihre Stimmung stieg mit jeder Meile besser.

Am Nachmittag warteten alle ungeduldig auf die Ankunft. Eine ganze Stunde lang, bevor sie ihr Ziel erreichten, fragten sie immer wieder, ob sie am nächsten Bahnhof aussteigen müssten, und waren sich sicher, dass es sich bei jedem alten Haus, das man von den Wagenfenstern aus sehen konnte, zwangsläufig um das Herrenhaus handelte.

„Hier sind wir endlich!" verkündete Miss Russell, als nach vielen Fehlalarmen das Begrüßungswort „ Haversleigh " in klaren Buchstaben auftauchte und die Stimme eines Portiers zu hören war, der etwas aussprach, das eine schwache Ähnlichkeit mit dem Namen hatte. „Standhaft, Mädels! Standfest! Denken Sie daran, dass jeder seine eigene Tasche nehmen und in der richtigen Reihenfolge abmarschieren soll. Niemand darf sich bewegen, bis ich ‚März!' sage."

Miss Russell führte zunächst eine Überprüfung auf dem Podium durch, um sicherzustellen, dass keiner ihrer Schüler oder deren Habseligkeiten verloren gegangen war.

„Ich bin ziemlich erleichtert, dass wir alle sicher angekommen sind", sagte sie. „Ich denke, wir können uns gratulieren, dass nicht einmal ein Regenschirm fehlt. Von hier bis zum Haus ist es nur eine halbe Meile, ein ziemlich einfacher Spaziergang, also werden wir sofort losfahren und unser Gepäck zurücklassen, um ihm zu folgen."

Ein paar Minuten später hatten sie den Fahrkartenschalter passiert und befanden sich auf der grünen Hauptstraße. Es schien so anders als London zu sein wie ein Märchen von einer lateinischen Grammatik. Es hatte einen leichten Regenschauer gegeben, der den Duft von wachsendem Gras und knospenden Blättern hervorgebracht hatte; der Boden war weiß von den abgefallenen Blüten der Schlehenhecken; und eine Drossel, die auf dem Gipfel eines Apfelbaums saß, stieß einen lauten Gesang aus, der fast wie ein Willkommen im Land klang.

Da es so viele neue Sehenswürdigkeiten zu bestaunen gab, war es schwierig, im Zweiertakt zu gehen, und die Schlange erwies sich trotz der Bemühungen von Miss Frazer im Hintergrund als langwierig. An einem großen Eisentor blieb Miss Russell stehen und drehte sich zu ihren Mädchen um.

„Dies ist unser erster Blick auf das Manor“, sagte sie mit einem Anflug von Stolz in ihrer Stimme. „Ich möchte, dass Sie sich Ihre neue Schule genau ansehen.“

Es war sogar schöner, als sie erwartet hatten – ein herrlicher alter Ort, teils im Tudor-Stil aus grauem Stein, teils aus schwarzen und weißen Balken erbaut. Es gab vergitterte Fenster, eine mit Steinkugeln geschmückte Veranda, seltsam gewundene Schornsteine und malerische Giebel in seltsamen Winkeln.

„Es ist wie ein Haus aus einem der Romane von Sir Walter Scott“, sagte Marjorie Butler.

„Es sieht so aus, als könnte man dort alle möglichen Abenteuer erleben“, fügte Lindsay Hepburn vergnügt hinzu.

Das Innere erwies sich als ebenso zufriedenstellend wie das Äußere. Es war herrlich, in einem großen Speisesaal mit geschnitztem Dach und mit Speeren, Schilden und Hirschgeweihen behangenen Wänden zum Tee zu sitzen.

„Ich finde, wir sollten keinen Tee trinken“, sagte Cicely Chalmers. „Ich bin mir sicher, dass es das zu Zeiten von Königin Elisabeth nicht gab. Damals waren es Krüge mit Bier oder Met.“

„Leeren Sie Ihren Becher also nicht aus, wenn Sie sich vorstellen möchten, ganz in der Vergangenheit zu sein“, sagte Mildred Roper. „Ich fürchte, Sie müssen auch die Marmelade weglassen. Das ist eine recht moderne Erfindung, und die Badebrötchen auch.“

„Sei nicht schrecklich!“ sagte Cicely. „Es ist wirklich ein altmodischer Ort. Lindsay und ich haben das urigste getäfelte Schlafzimmer, das man sich vorstellen kann. Es gibt ein tolles Himmelbett mit gelben Brokatvorhängen; es ist groß genug für sechs statt nur zwei.“

„Und es gibt eine schöne Bibliothek und eine Bildergalerie und jede Menge seltsame Räume und lange Gänge oben", fügte Nora Proctor hinzu. „Ich habe mich ziemlich verlaufen und konnte den Weg nach unten zunächst nicht finden."

„Ich auch", sagte Beryl Austen. „Ich habe versucht, ein wenig zu erkunden, aber es sah so düster und dunkel aus, dass ich es nicht wagte, alleine zu gehen, also drehte ich mich um. Ich dachte, ich könnte auf dem Treppenabsatz einem Kavalier oder einem Rundkopf begegnen!"

Beryl war nicht die Einzige, der ihr neues Quartier an diesem ersten Abend ihrer Ankunft ziemlich seltsam und seltsam vorkam. Nachdem man sich an elektrisches Licht und moderne Schlafzimmer gewöhnt hatte, war es eine tolle Abwechslung, mit Kerzen die Treppe hinauf zu antiken Gemächern zu gehen, die möglicherweise aus dem Mittelalter stammten.

„Seid nicht albern, Mädels!" rief Miss Russell empört, als sie an den Rüstungen in der Gemäldegalerie vorbeihuschten . „Ich werde keinen absurden Unsinn dieser Art zulassen. Sie haben hier nicht mehr zu befürchten als in Winterburn Lodge. Ich werde Ihnen morgen das Haus zeigen und Ihnen alles zeigen, und wenn Sie die wahre Geschichte studieren Von dem Ort, an dem Sie sich nicht mit albernem Aberglauben befassen wollen.

Auch wenn das alte Herrenhaus bei Nacht gespenstisch aussah, wirkte es im Sonnenschein des nächsten Morgens strahlend und fröhlich, und nicht einmal der leidenschaftlichste Cockneys hätte sich gewünscht, wieder auf Straßen und Plätze zu gehen. Es schien sicherlich interessanter zu sein, auf Eichenstühlen mit hoher Rückenlehne an einem geschnitzten Tisch zu lernen, als an Schreibtischen in einem gewöhnlichen Schulzimmer, das mit Karten und Tafeln ausgestattet war. Den Lehrern gefiel es genauso gut wie den Mädchen, und alle hatten das herrlich romantische Gefühl, in die Regierungszeit von Königin Elisabeth versetzt zu werden.

„Wir sollten hier weder Wissenschaft noch Physiologie oder irgendetwas Neues haben", sagte Cicely, als sie zusammen mit dem Rest der dritten Klasse die Täfelung in Besitz nahm Salon , der ihr vorübergehendes Klassenzimmer sein sollte.

„Nein, in der Tat", sagte Lindsay. „Mädchen hatten damals nicht die Hälfte unserer Arbeit."

„Sie vergessen Lady Jane Grey", sagte Miss Frazer. „In Sachen Wissen hätte sie Sie leicht in den Schatten gestellt. Wenn Sie ihre Studien aus dem 16. Jahrhundert wollen, müssen Sie neben Griechisch auch Latein, Französisch, Italienisch und etwas Hebräisch und Arabisch beginnen!"

"Oh je!" rief Lindsay entsetzt über eine solche Liste von Errungenschaften. „Ich bleibe lieber bei unserem eigenen Jahrhundert."

„Ich dachte, die Damen hätten damals nichts anderes getan, als auf die Jagd zu gehen und zu feilschen", sagte Marjorie Butler. „Konnten sie alle Griechisch und Latein?"

„Wahrscheinlich nicht, aber sie konnten Konserven, Parfüme und andere Geheimnisse aus dem Destillierraum herstellen; und sie bestickten die schönsten Wandteppiche, wenn wir den Mustern im großen Salon nach urteilen dürfen. Junge Leute waren sehr streng." erzogen. Sie durften nie ohne Erlaubnis in der Gegenwart ihrer Eltern oder Lehrer sitzen, und sie wurden für die geringsten Vergehen geschlagen. Erinnern Sie sich nicht daran, dass sogar die arme Lady Jane Grey mit „Nips, Bobs und Prisen" bestraft wurde; und der kleine Eduard VI. hatte seinen Prügelknaben, um die Schläge einzustecken, die man seiner eigenen fürstlichen Person nicht zumuten wollte!"

„Musste der andere Junge für das, was der König getan hatte, ausgepeitscht werden? Wie schrecklich unfair!" sagte Beryl Austen.

„Ja, ihre Vorstellungen von Gerechtigkeit unterschieden sich ziemlich von unseren. Sie hätten die heutigen Kinder für völlig verwöhnt gehalten. Die Mädchen, die vielleicht vor dreihundert Jahren in diesem Raum Unterricht gegeben hätten, würden sie nicht so leicht und angenehm erlernen wie Sie Ich werde es heute Morgen erledigen. Hol die Geologiebücher, Beryl. Wir müssen mit der modernen Arbeit weitermachen, trotz unserer alten Umgebung."

KAPITEL II

Ein interessanter Fremder

Unter all den dreißig Schülerinnen von Miss Russell hätte man keine zwei treueren Freundinnen finden können als Lindsay Hepburn und Cicely Chalmers, die beide der dritten oder niedrigsten Klasse angehörten.

Lindsay war ein kleines, rundliches, blondes, fröhlich aussehendes Mädchen von zwölf Jahren mit einem sehr energischen Wesen; Laut Miss Frazer ist sie in der Schule eher unbequem lebhaft und unbändig, auf dem Spielplatz aber ein allgemeiner Favorit .

Cicely, sechs Monate jünger, wirkte oberflächlich betrachtet viel ruhiger und gelassener , auch wenn ihre funkelnden braunen Augen ihre zurückhaltenderen Manieren Lügen straft und verkündete, dass sie zu allem bereit war, was auch nur Spaß machte. Sie bewunderte Lindsay ungemein und kopierte sie absolut, wobei sie im Allgemeinen bereit war, ihr durch dick und dünn zu folgen, ganz gleich, welche Kratzer die Folge sein mochten.

Das Paar teilte sich ein Schlafzimmer und war so unzertrennlich, dass Cicely oft als Lindsays Schatten bezeichnet wurde. Das war jedoch eine Ungerechtigkeit; Sie hatte einen eigenen Charakter, obwohl sie sich vielleicht dafür entscheiden würde, ihn mit der stärkeren Persönlichkeit ihrer Freundin zu verschmelzen. Diese beiden und ihre seltsamen Erfahrungen im Manor beschäftigen mich hauptsächlich, denn ohne Lindsays forschenden Verstand und unterstützt durch Cicelys beharrliche Bemühungen hätte es vielleicht keine Geschichte zu erzählen gegeben.

So begann alles.

Am zweiten Morgen nach ihrem Einsatz in Haversleigh war die ganze Schule im großen Speisesaal für den Geschichtsunterricht versammelt. Wunderbarerweise kam Miss Russell zu spät, und als sie endlich eintrat, brachte sie eine neue Schülerin mit. Der Fremde war etwa sechzehn, ein hübsches, anmutiges Mädchen mit haselnussbraunen Augen, langen kastanienbraunen Haaren und einer ziemlich vornehmen Erscheinung. Ihr wurde ein Platz in der ersten Klasse zugewiesen und sie beantwortete die wenigen Fragen, die ihr gestellt wurden, mit ruhiger Stimme; Dann, am Ende der Vorlesung, nahm sie ihre Bücher und ging allein weg, ohne auf die nächste Unterrichtsstunde zu warten.

Natürlich erregte ihr plötzliches Erscheinen und Verlassen große Neugier. Sobald die Arbeit beendet war, griffen Lindsay und Cicely zu Kathleen Crawford, die unter den Monitressen eher eine Freundin von ihnen war.

„Wer ist das neue Mädchen?“ Sie fragten. „Wir hatten nicht gehört, dass jemand kommen würde.“

„Sie ist nur für ein paar Klassen Tagesschülerin“, antwortete Kathleen. „Ihr Name ist Monica Courtenay. Sie lebt hier, aber natürlich nicht erst jetzt.“

"Wie meinst du das?" fragte Cicely.

„Na, Sie wussten doch sicher, dass Miss Russell das Manor für den Sommer von Mrs. Courtenay übernommen hat?“

„Ich habe nie darüber nachgedacht, wem es gehört“, gestand Lindsay.

„Nun, jedenfalls wohnen Mrs. Courtenay und Monica in Zimmern im Dorf, solange ihr Haus vermietet ist, und Monica soll dreimal in der Woche kommen, um Französisch und Geschichte zu lernen.“

„ Das ist also wirklich ihr Zuhause?“

„Ja, und ich habe jemanden sagen hören, dass es ganz ihr gehört. Sie ist ein Einzelkind und ihr Vater ist tot.“

„Es muss ihr komisch vorkommen, hier eine ganze Schule zu sehen!“

„Das gehe ich davon aus. Mir würde es nicht gefallen, wenn der Ort mir gehörte.“

"Ist sie nett?"

„Woher weiß ich das? Ich habe sie genauso wenig gesehen wie ihr selbst.“

Alle zeigten großes Interesse an der Neuankömmling und waren bereit, sich nach einer einwöchigen Bekanntschaft entschieden für sie zu entscheiden . Monika war eher würdevoll und zurückhaltend in ihren Manieren und offensichtlich nicht sehr daran gewöhnt, mit Gleichaltrigen umzugehen; aber als ihre Schüchternheit nachließ, erwies sie sich als äußerst attraktiv.

„Sie ist überhaupt nicht eingebildet, obwohl sie die Herrin des Herrenhauses ist“, sagte Lindsay.

„Nein, ich kann nicht sagen, dass sie sich auch nur im Geringsten aufspielt“, stimmte Cicely zu.

„Ich finde, sie benimmt sich großartig“, sagte Mildred Roper. „Sie deutet nie an, dass es ihr eigenes Haus ist, oder versucht, die Führung zu übernehmen, wie es einige Mädchen sicherlich getan hätten. Sie geht nirgendwo ohne Erlaubnis hin und hört nicht einmal auf, Tennis zu spielen, es sei denn, sie wird darum gebeten. Ich habe sie gehört.“ Ich habe mich gestern bei Miss Russell dafür entschuldigt, dass sie dem Gärtner einen Befehl gegeben hat. Mademoiselle sagt, sie sei „bien elevée “ und „très gentille “, und das ist ein großes Kompliment, denn sie bewundert englische Mädchen normalerweise nicht."

„Niemand konnte nicht anders, als Monica zu mögen", sagte Kathleen Crawford. „Sie ist bezaubernd. Ich nenne sie eines der nettesten Mädchen, die ich je getroffen habe. Und sie hatte so viel Pech! Ich habe gerade von Irene Spencer alles über sie gehört."

„Woher weiß Irene das?" fragte Lindsay.

„Sie wohnt manchmal bei einem Onkel, der Pfarrer der nächsten Gemeinde ist, und ihre Cousins sind Freunde von Monica. Es ist eine höchst außergewöhnliche Geschichte – sie könnte aus einem Buch stammen."

„Oh, sag es uns doch!" sagten die anderen eifrig.

Kathleens Geschichte bestand aus Bruchstücken und ließ mehrere Punkte aus, die ihr zu diesem Zeitpunkt nicht bewusst waren. Deshalb ist es besser, sie hier aufzuschreiben, da die Mädchen sie später ausführlicher erfuhren, denn sie war von großer Bedeutung und bildete die Geschichte Grundlage für vieles, was folgen sollte.

Die Courtenays waren offenbar eine sehr alte Familie und hatten das Herrenhaus von einem Vorfahren geerbt, der in den Tagen der Rosenkriege tapfer auf der Seite der Yorkisten gekämpft hatte. In der heutigen Generation gab es keinen männlichen Erben, und Monica war die letzte ihrer Rasse.

Bis vor ein paar Jahren war das alte Haus im Besitz ihres Großonkels, Sir Giles Courtenay, eines äußerst exzentrischen Mannes, tatsächlich so seltsam und eigenartig, dass viele Leute ihn für verrückt gehalten hatten. Er galt als äußerst wohlhabend, lebte jedoch geizig, empfing keine Besucher und gab nie einen Penny aus, den er sparen konnte. Er heiratete nie, sondern verbrachte seine Tage als Einsiedler, eingeschlossen zwischen den Büchern seiner Bibliothek, und sah nur ein paar alte Diener, deren Dienste er in Anspruch genommen hatte. Manchmal schlenderte er am frühen Morgen durch die Wälder und Felder in der Nachbarschaft und suchte nach wilden Blumen, aber bei solchen Gelegenheiten schien es ihm sehr unangenehm zu sein, wenn man ihn ansprach, und er zog es offensichtlich vor, seine Streifzüge unbemerkt zu unternehmen.

Bei seinem Tod hinterließ er alles seiner Großnichte Monica.

„Sowohl das Herrenhaus", so lautete das Testament, „und alles, was darin enthalten sein mag, ich empfahl ihr insbesondere die Bände in meiner Bibliothek und riet ihr, das Studium der Botanik fortzusetzen, was mir immer ein Trost und eine Ablenkung war." inmitten der verschiedenen Übel und Enttäuschungen des Lebens.

Zuerst ging man davon aus, dass Monica eine große Erbin sein musste, doch als Sir Giles' Vermächtnis untersucht wurde, konnte außer den gewöhnlichen Möbeln im Haus und ein paar Pfund auf der örtlichen Bank nichts gefunden werden. Niemand wusste etwas über seine Angelegenheiten, und es wurden weder Papiere noch Dokumente vorgelegt, die auch nur den geringsten Hinweis darauf geben würden, was aus dem Vermögen geworden war, das er bekanntermaßen geerbt hatte.

Es fehlten nicht nur alle Spuren des verlorenen Geldes, sondern auch die wertvollen Silberplatten und Schmuckstücke, die von Generation zu Generation der Courtenays weitergegeben worden waren, und es gab keinen Hinweis auf deren Verbleib. Es wurde allgemein angenommen, dass Sir Giles seinen gesamten Reichtum irgendwo im alten Haus versteckt haben musste, aber obwohl eine sorgfältige Suche vom Keller bis zur Dachstube durchgeführt worden war, war das Versteck noch nicht ans Licht gekommen.

Anstatt also ein Vermögen zu besitzen, hatte Monica nichts als das Manor erhalten, an sich ein sehr dürftiges Erbe. Sie und ihre Mutter hatten sich dort niedergelassen, verfügten jedoch nur über ein geringes Einkommen, das völlig unzureichend war, um die früheren Traditionen der Familie aufrechtzuerhalten. Aus diesem Grund hatten sie das Haus gerne für den Sommer an Miss Russell vermietet und sich in einer ruhigen Unterkunft in der Nähe zurückgezogen.

„Hat Monica noch nie versucht, nach dem Schatz zu suchen?" fragte Lindsay, als Kathleen ihre Erzählung beendet hatte.

„Oh ja – oft! Ich glaube, sie hat jedes Zimmer systematisch durchsucht, aber es ist so gut versteckt, dass es unmöglich erscheint, es zu finden."

„Dennoch muss es da sein!"

„Kein Zweifel. Es wird jedoch wahrscheinlich nie auftauchen, bis das Haus abgerissen wird. Die ganze Sache ist ein absolutes Rätsel, und bisher ist es niemandem gelungen, es zu lösen."

„Hast du Monica gefragt, wo sie gesucht hat?"

„Auf jeden Fall nicht. Irene sagt, dass sie sehr empfindlich darauf reagiert und es nicht ertragen kann, wenn darüber gesprochen wird. Natürlich muss es eine schreckliche Enttäuschung gewesen sein. Ich wundere mich nicht, dass sie das Thema vermeidet. Bitte achten Sie darauf, es niemals zu erwähnen zu ihr, sonst beleidigst du sie furchtbar, und es wird mir leid tun, dass ich es dir gesagt habe.

„Ich bin mir sicher, dass sowohl Lindsay als auch Cicely ein zu gutes Gefühl hätten, Monica zu einer so persönlichen Angelegenheit zu befragen", sagte Mildred Roper.

„ Natürlich werden wir nichts sagen, das würden wir um nichts sagen", versprachen die beiden jüngeren Mädchen.

Dass Monica die Heldin einer so romantischen Geschichte sein sollte, machte sie in den Augen von Lindsay und Cicely doppelt interessant. Sie waren von Kathleens Bericht sehr beeindruckt und zogen sich in die Privatsphäre des Sommerhauses zurück, um gemeinsam darüber zu sprechen.

„Es muss schrecklich sein, so arm zu sein, wenn man weiß, dass man so reich sein sollte!" sagte Lindsay.

„Und so verlockend, wenn das Vermögen vielleicht tatsächlich im Haus ist", sagte Cicely.

„Ich könnte mich nie darüber freuen, darüber nachzudenken."

„Mehr konnte ich nicht."

„Sehen Sie her! Warum sollten Sie und ich uns nicht an die Arbeit machen? Solange dieser Schatz irgendwo versteckt ist, ist es wohl möglich, ihn zu finden."

„Oh, wünschte ich nicht, wir könnten es!" rief Cicely, deren Augen sich bei dem Gedanken weiteten.

„Nun, ich verstehe nicht, warum wir nicht eine ebenso gute Chance haben sollten wie alle anderen. Ich gehe davon aus, dass es hauptsächlich auf eine sorgfältige Jagd ankommt."

„Wie schön wäre es, wenn Monica doch noch zur Erbin würde!"

„Herrlich! Es lohnt sich, es zu versuchen. Diese getäfelten Wände könnten voller Verstecke sein. Wir wissen nicht, was wir entdecken werden, wenn wir einmal anfangen."

„Wir dürfen nicht zulassen, dass Miss Frazer uns dabei erwischt, wie wir uns umschauen."

„Eher nicht! Niemand darf wissen, was wir vorhaben."

„Nicht einmal Marjorie Butler?" flehte Cicely.

„Nein", sagte Lindsay bestimmt. „Marjorie konnte nicht anders, als es Nora zuzuflüstern, und dann hätte es die ganze Schule erschüttert. Die großen Mädchen würden sich sicher fürchterlich über uns lustig machen. Sie würden uns ‚Die Goldsucher' oder anders nennen." „Blöder Name, nur um mich zu ärgern. Außerdem würde es Monica sicher zu Ohren kommen, wenn es unter den anderen besprochen würde, und das wollen wir ganz besonders nicht."

„Nein, sie darf kein Wort davon hören."

„Na gut, dann sollten wir es besser für uns behalten. Wirst du treu versprechen, dass es ein absolutes Geheimnis nur zwischen dir und mir bleiben wird?"

„Absolut tot!" stimmte Cicely zu.

Die beiden Mädchen waren entschlossen, eine gründliche Suche nach dem verlorenen Erbe einzuleiten, sahen jedoch viele Schwierigkeiten auf dem Weg dorthin. Erstens war es schwierig, auch nur den Anfang zu machen, ohne jemanden ahnen zu lassen, was sie taten. Obwohl das Schuljahr im Manor wie ein Feiertag wirkte, war es dennoch Schule: Es gab ein gewisses Maß an Aufsicht durch die Herrinnen und es gab Regeln und Vorschriften, die befolgt werden mussten, genau wie in Winterburn Lodge. Den Mädchen war es nicht erlaubt, alleine herumzulaufen, wann und wo sie wollten, und selbst in der Freizeit wurde von ihnen erwartet, dass sie im Garten spielten.

Eines der größten Hindernisse für ihren Plan war Mrs. Wilson, eine ältere Dienerin, der Mrs. Courtenay die Leitung übertragen hatte und die sich offenbar für das Eigentum ihrer Herrin verantwortlich zu machen schien. Offenbar war ihr die Anwesenheit von dreißig Schulmädchen im Herrenhaus sehr übel und sie behielt sie im Auge, um sicherzustellen, dass sie keinen Schaden anrichteten. Sie beobachtete ständig, um sich zu vergewissern, dass sie nicht die Möbel zerkratzten oder Kerzenfett auf die Treppe schütteten; und beschwerte sich lautstark bei Miss Russell über die absurdesten Kleinigkeiten.

Ich glaube, wenn sie über genügend Autorität verfügt hätte, hätte sie die Mädchen vollständig auf ihre Schlafzimmer und Schulzimmer beschränkt, aber da das unmöglich war, tat sie ihr Bestes, um sie vom Rest des Hauses abzuschrecken, indem sie sich so unangenehm wie möglich verhielt. Die natürliche Folge war, dass sie sie verabscheuten. Sie gaben ihr den Spitznamen „Der Greif" und hatten ein ungezogenes Vergnügen daran, ihr so weit zu trotzen, wie sie es wagten.

„Sie ist so sauer wie eine grüne Stachelbeere!" grummelte Effie Hargreaves. „Wenn wir nur einen Spaziergang durch die Porträtgalerie machen, denkt sie, wir werden die Rüstung niederreißen oder unsere Finger durch die Bilder stecken."

„Ja, sie scheint sich vorzustellen, dass wir nichts anschauen können, ohne es zu zerbrechen. Das ist absolut lächerlich!" erklärte Beryl Austen.

„Sie ist ein absolutes Ärgernis. Es ist schade, dass sie zurückgelassen wurde", sagte Nora Proctor; und das war das allgemeine Urteil zu Ungunsten der alten Haushälterin .

Da solch ein Drache ständig auf der Hut war, war es für Lindsay und Cicely fast unmöglich, auch nur die geringste Gelegenheit zu finden, mit der Schatzsuche zu beginnen, und sie waren bei diesem Thema sehr deprimiert. An einem halben Feiertagsnachmittag berichtete Lindsay jedoch, dass man gesehen hatte, wie Mrs. Wilson, gekleidet in eine schwarze Haube und einen schwarzen Mantel, die Hintertür verließ und in Richtung Dorf davonging.

„Jetzt ist unsere Chance!" versicherte sie Cicely. „Miss Russell liegt mit starken Kopfschmerzen in ihrem Schlafzimmer, Miss Frazer spielt Tennis und Mademoiselle sitzt lesend in der Laube . Alle anderen sind im Garten, und wenn wir sofort ins Haus rennen, wird es niemand bemerken, und wir werden es bemerken." haben den Ort praktisch für uns allein.

Hätte es mehr Glück geben können ? Sie verloren keine Zeit und eilten ins Herrenhaus, da sie sich fast ebenso verzweifelte Verschwörer fühlten wie Guy Fawkes und seine Verbündeten; und begann sofort mit einer sorgfältigen Untersuchung. Sie schlichen durch den Flur, das Esszimmer und die Bibliothek, untersuchten jeden Winkel und jede Ecke, klopften auf die Paneele, um zu hören, ob sie hohl klangen, und spähten durch die alten breiten Schornsteine, aber alles ohne Erfolg.

„Ich fürchte, wir werden hier unten nichts finden", sagte Lindsay schließlich. „Ich gehe davon aus, dass die Leute Verstecke geschaffen haben, wo sie nicht so leicht zu erreichen sind. Lasst uns gehen und die Dachböden erkunden. Wir waren noch nie dort oben."

Sie erreichten das oberste Stockwerk , ohne auch nur einem Diener zu begegnen. Irgendwie fühlte es sich ein wenig unheimlich an, nichts als das Echo ihrer eigenen Schritte zu hören und sich in einem so abgelegenen Teil des Hauses ganz allein zu fühlen. Das Herrenhaus war sehr groß und fast der gesamte linke Flügel war unbewohnt. Sie gingen an einer Tür nach der anderen vorbei, die alle zu immer leereren Räumen führte, bis Lindsay angesichts der Größe ihres Unterfangens beinahe bestürzt zu sein begann.

„Ich wusste nicht, dass der Ort so riesig ist!" Sie seufzte. „Ich fürchte, man könnte Jahre damit verbringen, sich umzusehen und es gründlich zu untersuchen. Ich wundere mich nicht, dass Monica den Mut verloren hat.

„Müssen wir nicht besser umkehren?"

Cicely hatte den erfolglosen Versuch langsam satt.

„In einer Minute. Lasst uns zum Ende dieser Landung gehen."

Der Gang an sich ähnelte den anderen, unterschied sich jedoch in einem Punkt, denn er endete in einer schmalen Wendeltreppe. Das sah verlockend aus – genau das, was ihrer Meinung nach zu einem interessanten und wichtigen Ort führen sollte.

„Es ist wie der Weg zur Turmkammer, in der Sir Walter in *Märchen des Mittelalters eingesperrt war* ", sagte Lindsay.

„Oder wohin Katherine geschleppt wurde, als Sir Gilbert herausfand, dass sie die geheime Verschwörung belauscht hatte", sagte Cicely.

Fast auf Händen und Knien kletterten sie sechzehn steile Stufen hinauf. Oben befand sich ein kleiner Treppenabsatz, und genau gegenüber, drei Stufen weiter oben, befand sich eine geschlossene Tür. Die Mädchen hielten einen Moment inne und überlegten, was sie als nächstes tun sollten.

"Hören!" sagte Cicely plötzlich. „Ich dachte, ich hätte ein seltsames Geräusch gehört."

Aus dem Raum gegenüber drang sicherlich ein ganz außergewöhnliches Geräusch. Es ähnelte einem Stöhnen oder einem langen, seufzenden Atemzug. Es dauerte einige Augenblicke, hörte dann auf, begann dann lauter als zuvor und verklang schließlich ganz.

"Was ist es?" flüsterte Cicely ziemlich nervös.

„Ich weiß es nicht, aber ich werde es mir ansehen."

„Oh! Traust du dich? Ich hoffe, es ist nichts, was herausspringt!"

„Sie öffnete die Tür vorsichtig"

„Unsinn! Warum sollte es so sein?"

„Das könnte sein. Seien Sie vorsichtig!"

„Sei nicht albern!" sagte Lindsay. „Wir sind absichtlich hierher gekommen, um Dinge zu entdecken und Monica zu helfen. Wenn es in diesem Raum ein Geräusch gibt, sollten wir auf jeden Fall herausfinden, was es verursacht."

Und mit diesem plausiblen Vorwand, ihre Neugier zu befriedigen, öffnete sie vorsichtig die Tür und spähte hinein.

KAPITEL III

Ein starker Verdacht

Wenn Lindsay und Cicely damit gerechnet hatten, hinter der verschlossenen Tür etwas Interessantes zu finden, waren sie sehr enttäuscht. Das Zimmer war absolut kahl und unmöbliert. Es war nicht getäfelt , wie geheimnisvolle Räume sein sollten, sondern hatte eine altmodische und ziemlich hässliche Tapete, geschmückt mit großen Weintrauben und Blumen; und es gab eine schlichte, weiß getünchte Decke. Auf der einen Seite blickte man durch ein Fenster auf den Garten, und auf der anderen Seite befand sich ein flacher Vorratsschrank, dessen offene Tür Reihen leerer Regale freigab, die wahrscheinlich für Marmelade oder Wäsche gedacht waren.

Nichts deutete auch nur im Geringsten auf Romantik oder die Möglichkeit eines versteckten Verstecks hin. Es gab weder einen geschnitzten Kaminsims noch ein Himmelbett; Tatsächlich war der einzige Gegenstand irgendeiner Art, der zu sehen war, eine große Hornlaterne, die an einem Haken an der Decke hing. Das merkwürdige Geräusch hatte aufgehört, und obwohl die Mädchen sich sorgfältig umsahen, konnten sie nichts finden, was es erklären könnte.

„Es gibt keine Ecke, in der sich auch nur eine Katze verstecken könnte", sagte Lindsay. „Es war auch so laut! Ich kann es überhaupt nicht verstehen."

„Ich nenne es ziemlich unheimlich. Lass uns gehen!" sagte Cicely.

Sie stieg gerade wieder auf den kleinen Treppenabsatz hinab, als sie zu ihrem Entsetzen beinahe in die Arme von Mrs. Wilson lief, die, immer noch in schwarzer Haube und Mantel, früher aus dem Dorf zurückgekehrt war, als sie erwartet hatten, und das auch getan haben musste Komme ungehört die Wendeltreppe hinauf.

Die Überraschung des „Griffins", sie zu sehen, schien genauso groß zu sein wie ihre eigene. Sie schnappte bestürzt nach Luft, spähte hastig in den leeren Raum und wandte sich dann mit einem Blick aus Erleichterung und Zorn an Lindsay und Cicely.

„Was hast du im Laternenraum gemacht?" sie fragte scharf. „Du weißt ganz genau, dass du kein Recht hast, hier oben zu sein. Du musst dich um deine eigenen Angelegenheiten kümmern und an deinen eigenen Plätzen bleiben, anstatt in Dingen herumzuschnüffeln und herumzustöbern, die dich nichts angehen. Ich kann dich nicht haben." Sie können herumschweifen, wo immer Sie wollen, und je früher Sie das begreifen, desto besser. Es war zutiefst gegen meinen Rat, dass das Herrenhaus als Schule vermietet wurde!"

Sie sprach unhöflich und schien verärgerter und verärgerter zu sein, als es der Anlass rechtfertigte. Sie fegte die beiden Mädchen vor sich her die Treppe hinunter, wobei sie wütend murmelte, und ließ sie nicht aus den Augen, bis sie sie sicher in den Garten gebracht hatte.

„Wie schrecklich sie war!" rief Cicely aus, als sie allein waren und die Dinge besprechen konnten. „Miss Russell hat nie gesagt, dass wir nicht auf diesen obersten Treppenabsatz gehen sollten."

„Was hat Mrs. Wilson selbst dort gemacht – in einem leeren Raum, in einem so verlassenen Teil des Hauses?" fragte Lindsay nachdenklich.

„Ich weiß es nicht. Sie sah ziemlich entsetzt aus, als sie uns sah."

„Ich glaube, da ist etwas, was wir nicht verstehen. Vielleicht hat sie einen Grund, der über bloße Aufregung und Gemeinheit hinausgeht, uns von diesem bestimmten Raum fernzuhalten."

„Was für ein Grund?"

„Nun, angenommen, sie hätte das Versteck entdeckt?"

„Würde sie es Monica nicht sagen?"

„Sie könnte beabsichtigen, einen Teil des Geldes zu nehmen."

„Oh, wie schrecklich! Es ist jedoch durchaus möglich, dass sie weiß, wo es ist. Sie war viele Jahre lang Haushälterin des alten Sir Giles."

„Es kommt mir äußerst verdächtig vor", sagte Lindsay. „Um Monicas willen müssen wir auf sie aufpassen und alles herausfinden, was wir können."

Die Vorstellung, dass Mrs. Wilson den Schatz für ihre eigenen Zwecke verheimlichte, war aufregend. Je mehr sie darüber nachdachten, desto wahrscheinlicher schien es. Wer hatte eine bessere Gelegenheit als sie, das alte Haus zu durchsuchen? Vielleicht war sie sogar dabei, als ihr exzentrischer Herr sein Vermögen so sorgfältig verstaute. Sollte dies wirklich der Fall sein, war größte Vorsicht geboten, denn wenn „der Greif" erkennen ließe, dass ihnen etwas aufgefallen war, konnte das ihre Pläne völlig zunichtemachen.

„Wir müssen sie wie gewohnt behandeln", sagte Lindsay, „nur müssen wir Augen und Ohren offen halten, für den Fall, dass sich etwas ergibt, das uns einen Hinweis gibt."

In den nächsten Tagen verhielten sie sich mit der ihrer Meinung nach größten Diplomatie. Sie achteten darauf, Mrs. Wilson weder zu ärgern noch in irgendeiner Weise ihre besondere Aufmerksamkeit zu erregen; Aber sie hielten Ausschau nach der geringsten Chance, ihren Bewegungen zu folgen, um Ecken auszuweichen und sie mit dem Eifer von Detektiven durch die

Gänge zu verfolgen. Leider blieben ihre Bemühungen nicht so unbeobachtet, wie sie vermuteten, und führten zu einer Rüge aus dem Hauptquartier.

„Lindsay und Cicely! Wie kommt es, dass ihr ständig auf dem Treppenabsatz herumlungert, obwohl ihr im Garten sein solltet?" sagte Miss Russell. „Ich werde eine neue Regel aufstellen müssen, dass niemand vor zehn Minuten vor dem Essen nach oben kommen darf. Bei diesem schönen Wetter erwarte ich, dass Sie draußen sind. Es ist eine Schande, eine Minute im Haus zu verschwenden. Don „Lass mich dich in der Freizeit hier nicht noch einmal antreffen."

Das war ein Schlag, denn es brachte den großen Plan vorübergehend zum Erliegen. Die Mädchen konnten es nicht wagen, offen ungehorsam zu sein, und hielten es für klüger, die Dinge vorerst ruhen zu lassen, bis die Herrin die Sache vergessen hätte und sie noch einmal in aller Stille beginnen könnten, ihre Nachforschungen zu erneuern.

„Wir werden hart Cricket spielen und uns für das Tennis-Handicap anmelden", sagte Lindsay. „Wir dürfen Miss Russell auf keinen Fall glauben lassen, wir hätten ein besonderes Motiv bei dem, was wir taten."

„Eher nicht! Wir werden uns verstecken und ‚Nuffin ‘ sagen, wie Brer Rabbit", stimmte Cicely zu.

Es herrschte kein Mangel an Lebendigkeit oder Beschäftigung im Herrenhaus, um irgendjemanden zu rechtfertigen, in den Gängen herumzuschlendern, und es gab sicherlich viele kleine Aufregungen, abgesehen von geheimnisvollen Kammern oder verborgenen Schätzen. Es ereigneten sich immer wieder allerlei lustige Ereignisse, die die primitivste Atmosphäre der Winterburn Lodge nie gestört hatten.

Nora Proctor und Marjorie Butler weckten eines Nachts die halbe Schule durch laute und wiederholte Schreie, und als Miss Frazer in ihr Zimmer stürmte und sich Feuer oder Einbrecher vorstellte, fand sie sie hinter den Bettvorhängen kauernd vor, in Todesangst vor einer großen Fledermaus, die sie gemacht hatte seinen Weg durch den offenen Fensterflügel. Ohrwürmer waren ein ständiges Ärgernis, und jeder gewöhnte sich fast daran, grüne Raupen zu fangen, die von den Rosen, die die Fenster umgaben, einkrochen und an den unerwünschtesten Stellen auftauchten.

Natürlich war ein so altes Haus voller Ratten und Mäuse. Sie huschten innerhalb der Mauern herum, quietschten hinter den Täfelungen und schienen hinter der Eichenvertäfelung Karneval zu veranstalten , wobei sie die Mädchen nachts oft durch den Lärm störten. Besonders auffällig war dies in dem Zimmer, in dem Lindsay und Cicely schliefen. Manchmal wurden sie durch Geräusche geweckt, die an das Rollen von Fässern über ihnen erinnerten, als würden schwere Gegenstände an der Decke klappern.

„Sie brauchen keine Angst vor ihnen zu haben", sagte Mrs. Wilson, die alle Beschwerden auf die leichte Schulter nahm, „soweit ich weiß, wagen sie sich nie aus den Mauern heraus."

Die Angst, dass eine Ratte möglicherweise in ihr Schlafzimmer eindringen könnte, plagte Cicely jedoch ständig.

„Wenn es über mein Kissen laufen würde, würde ich vor Angst sterben, ich weiß, ich sollte es tun!" sie jammerte. „Ich wünschte, Mrs. Wilson würde uns erlauben, dass die Katze bei uns schläft. Ich würde mich viel sicherer fühlen."

„Ich wünschte, wir könnten nach dem Rattenfänger schicken und sie alle loswerden. Sie haben mich letzte Nacht zweimal geweckt", sagte Lindsay.

Die arme Cicely wagte es nie, sich zurückzuziehen, ohne sich vorher gründlich untersuchen zu lassen, um sich zu vergewissern, dass kein lauerndes Nagetier hinter dem Kleiderschrank oder in einer anderen dunklen Ecke versteckt lag. Eines Abends machte sie, zum Schutz mit einem Tennisschläger bewaffnet, ihre übliche Runde und spähte unter das Bett, als sie plötzlich hastig den Volant fallen ließ und sich mit einem Schrei zurückzog.

„Da ist eine Ratte! Ich habe sie ganz deutlich gesehen; ihre großen Augen starrten mich an!" verkündete sie mit zitternder Stimme.

„Was sollen wir tun?" rief Lindsay ebenso bestürzt aus.

„Rufen Sie sofort Miss Frazer. Sie ist noch nicht nach unten gegangen."

„Stören Sie es auf keinen Fall!" verfügte Miss Russell, die aus dem Salon geholt wurde, um den Notfall zu bewältigen. „Ich werde sofort nach Scott, dem Gärtner, schicken und ihn bitten, seinen Terrierhund mitzubringen. Wir müssen wirklich einige Maßnahmen ergreifen, um diese Schädlinge zu vernichten."

Es dauerte nicht lange, bis Scott ankam. Mit einem dicken Stock in der Hand trottete er feierlich die Treppe hinauf, und Bill, sein scharfsinniger kleiner Foxterrier, folgte ihm auf den Fersen. Mrs. Wilson begleitete ihn mit dem Küchenschürhaken; und das Stubenmädchen folgte ihm und hielt den Hofhund am Halsband fest, für den Fall, dass Bill seine Beute verpassen sollte. Miss Frazer und Miss Humphreys waren da, um Miss Russell zu unterstützen; während Mademoiselle und viele der Mädchen draußen im Flur herumlungerten, halb verängstigt und halb aufgeregt über den bevorstehenden Kampf.

„Wenn du mir bitte sagen würdest, wo die junge Dame es gesehen hat, Mama", sagte Scott, „dann überlasse ich es Bill plötzlich. Er ist der Rattentod."

„Es war direkt am Fußende des Bettes", zitterte Cicely. Scott bückte sich und hob mit größter Vorsicht den Vorhang hoch. Bill schnüffelte eifrig, aber er stürzte sich nicht auf ein verstecktes Opfer.

„Da ist nichts, Mama – zumindest keine Ratte", sagte Scott und richtete seinen Rücken auf.

"Bist du sicher?" keuchte Miss Russell. „Es konnte unmöglich entkommen sein."

„Ich glaube, es war ein kleiner Fehler der jungen Dame, Mama", sagte Scott und unterdrückte ein Grinsen. „Wenn Sie freundlicherweise einen Blick unter das Bett werfen, werden Sie es selbst sehen."

Miss Russell beeilte sich, der Aufforderung nachzukommen, bückte sich und stieß einen Ausruf aus, während sie einen von Lindsays besten Sonntagshandschuhen hervorholte.

„Was für eine außergewöhnliche Illusion!" Sie weinte. „Ich wundere mich nicht, dass Cicely es für eine Ratte hielt. Das weiche Rehleder hat genau die gleiche Farbe und die Knöpfe glänzten wie zwei leuchtende Augen. Ich habe nie eine perfektere Ähnlichkeit gesehen. Ich hätte mich auf jeden Fall täuschen lassen sollen. Nun ja, Ich bin froh, dass es bei unserer Jagd viel Lärm um nichts gegeben hat. Ich denke, ihr könnt heute Abend beruhigt zu Bett gehen, Mädels. Wenn wir noch mehr Alarm haben, müssen wir Bill schicken, um uns zu beschützen. Guter Hund ! Können Sie in der Küche ein paar Essensreste für ihn finden, Mrs. Wilson?"

Cicelys Ratte war in der Schule natürlich ein toller Witz und wurde noch mehrere Tage lang gehänselt.

„Sie werden sich vorstellen, dass Ihr Morgenmantel als nächstes ein Tiger ist", sagte Effie Hargreaves.

„Manche Leute schreien vor gar nichts. Ich wäre mir dessen erst sicher gewesen, bevor ich so viel Aufhebens gemacht hätte", sagte Beryl Austen.

„Sie dachte, es sei eine schlaue Ratte und beobachtete, wie sie sich bewegte. Sie schaute noch einmal hin und sah, dass es nichts als ein Handschuh war!"

Alice liebte und eher eine Vorliebe für Parodien hatte.

„Es war eine große Enttäuschung für uns, als wir auf die Schlägerei warteten", sagte Marjorie Butler.

„Das nächste Mal werden wir nicht an deine Ängste glauben", sagte Effie.

„Es ist alles schön und gut, aber ich bin mir sicher, dass ihr selbst genauso viel Angst gehabt hättet", erwiderte Cicely. „Du brauchst dich nicht so sehr über mich lustig zu machen."

„Es ist schade. Ich bin dafür, dass wir sie auszahlen und das Lachen auf unserer Seite haben", sympathisierte Lindsay und führte ihre Freundin weg. „Ich habe mir so eine großartige Idee ausgedacht. Kommen Sie ins Gartenhaus und wir besprechen es."

Als Ergebnis von Lindsays Überlegungen gingen die beiden Mädchen mutig zu Frau Wilson und erbettelten einen alten Pappkarton.

„Es ist zur Hälfte in Stücke gerissen", sagte „Der Greif" überraschenderweise ganz liebenswürdig. „Ich fürchte, es wird dir nicht viel nützen."

„Macht nichts, es reicht für das, was wir wollen, danke. Wir werden nichts sehr Schweres hineinpacken, oder, Cicely?"

Cicelys Antwort war ein so wild hysterisches Kichern, dass Mrs. Wilson sie beleidigt und überrascht anstarrte.

„Sie ist nur albern!" erklärte Lindsay hastig. „Könnten Sie uns bitte ein paar dunkle Stofffetzen überlassen? Vielleicht wäre etwas in dem Lumpenbeutel. Seien Sie ruhig, Sie Dummkopf!"

Die letzte Bemerkung richtete sich an die unbändige Cicely, die mit Mühe ihr Gesicht aufrichtete. „Wir werden ein bisschen nähen", meldete sie sich freiwillig und unterdrückte ihre Heiterkeit.

„Im Allgemeinen sind Sie nicht so fleißig", sagte Mrs. Wilson grimmig. „Ich würde mich freuen, Sie einmal Ihre Nadel benutzen zu sehen. Bei Ihnen, jungen Damen, scheint es nur Tennis und Krocket zu geben."

Sie holte jedoch den Stoffbeutel hervor und überließ den Mädchen die Wahl zwischen den verschiedenen darin enthaltenen Kleinigkeiten. Sie wählten ein Stück groben, haarbraunen Serge aus; Dann holten sie ihre Arbeitskörbe und zogen sich in einen abgelegenen Teil des Gartens zurück, wo sie wahrscheinlich nicht gestört wurden. Wenn Mrs. Wilson geglaubt hatte, sie würden sich mit einer feinen und heiklen Handarbeit befassen, hatte sie sich gewaltig getäuscht. Sie beschränkten sich auf das Schneiden und Schnippeln und auf ein paar große, hässliche Stiche, die bei ihr einen Aufschrei in gerechtem Entsetzen ausgelöst hätten.

Nach einer halben Stunde war alles fertig und Lindsay hielt stolz das Ergebnis ihrer Arbeit hoch . Es war wirklich keine schlechte Imitation einer Ratte. Es hatte einen schönen runden, rundlichen Körper, vier gedrungene Beine, eine spitze Nase und einen langen, dünnen Schwanz.

„Wir können keine Schnurrhaare herstellen", sagte Lindsay, „aber das spielt überhaupt keine Rolle. Sie würden sie nicht bemerken. Wie gut, dass es bis jetzt so spät noch hell ist! Sie werden es perfekt sehen können." Also."

„Wir könnten es nicht schaffen, wenn das Bett kein Himmelbett wäre", sagte Cicely und kicherte in Erwartung des bevorstehenden Spaßes.

Beryl Austen und Effie Hargreaves schliefen in einem Zimmer fast gegenüber von Lindsays und Cicelys. Noch bevor es acht Uhr war, schafften es die beiden Letzteren, einen Vorwand zu finden, um nach oben zu gehen, und beendeten hastig ihre Vorbereitungen. Die Arrangements waren genial. Sie befestigten ihre Ratte ganz leicht mit zwei Stücken dünner Nähwatte in der Mitte des Wandteppichs, der das Dach des großen Vierpfostenbetts bildete. An der Baumwolle war ein langer Faden befestigt, der durch die Vorhänge und zur Tür hinausführte (praktisch in der Nähe des Bettes), wobei das Ende unter der Matte auf dem Treppenabsatz versteckt war.

„Sie werden sehen, wenn wir an der Schnur ziehen, reißt die Watte, und dann werden die Ratten direkt auf ihre Brust geschleudert", sagte Lindsay, zu Recht stolz auf ihre Erfindungsgabe. „Steck die Kiste schnell unter den Volant, Cicely! Ich dachte, ich hätte jemanden kommen hören."

In der Pappschachtel befand sich eine Spule, an der eine zweite Schnur befestigt und auf die gleiche Weise wie die erste verborgen war.

„Ich glaube nicht, dass sie einen Verdacht schöpfen werden", sagte Cicely. „Wäre es nicht schön, ihnen einen Schrecken einzujagen!"

Zur Schlafenszeit zogen sich die Verschwörer wie üblich unschuldig zurück und wünschten Beryl und Effie auf dem Flur eine gute Nacht.

„Ich hätte fast gesagt, ich hoffe, nichts würde sie stören", lachte Lindsay, „aber ich dachte, es wäre klüger, das nicht zu tun. Wie lange müssen wir sie schlafen lassen?"

„Ungefähr eine halbe Stunde, schätze ich. Lasst uns aufstehen, sobald wir hören, dass die Uhr in der Gemäldegalerie neun schlägt."

Die Dämmerung hielt lange an, so dass es immer noch gut möglich war, Gegenstände zu unterscheiden, als zwei barfüßige Gestalten in Nachthemden sanft über den Treppenabsatz schlichen. Zum Glück war im oberen Teil des Hauses alles vollkommen ruhig. Die jüngeren Mädchen lagen im Bett und die älteren waren unten bei den Lehrern .

„Wir müssen sicherstellen, dass wir die richtigen Fäden ziehen", hauchte Lindsay. „Hast du deines? Das war meins, mit einem Knoten am Ende."

Sie zog kräftig daran, und die Spule im Inneren der Schachtel klapperte laut. Sie konnten es deutlich hören, sogar durch die geschlossene Tür.

"Was ist das?"

Die Frage kam in einem besorgten und hellwachen Ton aus dem Raum.

„Ich weiß es nicht. Oh, da ist es wieder!"

Diesmal war die Stimme Effies.

„Es hört sich an, als wäre es unter dem Bett!"

„Oh, es ist bestimmt keine Ratte!"

„Jetzt geht's los!" flüsterte Cicely und zog an der zweiten Schnur.

Das Ergebnis war alles, was sie sich wünschen konnten. Aus dem Himmelbett ertönte eine Reihe von Schreien, die nicht nur ausreichten, um die Bewohner der anderen Räume auf dem Treppenabsatz zu wecken, sondern auch Miss Frazer dazu zu bringen, aus der Bibliothek herbeizueilen. Lindsay und Cicely ließen ihre Fäden fallen und flohen, keine Sekunde zu früh. Sie konnten hören, wie Miss Frazer ein Streichholz anzündete, um die Kerze anzuzünden, und wie sie ausrief, als sie den Grund für den Aufruhr entdeckte.

„Alle Mädchen sind herausgekommen, um zu sehen, was los ist", sagte Cicely. „Wenn du und ich nicht mitgehen, werden sie wissen, wer es getan hat."

„Ich denke, wir müssen uns auf jeden Fall eingestehen", antwortete Lindsay.

„Die Schelte hat sich gelohnt", erklärte sie hinterher, als Miss Frazer eine gebührende Predigt über die Gefahr praktischer Witze gehalten hatte. „Ich wünschte nur, ich hätte ihre Gesichter sehen können, als die Ratte sich auf sie stürzte. Sie brauchen nicht davon zu reden, vor nichts zu schreien, und wenn sie jemals wieder anfangen, uns wegen irgendetwas zu ärgern – nun, dann sagen wir einfach ‚Ratten!'"

KAPITEL IV

Haversleigh

Es gab noch nie einen so herrlichen Ort wie das Manor. In diesem Punkt stimmte die gesamte Schule vollkommen zu. Der Garten war ebenso faszinierend wie das Haus und erwies sich mit seinem glatten Bowlinggrün, seinen gewundenen Wegen, seinen bezaubernden kleinen, mit Schlingpflanzen bewachsenen Lauben, seinen geschnittenen Eibenhecken und seinen unerwarteten Treppen als absoluter Traum der Freude. Es könnte als eine Art irdisches Paradies für Mädchen konzipiert worden sein. Die großen Rasenflächen boten Platz für so viele Tennisplätze, dass es nicht nötig war, dass die Jüngeren herumlungerten und neidisch darauf warteten, bis die Älteren fertig waren, bevor sie eine Chance auf ein Spiel bekamen; und es gab noch viel Platz für Krocket und Uhrengolf. Das Gebüsch und die Plantage waren ideale Orte zum Verstecken (fast zu gut, sagte Lindsay, weil es so schwierig war, jemanden zu finden); während die verschiedenen rustikalen Sitzgelegenheiten unter den Bäumen das Nähen und Lesen an heißen Tagen, wenn niemand Lust auf heftige körperliche Betätigung hatte, zum Luxus machten. Eine mit Steinplatten ausgelegte Terrasse erstreckte sich über die gesamte Länge der Vorderseite des Herrenhauses und erwies sich als unschätzbarer Spielplatz, wenn das Gras für Spiele im Garten zu nass war. und in der Nähe des Bowlingplatzes stand ein geräumiges Sommerhaus, das so groß war, dass es bei einem Gewitterschauer die gesamte Schule beherbergen konnte.

Hinter der Allee und auf der anderen Seite des Gebüschs befand sich ein Labyrinth. Wunderbare kleine, schmale, gewundene Pfade mit hohen Buchsbaumhecken, die sich in völlig verwirrender Weise hin und her winden, wobei die meisten entweder blind enden oder zum ursprünglichen Eingang zurückführen, und nur einer von ihnen führt zur Laube im Garten Center . Lange Zeit beschäftigten sich die Mädchen damit, den richtigen Hinweis zu finden. Cicely ließ wie Hänsel Kieselsteine fallen, um zu zeigen, welche Wege sie bereits eingezeichnet hatte; Lindsay versuchte, den Gordischen Knoten zu durchbrechen, indem sie durch die Hecke kroch; und erst nach vielen und wiederholten Versuchen gelang es ihnen schließlich, das Rätsel zu lösen.

Inmitten einer der Rasenflächen wuchs eine prächtige alte Eibe, deren untere Äste leicht zu erklimmen waren. Es war ein beliebter Treffpunkt der jüngeren Mädchen, von denen jedes seinen besonderen Sitzplatz hatte, und hier konnte man sie oft wie Vögel sitzen sehen, und sie schnatterten mit Sicherheit so sehr, dass man an einen Schwarm Elstern denken konnte. Eine robuste Eiche in der Nähe stützte eine Schaukel, die weitaus romantischer war als die Schaukel auf dem Spielplatz der Winterburn Lodge, denn ein kräftiger Stoß würde die glückliche Bewohnerin hoch in die grünen Blätter schicken und ihr einen fliegenden Blick in die einer Drossel ermöglichen Nest auf dem obersten Ast, wo vier aufgerissene gelbe Mäuler nach Nahrung schrieen . In einer Ecke, eine Treppe hinunter , gab es einen Teich, in dem Sumpfdotterblumen, Schwertlilien, Vergissmeinnicht und andere wasserliebende Pflanzen wuchsen. Ein Entenpaar lebte hier in einem Holzstall und watschelte herbei, um sich mit Brot zu füttern, das die Mädchen vom Frühstück für sie aufgehoben hatten. Die Freude der ganzen Schule war groß, als eines Morgens eine Brut von sieben kleinen Entenküken auf dem Wasser erschien, jedes so gelb wie ein Kanarienvogel und scheinbar schon ganz heimisch in seinem natürlichen Element.

Dann war da noch der Rosengarten, in dem jede Sorte der Königin der Blumen zu gedeihen schien, vom zarten Maréchal Niel bis zum süßen, altmodischen , gestreiften York und Lancaster. Torbögen und Säulen waren mit Kletterern und Wanderern bedeckt, etwas ungeübt, aber in so herrlicher Fülle herabhängend, dass man die Vernachlässigung fast gutheißen konnte. Um diesen Garten herum war eine hohe Hecke aus geschnittenen Stechpalmen angebracht, so dass er vor jedem Wind geschützt war, und die Rosen blühten wie in einem Gewächshaus. Wir dürfen auch nicht die Pfauen vergessen, die ebenso ein Merkmal des alten Hauses waren wie die gewundenen Schornsteine oder die Steinkugeln auf der Veranda. Sie waren zu sechst, und der herrliche Glanz ihrer Federn, als sie ihre Schwänze im Sonnenschein ausbreiteten, war ein unvergesslicher Anblick. Tatsächlich gaben sie, wie Miss Russell oft bemerkte, der gesamten Szene den letzten Schliff und ließen das Herrenhaus mehr denn je wie ein mittelalterliches Bild aussehen.

Das Dorf Haversleigh war nur zehn Gehminuten von den Toren der Lodge entfernt. Es bestand aus einer langen Reihe malerischer schwarz-weißer Cottages mit Strohdächern und Gärten, die so bunt mit Blumen waren, dass es schien, als würden sie bis zur Straße hinüberfließen, und Nelken und Stiefmütterchen wuchsen zwischen den Kopfsteinpflastersteinen der Straße empor. Am Ende stand die wunderschöne alte Kirche, erbaut in einer Zeit, als jeder Handwerker ein Meister seines Fachs war und seine Arbeit zu einer Liebesarbeit machte . Oft kamen Fremde aus der Ferne, um das feine Maßwerk der Fenster, die exquisiten Schnitzereien der Säulen und das prächtige alte Chorgestühl aus Eichenholz zu bewundern, das Teil einer Abtei aus dem 10. Jahrhundert gewesen war. Am Westende hing eine Sammlung von Bannern, die Monicas Vorfahren in vielen erbitterten Schlachten gewonnen hatten und die, so zerfetzt und verblasst sie auch waren, immer noch eine Hommage an den Ruhm der Vergangenheit darstellten. Es gab auch Denkmäler zur Erinnerung an die Courtenays :

Steinbildnisse von Rittern in Rüstung , die unter geschnitzten Baldachinen lagen, auf denen ihre Wappen prangten; steife Damen und Herren der Tudor-Zeit mit gestärkten Halskrausen und Schnallenschuhen; und eine schöne Marmorfigur eines vergessenen Bildhauers, die eine junge Tochter des Hauses darstellt, die während der Großen Pest ums Leben gekommen war. Die rücksichtslosen Hände, die viele der anderen Denkmäler zersplittert und zerstört hatten, hatten dieses verschont, und das schöne, ruhige Gesicht schien in einem ruhigen Schlaf zu ruhen und geduldig auf den Ruf zur Unsterblichkeit zu warten.

Die Manor-Bank war zwar groß, bot aber keinen Platz für die Schule. Die Mädchen saßen im linken Gang und waren eine wichtige Bereicherung für die kleine Gemeinde der Dorfbewohner. Sie trugen sicherlich dazu bei, den Gesang zu bereichern, und ich glaube, selbst die gedankenlosesten unter ihnen lernten, diese liebe alte Kirche zu lieben, und trugen ihre Erinnerung bis in die späteren Jahre hinein.

Das Pfarrhaus markierte die letzte Grenze des Dorfes, dann führte die Straße über eine Brücke direkt ins offene Land. Die Landschaft war hübsch, ohne großartig zu sein. Malerische Bauernhäuser standen inmitten üppiger Weiden, hinter denen sich bewaldete Hänge erhoben, die zu einem höheren Gipfel namens Pendle Tor führten, der als Wahrzeichen des Bezirks galt. Natürlich waren die Mädchen sehr darauf bedacht, die Nachbarschaft zu erkunden , und freuten sich, als Miss Russell Spaziergänge an den halben Feiertagen erlaubte. Nicht oft wurde die gesamte Schule zusammen ausgesandt, sondern jede Klasse ging der Reihe nach einzeln mit ihrem eigenen Lehrer – eine Vereinbarung, die allen sehr lieber war, da sie dann auf informelle Weise herumschweifen konnten, anstatt sich an die Hauptakte zu halten Das war die allgemeine Regel.

An einem Mittwochnachmittag, Ende Mai, war die dritte Klasse an der Reihe, und ihre sechs Mitglieder standen am Tor und warteten ungeduldig auf die Ankunft von Miss Frazer, die, um ihrer Gerechtigkeit gerecht zu werden, nicht oft schuld war die Frage der Pünktlichkeit.

„Ich hoffe, sie erzählt Miss Russell nicht, welche schlechten Noten ich heute Morgen bekommen habe“, sagte Effie Hargreaves düster. „Letzte Woche hat sie damit gedroht, mich zu melden, wenn ich noch einmal ein Kreuz für die Geschichte hätte, und ich habe fünf Mal gefehlt, in Literatur vier Mal, und auch in Rechnen waren alle meine Aufgaben falsch.“

„Ich glaube, sie planen, ein weiteres Klavier zu mieten“, sagte Beryl Austen, „damit wir alle genauso viel üben können wie in der Winterburn Lodge.“

„Oh, was für eine Schande! Ich bin sicher, eine halbe Stunde am Tag reicht für jeden“, kam es im Refrain der anderen.

„Besonders jetzt, wo wir keinen Musiklehrer haben", fügte Cicely hinzu.

„Das ist genau der Grund", erklärte Beryl. „Miss Russell sagt, sie möchte, dass wir auf dem Laufenden bleiben, was wir gelernt haben, damit es nicht so aussieht, als wären wir zurückgefallen, wenn wir wieder mit Mr. Nelson beginnen."

„Sprich nicht von Mr. Nelson! Wir werden ihn eine Ewigkeit lang nicht sehen."

„Das wirst du im September."

„Nun, es ist noch nicht September, es ist erst Mai, und in der Zwischenzeit lernen wir von Miss Frazer. Hier eilt sie übrigens so schnell sie kann die Auffahrt entlang."

Monkend fahren, einer Farm etwa anderthalb Kilometer entfernt. " die Hälfte von hier.

„Ein neuer Spaziergang?" fragte Beryl.

„Ja, wir waren noch nie dort, aber ich glaube nicht, dass wir den Weg verfehlen können."

Ein vollkommen frischer Spaziergang war eine angenehme Aussicht. Daher machten sich alle in bester Stimmung auf den Weg. Es war ein wunderschöner Nachmittag, einer dieser herrlichen Tage, an denen der Sommer mit dem Frühling die Hand zu reichen scheint und die Freuden beider Jahreszeiten vereint. Die frisch entfalteten Blätter waren noch zartgrün, und die Bergahorne waren mit herabhängenden Blüten bedeckt, in deren goldenem Pollen die Bienen wie Trunkenbolde genossen . Die Lärchen hatten alle ihre Quasten geöffnet, und die jungen Zapfen an den Tannen leuchteten so rosa, dass sie wie Kerzen an einem Weihnachtsbaum aussahen. Der Weißdorn war fast zu Ende, aber hier und da zeigte ein Holzapfel eine üppige rosa Blüte, oder eine Schneeballrose bildete einen weißen Fleck in der Hecke; und alle Grasflächen an den Straßenrändern waren mit Glockenblumen und sternenklarem Stichkraut bedeckt.

Miss Frazer war nachsichtig und wartete ein paar Minuten, während die Mädchen eine Handvoll Blumen sammelten oder auf eine Bank kletterten, um die Aussicht zu bewundern. Sie war genauso daran interessiert wie sie, ein Rotkehlchennest zu finden; und genauso aufgeregt, als ein Falke plötzlich in einen Busch stürzte und mit einer jungen Drossel in den Klauen davonflog. Die Kuckucke riefen beharrlich aus dem Wald, die Lerchen sangen in der Luft und in allen Hecken schien es von geschäftiger Vogelwelt zu wimmeln.

Ihr Weg verließ bald die Hauptstraße und führte sie über ein Feld durch ein Wäldchen , wo es einen interessanten Teich gab, in dem es von Kaulquappen wimmelte. Die Mädchen wären hier geblieben und hätten versucht, die lustigen, zappelnden, kleinen schwarzen Gegenstände zu fangen, aber Miss Frazers Geduld ließ schließlich nach, und sie trieb sie voran und erklärte, wenn sie nicht schnell wären, würden sie niemals zur Farm und zurück gelangen vor der Teezeit.

Monkend war ein malerisches altes Haus, das inmitten von Kirschgärten erbaut wurde. Die Fachwerkwände waren grau und verwittert, und das Ziegeldach war von Flechten vergilbt. Neben dem offenen Scheunentor standen die Kühe und wollten gemolken werden, und die Sennerin, eine junge Frau mit rosigem Gesicht und blauer Schürze, kam aus der Küche und schwang singend ihre bunten Eimer. Sie blieb erstaunt stehen, als sie den ungewöhnlichen Anblick von Besuchern auf der Farm sah, und rannte los, um ihre Herrin zum Tatort zu rufen.

„Ihr könnt hier auf mich warten, Mädchen, während ich meine Geschäfte mit Mrs. Brand erledige“, sagte Miss Frazer; „Oder wenn du willst, kannst du zum Zaun zurückgehen, und ich werde dich im Wald einholen.“

Salon kommen sollte, um ihre Besorgung zu erledigen, und so begannen die Mädchen, allein gelassen, langsam ihre Schritte zum Wäldchen zurückzuverfolgen .

„Ich frage mich, wie lange sie noch durchhält“, sagte Lindsay, die mit Cicely etwas zurückgeblieben war.

„Ich glaube, sie muss eine Rechnung bezahlen und mehr Butter und Eier und so weiter bestellen, also erwarte ich nicht, dass wir sie mindestens fünf oder zehn Minuten lang sehen werden“, antwortete Cicely.

„Dann bleibt gerade noch Zeit, um den Bauernhof herumzulaufen. Ich möchte einen Blick in diese Scheunen werfen und sehen, was sich auf der anderen Seite dieser Heuhaufen befindet. Es sieht interessant aus. Kommen Sie mit! Die Sennerin ist mit dem Melken beschäftigt und hat gewonnen. „Sie sieht uns nicht, und ich denke, es macht auch nichts, wenn sie es tut. Wir werden den anderen bald hinterherlaufen.“

Das Paar fühlte sich ziemlich abenteuerlustig, flüchtete über den Hof und sprang durch eine offene Tür in die Tiefen einer großen Scheune. Wie duftend es roch – so ein köstlicher, süßer Duft lag in der Luft! Sicherlich muss es von dem großen Heuhaufen in der Ecke kommen. Die Mädchen rannten hinüber, sprangen auf den Haufen, begruben sich bald gegenseitig mit Armen voll Heu und schaufelten Nester aus, um darin zu sitzen. Es war dunkel in der Scheune – die schöne braune Düsternis, die man nur in alten Burgen oder Schlössern sieht Kirchen oder antike Gebäude und unterscheidet sich deutlich vom Schwarz der gewöhnlichen Dunkelheit. Durch die offene Tür fiel nur ein einziger Sonnenstrahl, in dem die Staubkörner wie Lebewesen zu schweben und zu flattern schienen. Über ihnen verschwanden die großen Dachbalken im trüben Dunkel; Sie waren sehr alt und rau und mit einer Menge Spinnweben bedeckt, zwischen denen Cicely erklärte, sie könne Fledermäuse sehen, die mit dem Kopf nach unten hingen und die Flügel gefaltet hätten, obwohl Lindsay sagte, das sei nur ihre Einbildung gewesen.

Es war so schön, auf dem Heu zu sitzen, dass keiner es eilig hatte, sich zu bewegen. Ich glaube, sie hatten die Zeit völlig vergessen, bis sie schließlich in der Ferne Miss Frazers Stimme hörten, die sich von Mrs. Brand verabschiedete.

„Wir müssen gehen", stöhnte Cicely. „Was für eine Plage! Ich könnte stundenlang hier bleiben."

„Das könnte ich auch", sagte Lindsay, stand gähnend auf und wischte lose Stängel von ihrem Kleid. „Lasst uns auf die andere Seite des Heus springen."

Ich weiß nicht, warum Lindsay auf die Idee kommen sollte, hinten statt vorne vom Stapel zu steigen. Wenn sie die Scheune auf dem Weg verlassen hätten, auf dem sie gekommen sind, hätten sie Miss Frazer im Handumdrehen einholen können, und das Abenteuer, das folgte, wäre überhaupt nicht passiert. So wie es war, beschloss das Schicksal, dass Lindsay bei ihrem fliegenden Sprung durch die Dämmerung ihre Schienbeine gegen etwas ausgesprochen Hartes schlagen sollte. Sie stand da und rieb sie reumütig und streckte ihre Hand aus, um zu ertasten, was die Ursache für ihre blauen Flecken gewesen war. Es war eine Leiter, die an der Wand stand, und durch die Düsternis der Scheune konnte sie gerade noch deren oberes Ende erkennen, das mit einer Tür in der Dachschräge in Verbindung zu stehen schien. Das sah attraktiv aus. Sie machte Cicely sofort darauf aufmerksam.

„Wohin führt es Ihrer Meinung nach?" fragte Letzterer.

„Zu einem Getreidespeicher oben, nehme ich an. Ich frage mich, was da oben ist! Sollen wir gehen und die Gegend erkunden?"

Ohne eine Antwort abzuwarten, hatte Lindsay mit dem Aufstieg begonnen, und da sie schon sechs Stufen oben war, bevor Cicely einen halbherzigen Protest wagte, hielt sie es nicht für angebracht, noch einmal herunterzukommen.

„Oh! Wir werden keine Minute bleiben", erklärte sie. „Miss Frazer wird im Wald auf uns warten, und wir können den ganzen Weg von der Farm weglaufen."

Wohin Lindsay ging, fühlte sich Cicely immer verpflichtet, ihr zu folgen; Dementsprechend kletterte sie hinter ihrer Freundin die Leiter hinauf, und nach einiger Zeit kamen beide oben an. Wie Lindsay vermutet hatte, fanden sie einen Getreidespeicher, der zur Hälfte mit Säcken Mais und einem Haufen loser Gerste gefüllt war. Eine Tür am anderen Ende schien zu einer Treppe zu führen, die nach draußen führte, während sich gegenüber ein kleines Gitterfenster mit Blick auf die Felder befand.

„Es gibt wirklich nichts zu sehen", sagte Cicely. „Es hat sich schließlich kaum gelohnt, hierher zu kommen."

„Wir könnten durch diese Tür hinausgehen, anstatt wieder die Leiter hinunterzuklettern", schlug Lindsay vor und begann, um die Säcke herumzugehen. „Schau mal! Jemand hat sein Mittagessen hier gelassen."

Oben auf der Gerste befanden sich eine Blechdose und ein rotes Taschentuch aus Baumwolle, in dem sich offenbar Brotscheiben befanden. Aus purer Neugier ergriff Lindsay sie und zeigte sie lachend Cicely.

„Willst du etwas Nachmittagstee trinken?" rief sie scherzhaft aus.

In diesem Moment wurde sie von einem leisen Knurren hinter sich erschreckt. Aus einer Ecke des Zimmers sprang ein Collie, der unbemerkt zwischen den Säcken gelegen und das Eigentum seines Herrn bewacht hatte.

Lindsay stellte die Dose und das Taschentuch sofort wieder auf die Gerste.

„Guter Hund! Armer Kerl!" sagte sie aufmunternd und streckte ihre Hand aus.

Der Hund reagierte jedoch nicht im Geringsten auf ihre freundlichen Annäherungsversuche. Es kam ein wenig näher, knurrte erneut und zeigte auf hässliche Weise seine Zähne.

„Komm her, dummer Kerl! Glaubt es, ich will etwas stehlen?" sagte Lindsay.

„Das gehe ich davon aus", antwortete Cicely mit eher zittriger Stimme. „Versuchen Sie nicht, es zu berühren! Es wird Sie bestimmt beißen."

Sogar Lindsay, so tierlieb sie war, konnte nicht leugnen, dass die strahlenden Augen und der knurrende Mund das Gegenteil von freundlich aussahen.

„Vielleicht sollten wir besser gehen", sagte sie und drehte sich zur Tür um.

Sobald sie sich bewegte, knurrte der Hund lauter und wäre auf sie zugeflogen, wenn sie nicht sofort angehalten hätte.

„Was sollen wir tun?" „, rief sie und sah Cicely mit entsetztem Gesicht an.

Sie befanden sich tatsächlich in einer äußerst unangenehmen und gefährlichen Lage. Der Hund, der sich selbst als Hüter des Getreidespeichers betrachtete und die beiden Mädchen zweifellos als unehrliche Eindringlinge betrachtete, ließ keine von ihnen einen Rückzug antreten. Es stand wachsam da und blickte von einem zum anderen und knurrte so heftig, wenn sie sich auch nur einen Zentimeter bewegten, dass sie es nicht wagten, seine Absichten auf die Probe zu stellen. Oh! Warum waren sie gekommen? Wenn sie nur die Leiter hinuntergegangen wären, bevor sie den Hund geweckt hatten, oder wenn Lindsay nicht neugierig genug gewesen wäre, in das Taschentuch zu schauen, wären sie vielleicht über den Hof gegangen und Miss Frazer in den Wald gefolgt. Wie sollten sie jemals entkommen? Wären sie verpflichtet, dort zu bleiben, bis der Herr des Hundes zurückkam?

„Vielleicht kommt Miss Frazer , um nach uns zu suchen", zitterte Cicely mit sehr leiser Stimme und mit einem schüchternen Blick auf den Collie, damit er nicht springe. Offensichtlich hatte es keine Einwände gegen Gespräche, solange sie still blieben, denn obwohl es sie ansah, knurrte es nicht. Das war auf jeden Fall ein Trost. Die Situation war schrecklich genug, aber es wäre zehnmal schlimmer gewesen, sie stillschweigend zu ertragen.

„Ich glaube nicht, dass irgendjemand weiß, wo wir sind", sagte Lindsay. „Ich frage mich, ob die Sennerin bemerkt hat, dass wir in die Scheune gegangen sind. Sie würden nicht im Traum daran denken, dass wir die Leiter hinaufklettern. Sie würden sich auf dem Stapelplatz umsehen und vielleicht denken, wir hätten eine Abkürzung genommen und wären nach Hause gegangen."

Würde nie jemand kommen, um sie freizulassen? Die Minuten schienen so lang wie Stunden, und es kam ihnen vor, als könnten ihre zitternden Knie sie kaum tragen. Glücklicherweise konnte Cicely von ihrem Standort aus durch das Fenster schauen und einen Blick auf das darunter liegende Feld werfen. Obwohl sie mit ebenso großer Sorge zusah wie Schwester Anne in der Geschichte von Blaubart, sah sie niemanden, der ihnen zu Hilfe eilte. Der Hund wurde offenbar etwas müde, denn er warf sich auf den Boden, ließ jedoch nichts von seiner früheren Wachsamkeit nach.

„Ich glaube, es wird die ganze Nacht hier bleiben", stöhnte Cicely, fast in Tränen aufgelöst.

Der Fall wurde immer verzweifelter. Die armen Mädchen waren so erschöpft, dass sie vor Erschöpfung fast umfielen. Wenn nicht schnell etwas passierte, musste es eine Katastrophe geben. Doch in dem Moment, als Cicely spürte, dass sie es einfach nicht mehr aushalten konnte, kam die Erlösung. Durch die kleinen Quadrate des Holzgitters sah sie eine Gestalt gemächlich über das Feld schlendern. Es war Monica Courtenay und sie ging in Richtung der Farm. Cicely schrie aus voller Lautstärke:

„Monica! Monica! Hilfe! Oh, komm doch!"

Monika blieb erstaunt stehen und blickte sich um, als wolle sie fragen, wer sie beim Namen rief; Dann kam sie zu dem Schluss, dass die Schreie aus der Richtung des Getreidespeichers kamen, eilte so schnell sie konnte die Stufen hinauf und öffnete die Tür. Ihr Erstaunen wurde nur noch von ihrer Betroffenheit über die Notlage der Mädchen übertroffen .

Sie tat ihr Bestes, um den Hund abzuwehren, aber da sich das als unmöglich erwies , rannte sie los, um die erste Person zu holen, die sie finden konnte. In weniger als einer Minute war sie mit Mr. Brand zurückgekehrt, dessen kräftiger Stiefel und Stock den Collie bald mit trostlosem Jaulen in die Ecke schickten, als ihr klar wurde, dass er seine Pflichten überschritten hatte.

„Er ist ein guter Wachhund, Pincher", sagte der Bauer, „aber er war heute ein bisschen zu schlau. Du dummer Hund! Du solltest es besser wissen, als dich auf zwei junge Mädchen einzulassen. Du könntest dich gut davonschleichen! Du Ich halte mich besser von meinem Stock fern , das kann ich dir sagen!"

Lindsay und Cicely waren über ihr schreckliches Erlebnis sehr verärgert und erschüttert. Sie haben nie vergessen, wie freundlich und rücksichtsvoll Monica sich verhielt. Sie erzählte ihnen nicht, dass es ihre eigene Schuld war und dass es ihnen recht war, an Orte zu schnüffeln, an denen sie nichts zu suchen hatten (wie Mildred Roper oder eine der anderen Monitressen es sicherlich getan hätten); Sie hatte nur auf ihre sanfte Art Mitgefühl und bot an, sie auf einem kurzen Weg zum Herrenhaus zu begleiten, damit sie doch nicht so sehr zu spät kamen.

„Es war ein Glück, dass ich zufällig hier entlang spazierte", sagte sie. „Es könnte Stunden gedauert haben, bis einer der Bauern in den Getreidespeicher ging. Ich würde einen so wilden Hund nicht behalten, wenn es meiner wäre."

Monkend zurückgelassen hatte , und vermutete, dass das vermisste Paar vor den anderen nach Hause gegangen sein musste. Ihre Abwesenheit war gerade erst entdeckt worden, als sie eintrafen, um die Ursache zu klären. Die Lehrerin war kaum so zärtlich zu ihnen wie Monica, und sie ernteten mehr Schelte als Mitgefühl.

„Obwohl es kein so schreckliches Verbrechen war, in die Scheune zu gehen", sagte Lindsay anschließend zu ihrem unglücklichen Begleiter. „Miss Frazer braucht nicht zu sagen, dass wir die beiden sind, die immer Unfug treiben, denn es hätte jedem anderen genauso leicht passieren können. Ich sah Beryl und Effie im Vorbeigehen in den Kuhstall spähen, obwohl sie nicht hinaufstiegen eine Leiter hinauf. War Monica nicht nett? Ich glaube, der alte Bauer wäre sauer auf uns gewesen, wenn sie nicht dort gewesen wäre. Er kennt sie offensichtlich sehr gut. Das wissen auch alle Leute im Dorf. Sie

scheint jeden zu kennen Mann, Frau und Kind dort, und bei allen beliebt zu
sein .

KAPITEL V

Eine unerwartete Entwicklung

Lindsay und Cicely hatten weder ihre Suche nach dem Schatz noch ihre Neugier auf die Laternenkammer vergessen. Trotz mehrerer kleiner Bemühungen war nichts Neues zur Klärung der Sache eingetreten, und sie begannen fast daran zu verzweifeln, jemals weiter voranzukommen, als ganz unerwartet etwas Wichtiges geschah.

Eines Nachmittags, als sie sich über die Terrasse gegenseitig Tennisbälle schickten, hörten sie von oben eine Stimme, die ihnen zurief. Sie schauten auf und sahen Merle Hammond, ein Mädchen der zweiten Klasse, die sich aus einem der oberen Fenster des Hauses lehnte und ihnen heftig zuwinkte.

„Lindsay und Cicely, seid ihr das?" Sie weinte. „Komm her, ich habe so eine Entdeckung gemacht!"

"Wo bist du?" fragte Cicely, denn das alte Herrenhaus hatte so viele Fenster, dass es von außen unmöglich war, ein bestimmtes zu identifizieren.

„In einem Raum über eine seltsame Wendeltreppe, auf dem obersten Treppenabsatz. Er ist leer, aber von der Decke hängt eine große Lampe. Oh, Sie werden nie erraten, was ich gesehen habe!"

„Die Laternenkammer ! " keuchten die beiden Mädchen, ließen ihre Schläger fallen und stürmten in wilder Aufregung ins Haus.

Waren sie tatsächlich kurz davor, das Rätsel zu lösen? Wie hatte Merle es herausgefunden? Es war gut von ihr, sie anzurufen. War sie zufällig auf das Versteck gestoßen? Oder war es noch ein anderes Geheimnis?

Die Antwort auf all diese Fragen lag in diesem Dachzimmer, und sie flohen nach oben, als wären ihre Füße Flügel.

Sie befanden sich auf halbem Weg des Ganges und ein paar Sekunden später hätten sie sicher auf dem obersten Treppenabsatz gesessen, als sie (oh, was für ein Pech!!) Miss Frazer fast umgeworfen hätten, die genau im falschen Moment aus ihrem Treppenabsatz auftauchte Schlafzimmertür.

„Sanft, Mädchen, sanft!" sie protestierte. „Wohin gehst du so eilig?"

Es war unmöglich zu erklären. Wie konnten sie dem Lehrer die Art ihres Auftrages mitteilen? Sie standen beide still, sahen sehr „gefangen" und bestürzt aus und sagten nichts.

„Da Sie so früh ins Haus gekommen sind, sollten Sie besser Ihre Schubladen aufräumen", fuhr Miss Frazer trocken fort. „Ich habe sie gerade angeschaut und festgestellt, dass sie in schrecklicher Unordnung sind. Sie werden vor dem Tee noch eine schöne Zeit haben, das zu tun."

Hätte irgendetwas ärgerlicher sein können ? Die armen Mädchen weinten fast vor Ärger. Es gab jedoch keine Berufung. Miss Frazer begleitete sie in ihr Schlafzimmer, blieb über ihnen stehen und gab ihnen Anweisungen, bis jedes Paar Strümpfe oder Taschentücher nach ihren Vorstellungen von Ordentlichkeit entsorgt war. Vielleicht ärgerten sie sich innerlich über die Verzögerung, aber äußerlich waren sie verpflichtet, sich mit dem gebotenen Anstand zu verhalten.

Die Gouvernante hatte sicherlich berechtigtes Missfallen, denn Cicelys bester Mantel und Hut lagen durcheinander am Boden des Kleiderschranks, und Lindsays Habseligkeiten sahen aus, als hätte man sie mit einem Stock durcheinandergewirbelt.

„Wenn ich noch einmal bemerke, dass einer Ihrer Orte in einem solchen Zustand ist, bin ich verpflichtet, jeden von Ihnen zu bestrafen", sagte sie ernst. „Waschen Sie jetzt Ihre Hände und kämmen Sie Ihre Haare. Da ist die erste Glocke."

Würde Miss Frazer sie niemals allein lassen? Wenn sie sich nur sofort auf den Weg machen würde, könnten sie es vielleicht schaffen, in den Laternenraum zu eilen, bevor die zweite Glocke läutete. Merle muss auf sie gewartet haben und sich gefragt haben, warum sie nicht gekommen sind. Und das Geheimnis wartete auch! Lindsay sah Cicely an und dachte fast nach. Möglicherweise las die Herrin ihre Absicht in ihrem Gesicht ab; Jedenfalls wartete sie, bis beide fertig waren, und führte sie dann wie eine Polizistin die Treppe hinunter ins Esszimmer, ohne ihnen die geringste Chance zur Flucht zu geben.

„Von allen Jolly Sells ist dies der Größte!" flüsterte Cicely.

„Ich wünschte, Miss Frazer wäre auf dem Meeresgrund gewesen!" stöhnte Lindsay.

Merle kam ziemlich spät herein und nahm ihren Platz am Tisch ein. Sie sah etwas rot und verlegen aus. Lindsay versuchte, ihr in die Augen zu sehen, aber sie wich dem Blick aus und fuhr unbeirrt mit ihrem Brot und Butter fort, als wäre nichts passiert. Als Cicely die gleiche Anstrengung unternahm, erging es ihr genauso. Was hatte Merle gesehen? Wie sehr sehnten sie sich danach, dass der Tee vorbei sei, um von ihrer Entdeckung zu erfahren! Sie hofften, dass sie es keinem der anderen Mädchen zuerst verraten würde, und sie sahen ganz fieberhaft ängstlich zu, wann immer sie mit Elsie Ryder oder Marjorie Butler sprach, die rechts und links von ihr saßen.

„Sie weiß nicht, was wir über Mrs. Wilson vermuten", flüsterte Lindsay. „Vielleicht verrät sie etwas. Um Monicas willen wäre es weitaus besser, es nicht zu verraten."

Kaum war das Essen beendet, folgten die beiden Mädchen Merle in den Garten, doch zu ihrer großen Überraschung nahm sie keine Notiz von ihnen und begann Tennis zu spielen.

„Ich gehe davon aus, dass sie auf einen sichereren Zeitpunkt wartet. Natürlich wäre es nicht angebracht, sie so besonders mit uns reden zu sehen. Wir bleiben hier, während sie ihren Auftritt beendet", sagte Cicely.

Das Spiel dauerte bis zur Vorbereitung, und dann ging Merle mit der offensichtlichen Absicht davon, ihnen zu entkommen, dass die beiden äußerst empört waren.

"Was meint sie?" platzte Lindsay heraus.

„Glaubst du, sie ist beleidigt, weil wir nicht sofort hochgegangen sind?" gab Cicely zurück. „Sie weiß noch nicht, dass Miss Frazer uns aufgehalten hat. Wir müssen es so schnell wie möglich erklären."

Sie versuchten, Merle nach dem Abendessen zu erreichen, aber sie blieb beharrlich in Elsie Ryders Gesellschaft und ließ ihnen keine Gelegenheit, unter vier Augen mit ihr zu sprechen, so dass sie in einem schrecklichen Zustand der Spannung zu Bett gehen mussten. Am nächsten Morgen war es genauso schlimm. Es bestand kein Zweifel daran, dass Merle ihnen aus dem Weg gehen wollte, und nur mit größter Mühe gelang es ihnen schließlich, sie allein zu erwischen.

"Was willst du?" fragte sie unvermittelt. „Bitte jage mich nicht so in der ganzen Schule herum."

„Wir wollen natürlich wissen, was Sie im Laternenraum gesehen haben", antwortete Lindsay.

„Nun, es tut mir leid, aber ich kann es dir nicht sagen."

„Sag es uns nicht!"

Lindsay und Cicely konnten den Beweis ihrer eigenen Ohren kaum glauben.

„Nein, das ist ganz unmöglich."

"Aber warum?"

„Einfach, dass ich es nicht kann."

„Warst du beleidigt, Merle, weil wir nicht gekommen sind, als du uns gerufen hast?" fragte Cicely.

„Wir beeilten uns so schnell wir konnten, nur Miss Frazer hielt uns auf und zwang uns, unsere Schubladen aufzuräumen. Es war nicht unsere Schuld“, fügte Lindsay entschuldigend hinzu.

„Nein, ich bin überhaupt nicht beleidigt. Ich bin sehr froh, dass du nicht gekommen bist.“

„Aber du hast uns zugerufen, wir sollen schnell sein.“

„Ich weiß, dass ich es getan habe.“

„War es etwas oder jemand, den Sie in diesem Raum gesehen haben?“

„Bitte frag mich nicht.“

„Aber schau mal, Merle, das ist schade“, protestierte Lindsay. „Sie spielen uns einen sehr bösen Streich.“

„Es lässt sich nicht ändern. Ich habe gesagt, dass es mir leid tut“, erwiderte Merle hartnäckig.

„Nun, Sie sind ein Betrüger“, rief Cicely. „Ich mag Menschen, die ihre Versprechen halten.“

„Das tue ich auch“, sagte Merle in einem ziemlich bedeutungsvollen Tonfall. „Das ist genau das, was ich auch vorhabe.“

„Du willst nicht sagen, dass du versprochen hast, es nicht zu sagen!“ rief Lindsay aus.

„Ich habe überhaupt nichts gesagt.“

„Haben Sie es Elsie Ryder oder Marjorie Butler erzählt?“

„Sicherlich nicht. Ich habe die Angelegenheit niemandem gegenüber erwähnt, und ich hoffe, dass Sie es auch nicht tun werden.“

„Aber warum solltest du es nicht einfach Lindsay und mir zuflüstern? Wir würden es niemandem sagen“, flehte Cicely vorwurfsvoll.

„Ich kann nicht erklären, warum. Lassen wir das Thema fallen.“

Hier herrschte tatsächlich eine Sackgasse. Sie hatten Angst gehabt, dass Merle ihr Geheimnis indiskret verraten könnte, aber sie hatten sicherlich nie daran gedacht, selbst davon ferngehalten zu werden. Je mehr sie bedrängten, desto hartnäckiger weigerte sie sich, und weder Schelte noch Überredung konnten sie dazu bewegen, auch nur die geringste Andeutung preiszugeben. Sie gaben es schließlich auf, waren sehr verwirrt und ziemlich verärgert.

„Trotzdem wissen wir etwas über Ihr altes Zimmer“, sagte Lindsay zum Abschied verärgert.

„Oh, Lindsay, das tust du nicht wirklich!"

In Merles Stimme lag ein besorgter Unterton.

"Mehr als du denkst."

„Dann solltest du, was auch immer es ist, es besser für dich behalten und es nicht noch weiter gehen lassen."

Merles außergewöhnliches Verhalten schien das Rätsel noch tiefer zu machen als zuvor. Offensichtlich hatte sie das Herrenhaus auf eigene Faust erkundet und eine Entdeckung gemacht, die sie ihnen zweifellos mitteilen wollte, als sie vom Fenster aus anrief. Dann muss danach etwas passiert sein, das sie dazu veranlasst hat, ihre Meinung zu ändern.

Wem hatte sie Geheimhaltung versprochen? Sicherlich nicht an Mrs. Wilson? Das wäre eine Beihilfe zu jemandem, von dem sie fest überzeugt waren, dass er Monicas Feind war. Wenn Miss Frazer nur nicht so eine ermüdende Liebe zur Ordnung hätte, hätten sie vielleicht noch rechtzeitig den Laternenraum erreicht und wären jetzt im Besitz der Informationen, die sie brauchten. Es war zu verlockend, das Gefühl zu haben, dass sie der Lösung des Problems so nahe gekommen waren und sie nur um wenige Augenblicke verpasst hatten.

Ereignisse passieren nie einzeln. Ganze vierzehn Tage lang hatten sie nichts herausfinden können, doch am Tag nach dieser Enttäuschung geschah etwas, das der Kette seltsamer Umstände ein weiteres Glied hinzuzufügen schien. Es war ihnen gelungen, Miss Frazers Wachsamkeit zu entkommen, und sie spielten heimlich „Tig" auf dem verbotenen Gelände der Bildergalerie, als sich eine der Schlafzimmertüren öffnete und Mrs. Wilson in der Ferne erschien, einen Stapel Papier in der Hand saubere Handtücher in ihren Armen.

„Da ist ‚Der Greif'!" rief Lindsay aus. „Sie darf uns hier auf keinen Fall erwischen. Sie wird es Miss Russell sagen, und jeder von uns verliert eine Verhaltensnote. Schnell! Verstecken wir uns irgendwo, bis sie vorbei ist."

Die alten Arras schienen einen sicheren Rückzugsort zu bieten. So schnell sie konnten huschten sie dahinter und blieben flach an der Wand stehen, in der Hoffnung, dass Mrs. Wilson im Vorbeigehen nichts Ungewöhnliches oder Ungewöhnliches bemerken würde.

Gleichzeitig erklangen schwere, trampelnde Schritte vom anderen Ende der Galerie, und Cicely spähte durch ein Loch im Wandteppich, das sich zufällig auf einer bequemen Augenhöhe befand, und sah Scott, den Gärtner, die Galerie herunterkommen Treppe, die vom oberen Treppenabsatz führte. Er traf Mrs. Wilson genau gegenüber dem Versteck, in dem die Mädchen versteckt waren, und die beiden blieben stehen, um zu sprechen, ohne zu bemerken, dass die Ohren ihrer Unterhaltung gespannt folgten.

„Warst du im Laternenraum?" begann die alte Haushälterin unruhig. „Ich hatte keine Ahnung, dass du heute Nachmittag hinaufgehst."

„Ich dachte, ich schaue mir das am besten an", erwiderte Scott.

„Das war nicht nötig. Ich war heute Morgen selbst dort und es war alles in Ordnung."

„Ich weiß nicht, wie du das nennst", grunzte Scott. „Es gab viel zu viel Lärm, um mich zufriedenzustellen."

„Sie glauben nicht, dass eine Gefahr besteht –?" platzte Mrs. Wilson mit besorgter Stimme heraus.

„Nein, nein!" unterbrach Scott schnell. „Zumindest vorerst nicht. Machen Sie sich keine Sorgen. Trotzdem braucht es Pflege, vor allem mit der ganzen Truppe im Haus."

„Ja, das ist es, was mich beunruhigt. Ich werde nicht frei atmen können, bis sie weg sind. Und so ein neugieriger, aufdringlicher Haufen sind sie auch noch! Man kann kaum glauben, was für Ärger sie mir bereiten. Zwei von ihnen haben es auf sich genommen." eines Tages ihre Köpfe, um auf dem oberen Treppenabsatz umherzuwandern. Ich habe sie tatsächlich im Laternenraum gefunden!"

Scott stieß einen Ausruf aus, der so etwas wie Alarm auslöste.

„Das geht nie!" er sagte. „Du darfst sie nicht dort herumschnüffeln lassen, das wäre höchst gefährlich. Kannst du die Tür nicht abschließen?"

„Nein, der Schlüssel ist verloren."

„Ich muss versuchen, ein Vorhängeschloss dafür zu finden."

„Ich wünschte, du würdest es tun. Es würde mir eine Last von den Schultern nehmen. Übrigens wollte ich dich warnen –"

Doch dann kam eines der Hausmädchen den Treppenabsatz entlang, Mrs. Wilsons Stimme sank zu einem Flüstern, und die einzigen Worte, die man hörte, waren „Miss Monica", „Abend" und „würde nicht trauen".

„Ich werde besonders vorsichtig sein", sagte Scott, als er davonstolperte.

Lindsay und Cicely warteten einige Augenblicke, nachdem die Galerie leer war, bevor sie es wagten, hinter dem Wandteppich hervorzukommen. Sie hatten die große Genugtuung, etwas gelernt zu haben. Sie wussten jetzt definitiv, dass es im Zusammenhang mit dem Laternenraum ein Geheimnis gab, das sowohl Mrs. Wilson als auch Scott unbedingt vor ihnen geheim halten wollten.

"Was kann es sein?" spekulierte Cicely. „Haben Sie bemerkt, was er über den Lärm gesagt hat? Es muss dieses schreckliche Stöhnen gewesen sein, das wir gehört haben.“

„Darüber habe ich nachgedacht“, antwortete Lindsay. „Vielleicht gibt es einen versteckten Raum, in dem jemand eingesperrt ist.“

„Als Gefangener, meinen Sie?“

Lindsay nickte.

„Aber wer könnte es sein?“

„Ich kann es mir nicht vorstellen, es sei denn – könnte es möglicherweise der alte Sir Giles Courtenay sein? Vielleicht ist er doch nicht wirklich gestorben. Erinnern Sie sich nicht, wie Athelstane von Coningsburgh in Ivanhoe *getötet* werden sollte, und er war wirklich nur fassungslos; und die Mönche von St. Edmunds stellten einen leeren Sarg in die Kapelle, hielten ihn in einem Kerker und taten so, als wäre er tot, weil sie sein Eigentum haben wollten? Mrs. Wilson tut möglicherweise dasselbe.“

"Wie schrecklich!" Cicely sah von der Idee ziemlich entsetzt aus. „Ich nehme an, sie geht dann hinauf, um ihn zu füttern. Scott muss es auch wissen. Ich hätte das nicht von Scott denken sollen. Ich mochte ihn eher. Ich gehe davon aus, dass sie das Geld untereinander aufteilen werden. Ich frage mich, was ,The Griffin‘ ist ' warnte ihn vor. Ich hoffe, sie hecken keine Verschwörung gegen Monica aus!“

„Es sieht schlimm aus“, sagte Lindsay, „ausgesprochen schlecht. Es ist offensichtlich etwas Zwielichtiges, sonst würden sie es nicht so geheim halten wollen. Es könnte eine sehr gute Sache für Monica sein, dass wir die Angelegenheit aufgegriffen haben.“

"Was sollen wir tun?"

„Wir müssen ,The Griffin‘ erneut verfolgen und versuchen, ihr in diesen Raum zu folgen und zu sehen, was sie dort tut.“

„Sie ist so vorsichtig wie ein Wiesel.“

„Dann müssen wir klug sein und sie überlisten. Ich bin sicher, dass sie einen Plan hat, den man im Auge behalten sollte. Man weiß nicht, wie viel davon abhängen kann.“

Es war sicherlich sehr aufregend zu spüren, dass auf dem Dachboden dunkle Taten geschehen könnten und dass es sich hierbei um die vom Schicksal ausgewählten glücklichen Werkzeuge handelte, um die Übeltäter vor Gericht zu bringen. Es gab ihnen ein entzückendes Gefühl der Überlegenheit gegenüber den anderen Mädchen, deren Kopf nur mit Tennis und Krocket beschäftigt war und die sich nie mit dem Gedanken an den verschwundenen Schatz beschäftigten.

„Merle ist die Einzige, die etwas weiß", sagte Lindsay, „und ich glaube wirklich, dass ‚The Griffin' sie bestochen haben muss."

Offensichtlich ließ Mrs. Wilson bei ihren Besuchen auf dem obersten Treppenabsatz äußerste Vorsichtsmaßnahmen treffen. Trotz der Mühe, die sie auf sich nahmen, um ihre Bewegungen zu beobachten, dauerte es einige Tage, bis sie den günstigen Moment fanden. „Alle Dinge kommen zu denen, die warten", sagt jedoch das alte Sprichwort, und es hat sich in diesem Fall bewahrheitet.

Eines Nachmittags sahen sie durch den Spalt in der Badezimmertür, wie sie die Galerie betrat, als würde sie ins Obergeschoss gehen. So heimlich wie Indianer schlichen sie ihr nach. Sie gingen auf Zehenspitzen durch die Gänge und erhaschten gerade einen flüchtigen Blick auf den Saum ihres Rocks, als sie die Wendeltreppe hinaufging und den Laternenraum betrat. Ganz leise folgten sie dem kleinen Treppenabsatz und lauschten einen Moment vor der geschlossenen Tür.

"Was macht Sie?" flüsterte Cicely.

„Das ist es, was ich herausfinden möchte."

Beide versuchten, durch das Schlüsselloch zu spähen und stießen dabei ihre Köpfe aneinander.

„Ich kann hören, wie sie sich bewegt!"

Drinnen war ein leichtes Geräusch zu hören, fast wie das Klicken eines Riegels, dann war alles vollkommen still.

Lindsay konnte es nicht länger ertragen.

"Hier geht!" sie weinte kühn und stieß die Tür auf. Zu ihrem größten Erstaunen war der Raum völlig leer. Mrs. Wilson war so vollständig verschwunden, als wäre sie ein Geist.

KAPITEL VI

Monica

Die beiden Mädchen stürmten in den leeren Raum und untersuchten jede Ecke genau. Von einem geheimen Ausgang war keine Spur zu finden. Die Öffnung, durch die Mrs. Wilson verschwunden sein musste, war offenbar wunderbar gut verborgen.

„Wo kann sie sein? Es ist wie Magie!" flüsterte Cicely.

„Wohin auch immer sie gegangen ist, ich nehme an, sie muss zurückkommen", antwortete Lindsay.

"Hören!" sagte Cicely erschrocken.

Es war wieder dasselbe seltsame Geräusch, das sie auf ihrer früheren Expedition gehört hatten – ein tiefes, langgezogenes Stöhnen, als würde jemand Schmerzen haben, zunächst schwach, dann lauter werdend und plötzlich verstummend.

„Oh! Ich frage mich, ob sie irgendjemandem wehtut?" rief Cicely und schauderte vor Entsetzen.

„Ich würde viel dafür geben, herauszufinden, was los ist. Ich fürchte, es ist etwas, das nicht ans Tageslicht kommt", sagte Lindsay unbehaglich.

„Dürfen wir warten, bis sie aus ihrem Versteck kommt?"

„Ja, aber wir dürfen nicht hier bleiben. Es würde alles verderben, wenn sie uns erwischt. Lasst uns nach draußen gehen und die Tür wieder schließen und durch das Schlüsselloch zusehen; wenn wir sie dann kommen sehen, können wir uns beeilen."

Offensichtlich war Mrs. Wilsons Auftrag langwierig. Obwohl sie einander mehr als einmal bei der Bewachung des Schlüssellochs ablösten, kehrte sie nicht zurück.

„Vielleicht weiß sie, dass wir hier sind, und wird nicht herauskommen, bis wir gegangen sind", schlug Lindsay schließlich vor.

„Wie konnte sie das wissen?"

„Vielleicht hat sie uns die ganze Zeit von einem kleinen Spionageplatz aus beobachtet."

„Oh, wie schrecklich! Es macht mich ziemlich gruselig, wenn ich daran denke."

Dass sie genau das Gleiche taten, störte keines der Mädchen. Die Umstände ändern den Fall, und sie hielten dies für gerechtfertigt in ihrem Aktionsplan. Sie waren des Wartens überdrüssig geworden, aber sie waren entschlossen, nicht nachzugeben.

„Da ist wieder dieses Geräusch!" sagte Cicely. „Sie muss dort einen Gefangenen eingesperrt haben; da bin ich mir vollkommen sicher."

Beide legten ihre Ohren an die Tür und waren so in den merkwürdigen Lärm im Zimmer vertieft, dass sie die Schritte auf der Wendeltreppe nicht hörten. Ein Ausruf hinter ihnen veranlasste sie, sich hastig umzudrehen.

Da war Monica! – die letzte Person auf der Welt, die sie erwartet hatten, und die bei dem Treffen genauso erstaunt aussah wie sie selbst. Lindsay und Cicely waren ausgesprochen verlegen. Monica musste gesehen haben, wie sie durch das Schlüsselloch spähten, und sie wussten, dass sie in einer etwas zweifelhaften und in Misskredit geratenen Beschäftigung entdeckt worden waren. Sie konnten ihr unmöglich erklären, dass es ausschließlich ihr zuliebe und ihr zuliebe geschah, also wurden sie ganz rot und sagten nichts. Es war eine äußerst unangenehme Situation.

Es entstand eine schmerzhafte Pause, und dann erlangte Monica ihre Geistesgegenwart wieder.

„Warum, Lindsay und Cicely, ich dachte, ihr wärt bei den anderen im Garten!" Sie sagte.

„Wir haben das Haus nur ein wenig erkundet", antwortete Lindsay und versuchte, die Angelegenheit nachlässig hinzustellen. „Miss Russell meinte, es stünden überall interessante Dinge drin."

„Ich fürchte, Sie werden in den leeren Schlafzimmern nicht viel Interessantes finden", sagte Monica mit ihrer ruhigen, leisen Stimme. „Wenn Sie mit mir nach unten kommen möchten, zeige ich Ihnen einige der Kuriositäten in meinem Schrank. Ich habe viele alte Münzen und ein paar Dolche, die bei der Trockenlegung des Wassergrabens ausgegraben wurden."

Ziemlich beschämt gingen die beiden mit Monica in die Bibliothek, wo sie einen Eichenschrank aufschloss und ganze zwanzig Minuten damit verbrachte, ihre verschiedenen Schätze zu erklären. Sie war sehr freundlich und scheute keine Mühe, aber die anderen konnten ihre Verwirrung nicht überwinden. Sie hatten das schlechte Gefühl, wie ungezogene Kinder erwischt worden zu sein, und es machte ihnen Spaß, sie aus dem Weg zu räumen.

„Warum ging Monica in den Laternenraum?" fragte Lindsay, sobald sie allein waren.

„Kennt sie das Geheimnis?“ wagte Cicely.

„Entweder weiß sie es, oder sie versucht es herauszufinden. Vielleicht verfolgt sie auch Mrs. Wilson!“

Dies war eine neue Idee und erforderte Überlegung.

„Dann wäre es vielleicht das, wovor ‚Der Griffin‘ Scott gewarnt hat“, sagte Cicely nachdenklich. „Sollten wir es Monica sagen?“

„Noch nicht – nicht, bis wir etwas Bestimmteres haben, worüber wir streiten können. Wir haben derzeit nur Vermutungen, und darüber kann man kaum sprechen. Sie könnte beleidigt sein und uns aufdringlich finden, zumal sie das nicht mag über ihre Angelegenheiten reden.

„Ich fürchte, sie wird uns auf jeden Fall für hinterhältig und hinterhältig halten. Es tut mir so leid, dass sie gesehen hat, wie wir so spioniert haben.“

„Nun, wir konnten nichts dagegen tun und wir können es nicht erklären.“

„Könnten wir nicht einfach sagen, warum …?“

„Es hat keinen Zweck“, unterbrach Lindsay entschieden. „Wir sagen lieber kein Wort.“

Und Cicely gab wie üblich nach.

Es war erfreulich zu spüren, dass sie Monicas Verfechter waren, auch wenn sie sich vielleicht noch nicht bewusst war, was sie ihnen schuldete. Sie müssen damit zufrieden sein, für eine Weile missverstanden zu werden; Danach würde sie zu schätzen wissen, was sie für sie getan hatten, und ihnen entsprechend danken. Sie sahen sie in der Schule oft mit dem befriedigenden Gefühl an, etwas zu wissen, von dem alle anderen, selbst Miss Russell, nichts wussten.

Ich befürchte, dass die Lektionen manchmal gelitten haben, während sie sich Tagträumen hingaben, denn es war schwer, sich an so alltägliche Dinge wie die Hauptstadt Mexikos oder das Datum der Magna Charta zu erinnern, wenn ihre Gedanken weit weg im Laternenraum waren und mit Verborgenem beschäftigt waren Gefangene oder vermeintliche Verschwörungen.

„Ihr seid die beiden unaufmerksamsten Mädchen in der Klasse!“ rief Miss Frazer eines Tages empört, nach einem besonders schlimmen Gedächtnisverlust. „Sie haben beide in der Winterburn Lodge viel besser abgeschnitten. Ich kann nicht verstehen, warum Ihre Arbeit in letzter Zeit so stark zurückgegangen ist. Dies ist das dritte Mal in dieser Woche, dass Sie schlechte Noten haben. Wenn so etwas erneut auftritt, bin ich verpflichtet, Ihnen Bericht zu erstatten.“ Miss Russell.“

Abgesehen von ihrem Interesse an ihr als Besitzerin des verborgenen Schatzes betrachteten Lindsay und Cicely Monica mit der Verehrung, die Schulmädchen manchmal gerne einer Begleiterin entgegenbringen, die sie gerade anzieht. Sie bewunderten die Form ihrer Nase und ihr langes kastanienbraunes Haar und hielten ihr würdevolles Auftreten für absolute Perfektion. Sie pflegten ihr in respektvollem Abstand zu folgen und sich danach zu sehnen, ihre Bekanntschaft zu vertiefen; aber sie erhielten so viele Brüskierungen von den älteren Mädchen, die sie auch monopolisieren wollten, dass die Sache nicht viel weiter ging als ein gelegentliches „Guten Morgen" oder „Guten Tag".

„Die Großen sind so eifersüchtig, dass sie sie gerne ganz für sich behalten", grummelte Cicely. „Eleanor Wright war ziemlich unhöflich, als ich Monica gestern anbot, einen Bleistift zu leihen. Sie sagte, ich sei ‚aufdringlich‘."

„Sie sind furchtbar gemein", stimmte Lindsay zu.

im Manor bei Lehrern und Schülern zweifellos eine große Favoritin geworden , und wenn sie weniger stabil gewesen wäre, wäre sie möglicherweise erheblich in Gefahr geraten, verwöhnt zu werden. Sie nahm ihre plötzliche Popularität jedoch sehr gelassen hin und schien kaum zu bemerken, dass ihre Mitschüler darüber stritten, wer neben ihr in der Klasse sitzen oder mit ihr eine Partie Tennis spielen sollte.

„Sie wirkt immer so ruhig und überlegen, wie eine Nachtigall unter Spatzen", bemerkte Irene Spencer sentimental.

„Oder ein Schwan inmitten einer Gänseherde", lachte Mildred Roper. „Ihr seid alle ziemlich albern wegen Monica geworden. Ich selbst bewundere sie sehr, aber ich gehe nicht hin und küsse ihre Jacke, wenn sie im Vorraum hängt, oder bitte sie um ihre alten, zerrissenen Übungen als Andenken."

„Na ja, du bist eine Monitress!"

„Ich bin dankbar, sagen zu können, dass ich noch ein wenig gesunden Menschenverstand habe."

Das hübsche, mit Rosen geschmückte Häuschen, in dem sich Monica und ihre Mutter für den Sommer niedergelassen hatten, lag nur wenige Gehminuten vom Herrenhaus entfernt. Eines Nachmittags traf Miss Russell zufällig Lindsay und Cicely im Flur, gab ihnen einen Zettel und forderte sie auf, ihn sofort zu Mrs. Courtenay zu bringen und eine Antwort zurückzubringen.

Die beiden Mädchen rannten voller Freude davon und freuten sich über die Gelegenheit, ihr Idol privat zu sehen. Sie fanden Monica in dem kleinen Vorgarten vor, wie sie ihren Französischunterricht vorbereitete, aber sie legte ihre Bücher beiseite, als sie das Tor öffneten.

„Komm zu Mutter", sagte sie, als sie ihren Auftrag erklärt hatten, und führte sie durch eine Fenstertür in ein niedriges, altmodisches Wohnzimmer.

Mrs. Courtenay war eine süße, zart aussehende Dame mit einem sanften, feinen Gesicht und leicht grauen Strähnen im Haar. Sie stand nicht von ihrem Sofa auf, als sie eintraten, sondern streckte stattdessen ihre Hand aus und bat sie, zu ihr zu kommen und mit ihr zu sprechen.

„Ich bin eine Art Invalide, wissen Sie", sagte sie. „Der Arzt ist sehr streng und hat mir gesagt, ich solle still liegen. Es ist ziemlich schwer, aber ich versuche zu gehorchen. Sie sind also zwei von Monicas kleinen Freunden? Nun, jetzt, wo Sie hier sind, sollten Sie besser zum Tee bleiben Brief? Oh, ich schicke Jenny, unser Dienstmädchen, mit der Antwort, und sie wird Miss Russell sagen, dass ich Sie behalte. Wir werden dafür sorgen, dass Sie rechtzeitig zur Vorbereitung zurückkommen.

Das war in der Tat ein höchst unerwartetes Vergnügen. Sowohl Lindsay als auch Cicely strahlten vor Lächeln. Sie waren die einzigen Mädchen in der Schule, denen diese Begünstigung zuteil geworden war , und sie hatten das Gefühl, dass ihre jetzige Freude durch den Neid übertroffen werden würde , den sie bei ihrer Rückkehr bei den anderen erregen würden.

„Ich freue mich zu hören, dass Sie alle im Manor so glücklich sind", fuhr Mrs. Courtenay fort. „Ist das nicht ein schöner, interessanter alter Ort? Ich gehe davon aus, dass Monica dir die meisten Legenden erzählt hat. Nein! Warum, Monica, woran hast du gedacht? Willst du damit sagen, dass sie noch nichts von deiner gehört haben?" Vorfahrin und Sir Humphrey Warden in der Rosenallee?"

„Es war wirklich keine Zeit, Geschichten zu erzählen, Mutter", erklärte Monica, „wir waren so sehr damit beschäftigt, Tennis zu spielen, wenn wir nicht im Unterricht waren. Ich bin auch nie besonders gut darin, mich daran zu erinnern – nicht so wie du." Sind."

„Ich glaube, ich muss mich als Familienchronistin betrachten", sagte Mrs. Courtenay. „Wir sollten Lindsay und Cicely auf jeden Fall die Geschichte des Bildes hören lassen. Ah, hier kommt der Tee! Monica, du musst dich um unsere Gäste kümmern."

Monica liebte es offenbar, die Krankenschwester ihrer Mutter zu sein. Sie stellte einen kleinen Tisch neben das Sofa und beschäftigte sich damit, die Kissen zu arrangieren und dafür zu sorgen, dass alles für den größtmöglichen Komfort des Kranken platziert war. Sie vernachlässigte auch die Besucher nicht und brachte für sie ein Glas Honig heraus.

„Ich weiß, dass es dir gefallen wird, weil du dich so für die Bienen interessiert hast", sagte sie. „Erinnern Sie sich an den Tag, als Sie den Bienenstöcken zu nahe kamen und beinahe gestochen wurden?"

„Ja, wir mussten den gesamten Weg laufen, wo die Rosen wachsen. Das werde ich nicht so schnell vergessen", antwortete Cicely.

„Das ist die Rosenallee, wo mein Namensvetter Sir Humphrey Warden überlistet hat. Ich wünschte, du würdest ihnen die Geschichte erzählen, Mutter."

„Oh, bitte", flehten Lindsay und Cicely; „Wir würden es so gerne hören!"

„Ich glaube, ich werde einfach Zeit haben, während wir den Tee trinken", sagte Mrs. Courtenay. „Ich nehme an, Sie müssen erst um halb fünf wieder in der Schule sein? Waren Sie schon in der langen Galerie im Manor und haben sich die Bilder angeschaut?"

„Ja, oft", sagte Cicely.

„Dann erinnern Sie sich an ein Mädchen in einem weißen Kleid am anderen Ende, das einen Strauß Rosen in der Hand hält?"

„Ja, es ist das Schönste von allen. Wir sagen immer, es ist das genaue Abbild von Monica."

„Es ist das Porträt einer Monica Courtenay, die hier zur Zeit des Bürgerkriegs lebte. Ihr Vater kam im Kampf für den König in Marston Moor ums Leben, und ihr einziger Bruder, Sir Piers, war ebenfalls einer der glühendsten Unterstützer der Krone . Als Cromwell an die Macht kam, musste Sir Piers um sein Leben fliehen. Er wurde von einem Versteck zum anderen gejagt. Manchmal musste er, wie Prinz Charles, auf einen Baum klettern, bis die Soldaten vorbei waren, und einmal er verbrachte eine Nacht in einem Fuchsbau.

„Endlich, eines Sommerabends, fast bis zur Verzweiflung gejagt, kehrte er in sein altes Zuhause zurück. Er traf seine Schwester im Garten, und obwohl sie vor Freude ausrief, als sie ihn sah, machte sie sofort ein Zeichen zum Schweigen und bedeutete ihm, es zu tun versteckte sich unter einem großen Buchsbaum, der in der Nähe stand .

„Es sei nicht sicher, flüsterte sie, zum Herrenhaus zu gehen. Es waren Spione in der Nähe, und Sir Humphrey Warden, der eifrigste Roundhead im Bezirk, hatte das Haus bewacht. Sie erwarteten jeden Moment, dass er eintreffen würde mit einem Trupp Soldaten. Piers musste dort bleiben, wo er war, und sie würde rennen und ihm den Schlüssel zum Bootshaus bringen; dann könnte er im Schutz der Dunkelheit zum Fluss schleichen, aus dem Boot steigen und mit dort landen der Strömung, bis er das Meer erreichte, wo er möglicherweise ein Schiff finden würde, das ihn nach Frankreich bringen würde.

Allee entlang zurückkam, stellte sie fest, dass sie einfach zu spät war. Es gab Pferdehufgetrappel, und Sir Humphrey Warden kam angeritten Anführer einer Männerbande.

„„Gute Nacht, schöne Nachbarin ', sagte er. ,Ich muss unbedingt eine Inspektion Ihres Hauses durchführen, und mit Ihrer Erlaubnis werde ich mir die Ehre geben , heute Abend mit Ihnen zu Abend zu essen. Was führt Sie hierher?'

„„Ich nehme nur die Luft und pflücke ein paar dieser duftenden Blüten', antwortete Monica hastig. ,Ich werde Sie sofort persönlich zum Herrenhaus führen und Sie unterhalten.'

„Sie befand sich in einer verzweifelten Notlage. Wie konnte sie es schaffen, ihren Bruder zu retten? Nachdem Sir Humphrey nun gekommen war, wusste sie, dass jede ihrer Bewegungen beobachtet werden würde. Niemandem konnte man vertrauen, denn die Diener (wie sie befürchtete) waren alle überwacht worden Sie sammelte einen Strauß Rosen und schaffte es unbemerkt, ihren kleinen Schlüssel in das Herz einer von ihnen zu stecken.

„„Ich würde mich gern um die Gunst einer Blume sehnen, Madam', sagte Sir Humphrey, der trotz seiner puritanischen Kleidung ein Bewunderer schöner Damen war.

„„Treffen Sie Ihre Wahl, Sir', antwortete Monica und streckte kühn ihren Strauß hin. ,Nein, nicht dieses Rote; es ist zu aufgeblasen und wird direkt fallen. Es ist nur geeignet, weggeworfen zu werden. Dieses Rosa hat den süßeren Duft.' , und du wirst es für mich tragen.'

„Während sie sprach, warf sie die Rose mit dem Schlüssel scheinbar nachlässig über die Hecke zum Fuß des Buchsbaums, wo ihr Bruder versteckt lag; dann führte sie ihren unwillkommenen Gast zum Haus und gab Anweisungen für seine gebührende Unterhaltung."

„Sir Humphrey und seine Männer durchsuchten das Herrenhaus vergeblich, aber sie dachten nie daran, in den Garten zu schauen, wo der Flüchtling wartete, bis die Dunkelheit dunkel genug war, um ihn zu verstecken. Sir Piers kam sicher nach Frankreich und kehrte triumphierend zurück auf seine Ländereien, als Karl II. wieder zu seinen Besitztümern kam. Als Erinnerung an seine wunderbare Flucht ließ er das Porträt seiner Schwester mit dem Rosenstrauß in der Hand malen. Seitdem hegen die Courtenays eine fast abergläubische Verehrung dafür Bild. Es gibt ein altes Sprichwort, dass es die Sicherheit und das Vermögen der Familie schützt."

„Und was ist aus Monica geworden?" fragte Lindsay, die sich sehr für die Geschichte interessiert hatte.

„Sie heiratete einen befreundeten Kavalier ihres Bruders und zog nach Devonshire, um dort zu leben. Ich glaube, sie bewahrte eine der Rosen als Schatz in einer Schachtel auf und sie wurde bei ihrem Tod begraben."

„Ich nehme an, Monica wurde nach ihr getauft?" sagte Cicely.

„Ja, das war schon immer ein Lieblingsname der Courtenays , obwohl ich nicht glaube, dass einer von ihnen dem Porträt ähnlicher gewesen sein könnte."

„Wie kann das Bild Ihr Vermögen schützen?" fragte Lindsay.

„Ich weiß es nicht. Es ist eine dieser seltsamen Ideen, die manchmal in Familien hängen bleiben. Natürlich ist es nur eine Geschichte, und ich fürchte, ich habe lange damit verbracht, sie zu erzählen. Monica, meine Liebe, es sind zwanzig Minuten." nach fünf. Lindsay und Cicely müssen sofort zur Schule zurück, wenn sie rechtzeitig für die Vorbereitung da sein wollen. Wir werden bei Miss Russell in traurige Schande geraten, wenn wir zulassen, dass sie zu spät kommen."

„Ich finde deine Mutter total süß", sagte Lindsay, als Monica mit ihnen die Straße zum Manor-Tor entlang ging.

„Sie ist für mich einfach alles auf der Welt", antwortete Monica. „Aber ich wünschte, sie wäre stärker. Sie ist schon so lange krank. Der Arzt sagt, es würde ihr guttun, den nächsten Winter im Süden Italiens zu verbringen, aber das wird, fürchte ich, ganz und gar unmöglich sein." „Sie sollte gehen, das könnte den Unterschied ausmachen", fuhr sie fort, fast so, als würde sie mit sich selbst reden. „Dennoch können wir es nicht schaffen, so sehr wir es auch versuchen, es sei denn, tatsächlich —"

„Ich weiß, was Monica sagen wollte"

Aber hier schien sie sich an die Anwesenheit ihrer Gefährten zu erinnern, und indem sie ihnen einen schnellen Abschied wünschte, wandte sie sich wieder der Hütte zu.

„Ich weiß, was Monica sagen wollte", bemerkte Cicely, als sie die Auffahrt hinaufgingen.

„Sie meinte, dass ihre Mutter verschwinden könnte, wenn der Schatz gefunden würde", antwortete Lindsay. „Oh! Es scheint wirklich schwierig, wenn sie es so dringend brauchen, dass es irgendwo versteckt wird und niemandem etwas nützt.“

„Ich glaube, Monica hat Angst, dass es Mrs. Courtenay schlechter gehen und sie sterben könnte, wenn sie den Winter über in England bleiben müssten. Ich glaube nicht, dass sie auch nur einen Penny ihres Vermögens genießen würde, wenn es für sie zu spät wäre.“ teile es mit ihrer Mutter.

Kapitel VII

Lindsays Glück

Eines Tages, kurz vor Pfingsten, betrat Irene Spencer das Klassenzimmer der dritten Klasse mit einem Brief in der Hand und einem Gesichtsausdruck, der eine wichtige Nachricht verkündete.

„Ich glaube nicht, dass irgendjemand von euch jemals erraten wird, was ich euch sagen möchte", verkündete sie . „Ich habe heute Morgen von meiner Tante im Linforth Vicarage gehört. Sie schreibt mir und bittet mich, an Pfingsten ein paar Tage dort zu verbringen (wir haben einen kurzen Urlaub, wissen Sie), und sie sagt: ‚Wir haben Monica Courtenay gefragt, und wir würden uns sehr freuen, wenn Miss Russell Ihnen auch erlauben würde, einen Ihrer jüngeren Schulkameraden mitzubringen, der sich als netter Begleiter für Rhoda erweisen würde.' Meine Cousine Rhoda ist zwölf, also muss ich eine von euch sechs auswählen. Welche auch immer es ist, wir werden einen ungewöhnlich lustigen Besuch haben, denn wir haben in Linforth immer herrliche Zeiten .

„Wie entzückend! Oh, nimm mich!" riefen die sechs im Chor, jeder war von dieser verlockenden Aussicht verzaubert und begierig darauf, der auserwählte Favorit zu sein .

„Ich wünschte, ich könnte euch alle mitnehmen", antwortete Irene, „aber leider ist die Einladung nur für eine Person. Miss Russell sagt, dass dies der beste Weg sei, dies zu arrangieren. Das Mädchen, das Rhodas Alter am nächsten kommt, muss gehen. Werde ich euch beide mitnehmen." Sag mir das Datum deines Geburtstages, dann kann ich entscheiden. Rhodas Geburtstag ist am 20. März.

Es schien sicherlich die fairste Art zu sein, die Frage zu klären, und eine, gegen die es kein Rechtsmittel gab.

„Miss Russell ist eine moderne Salomonin", erklärte Cicely. „Ich fürchte, ich habe nicht die geringste Chance, weil ich erst elfeinhalb bin, und Nora auch."

„Ich bin fast dreizehn", jammerte Beryl. „Ich wünschte, ich wäre ein paar Monate jünger. Effie, ich werde furchtbar eifersüchtig sein, wenn du die Chance erhältst."

„Kein Glück! Ich bin ein Weihnachtskind", erwiderte Effie. „Ich glaube, Marjorie ist näher."

„Der 27. Februar. Kann es irgendjemand besser machen ?" fragte Marjorie hoffnungsvoll.

„Meiner ist der sechste April", sagte Lindsay.

„Ungefähr so viel nach Rhodas wie Marjories davor", sagte Irene. „Wir müssen es genau abzählen. Jemand gibt mir einen Bleistift und ein Blatt Papier. Mal sehen, der siebenundzwanzigste Februar bis der zwanzigste März sind einundzwanzig Tage und der zwanzigste März bis der sechste April." ist erst siebzehn. Dann ist Lindsay vier Tage näher."

"Hurra!" rief Lindsay und klatschte in die Hände. „Ich bin froh, dass ich nicht eine Woche später geboren wurde. Wie schrecklich leid es mir für euch alle tut, besonders für Marjorie!"

„Meine Tante sagt, sie wird uns die Falle am Freitagnachmittag schicken", fuhr Irene fort. „Und wir müssen bis Dienstagmorgen bleiben, also haben wir drei ganze Tage in Linforth . Ich bin sicher, dass dir Rhoda und meine anderen Cousins gefallen werden. Insgesamt sind es acht davon. Meta, die Älteste, ist es." siebzehn; sie wird nächsten September in Deutschland Musik studieren. Ralph und Leonard sind fünfzehn und vierzehn; sie gehen auf die Appleford Grammar School und fahren jeden Tag mit ihren Fahrrädern dorthin. Dann kommt Rhoda, und es gibt vier kleine Kinder. Sie tun es Unterricht bei einer Gouvernante, aber vielleicht soll Rhoda irgendwann nach Winterburn Lodge geschickt werden. Tante Esther sagt, sie soll uns nicht wie Besucher behandeln; wir müssen uns unter den anderen wie zu Hause fühlen.

Der Besuch schien ein Ereignis zu sein, auf das man sich freuen konnte, nicht nur an sich, sondern auch, weil Monica mit von der Partie sein sollte . Lindsay konnte ihr Glück kaum fassen und freute sich immer wieder über das glückliche Datum ihres Geburtstages. Als der Phaeton am Freitagnachmittag ankam und Monica bereits auf dem Vordersitz saß, war sie in großer Aufregung. In solch einer Gesellschaft wegzufahren, war in der Tat eine Gratulation, und sie empfand großes Mitgefühl für die trostlosen fünf, die zwangsläufig zurückgelassen wurden, besonders für die arme Cicely, die sie mehr als alle anderen vermissen würde und deren Augen bei der Ankunft voller Tränen waren Abschied.

„Macht nichts", flüsterte sie diesem zu, „vielleicht bist du das nächste Mal an der Reihe und hast etwas Schönes. Auf jeden Fall werde ich dir jede Menge zu erzählen haben, wenn ich zurückkomme."

von Linforth war ein langes, weitläufiges Steinhaus, dessen Flaggendach und zweibogige Fenster darauf hindeuteten, dass es ebenso wie das Herrenhaus aus einer vergangenen Zeit stammte. Es war ein entzückender, geräumiger, fast mittelalterlicher Ort, so malerisch auf seine altmodische Art, dass man die Niedrigkeit der Räume, die Enge der Gänge, die Steilheit der Treppen und die Unannehmlichkeiten verzeihen konnte die Tatsache, dass die

Vordertür direkt ins Esszimmer führte und die Schlafzimmer fast alle ineinander übergingen. Keiner dieser Nachteile schien die jungen Greenwoods zu stören, die ihr Zuhause für den schönsten Ort der Welt hielten. Sie waren eine besonders fröhliche, fröhliche, unbeschwerte Familie voller Witze und Lärm. Rhoda, zu deren Gunsten Lindsay eingeladen worden war, empfing ihren Besucher mit Begeisterung.

„Ich bin so froh, dass Miss Russell Sie kommen ließ!" Sie sagte. „Sehen Sie, Meta wird Irene und Monica monopolisieren, und ich hätte ganz außen vor bleiben sollen. Ich bin froh, jemanden in meinem Alter zu haben."

Monica war eine große Favoritin im Haushalt und wurde von allen begehrt, von Mr. und Mrs. Greenwood bis hin zu Cyril, dem Baby. Wie Rhoda es jedoch prophezeit hatte, verschwand sie nach dem Tee mit Meta und Irene, wobei die drei älteren Mädchen offenbar den Wunsch hatten, sich unter vier Augen zu unterhalten. Rhoda bemühte sich, Lindsay für sich zu gewinnen, aber die vier Kleinen – Wilfred, Alwyn, Joan und Cyril – bettelten so kläglich darum, nicht aus der Gesellschaft des interessanten Besuchers verbannt zu werden, dass sie am Ende nachgab und es ihnen erlaubte Helfen Sie dabei, die verschiedenen Schätze im Garten auszustellen, die sie ihrer neuen Freundin zeigen wollte.

Die Greenwoods hatten eine ganze Reihe von Haustieren. Sie hielten sie in einem stillgelegten Stall in ordentlichen Käfigen mit Drahtfronten, von denen die meisten von Ralph und Leonard hergestellt worden waren. Es gab Hasen mit seidenen Haaren und Hängeohren, die man mit Handfeuerwaffen umarmen konnte, ohne irgendwelche Einwände zu erheben; leuchtende kleine Meerschweinchen, die oft für spannende Verfolgungsjagden sorgten, indem sie den Umarmungen ihrer Besitzer entkamen und sich hinter den Käfigen versteckten; eine Familie gescheckter Mäuse, bestehend aus einer Mutter und fünf Jungen, die im Allgemeinen tagsüber zu Bett gingen und mit einem Bleistift aus ihrem Schlafquartier gestoßen werden mussten, damit sie sich zeigten; eine mürrisch aussehende Schildkröte, die Wilfred erlaubte, sich am Kopf zu kratzen, aber die anderen empört anspuckte; und eine ganze Kiste voller Seidenraupen in verschiedenen Stadien, von winzigen, sich windenden schwarzen Fäden bis hin zu Puppen in Kokons. Die Kinder wurden von einem scharfen kleinen schwarzen Zwergspitz zum Stall begleitet; aber sie mussten ihn draußen lassen, damit er die Kaninchen nicht verletzen könnte, und er saß traurig heulend auf der Türschwelle, bis sie wieder herauskamen. Anschließend begleitete er sie jedoch in den Garten, zusammen mit einem großen, unscheinbaren Hofhund namens Bootles , der sich an einen Postwagen spannen ließ und Cyril den Weg hinauf und hinunter zog.

„Ich möchte dir unsere Obstbäume zeigen", sagte Rhoda und ging voran zum Obstgarten. „Jeder von uns hat einen eigenen, gepflanzt, sobald wir geboren wurden. Meta, Ralph und Leonard haben Äpfel, Wilfred und Alwyn Birnen, meine ist eine Victoria-Pflaume, Joan hat eine Greengage und Cyril eine schwarze Kirsche. Du Sehen Sie, sie stehen in einer Reihe, abseits der anderen Bäume, deshalb nennen wir dies unseren Teil des Obstgartens.

„Wem gehört der Neunte?" fragte Lindsay und blickte auf einen schönen Birnbaum, der an der Spitze der Reihe stand.

„Das gehörte unserem ältesten Bruder", sagte Rhoda. „Er starb, bevor ich mich erinnern kann, aber wir nennen ihn immer noch ‚Herberts Baum'. Die Birnen sind jedes Jahr an seinem Geburtstag reif, also pflücken wir sie alle, packen sie sorgfältig in eine Kiste und schicken sie in ein Kinderkrankenhaus London. Mutter schickt auch das Geld, das sie für sein Geburtstagsgeschenk ausgegeben hätte. Es sind die schönsten Birnen, die besten, die wir haben, und wir dachten, das wäre das Schönste, was wir damit machen könnten.

Die kleinen Gärten der Greenwoods waren ebenso interessant wie ihre Obstbäume. Jedes Kind schien ein anderes Experiment versucht zu haben. Wilfred hatte in seinem eigenen Teich einen Teich angelegt, indem er einen alten Holzbottich in die Erde versenkte, und versuchte, eine Seerose dazu zu überreden, darin zu wachsen. Er hatte ein Büschel Iris und ein paar Vergissmeinnicht an den Rand gepflanzt, die ziemlich anmutig herabhingen und wirklich ganz hübsch aussahen. Er hielt mehrere Frösche, um im Wasser herumzuschwimmen, obwohl das ständige Fangen dieser Frösche das Wohlergehen der kämpfenden Lilie eher beeinträchtigte. Alwyn hatte auf ihrem Grundstück aus alten Ziegeln und Steinen ein Miniaturhaus gebaut und es ordentlich mit Stroh gedeckt. Sie hatte einen Kiesweg bis zur Haustür angelegt und Gras gesät, um Rasenflächen darzustellen, und in deren Mitte jeweils ein rundes Blumenbeet geschnitten hatte. Joans Garten war gewaltsamen Veränderungen unterworfen. Letztes Jahr war es ein Kartoffelbeet gewesen, aber als sie diese nützlichen Gemüsesorten jeden Tag ausgrub, um zu sehen, wie sie keimten, war es nicht überraschend, dass sie sich weigerten, viel zu wachsen. Kürzlich hatte sie das Ganze in einen Puppenfriedhof umgewandelt und hatte mit Cyrils Hilfe große Freude daran, die Beerdigungen verschiedener kopfloser Günstlinge zu leiten, wobei sie von den Trauerfeierlichkeiten so begeistert war, dass sie sogar mehrere recht respektable Wachsbabys beerdigte, deren Verlust sie jedoch hinterher bereute , musste sie sie schließlich wieder ausgraben. Sie stellte an den Kopfenden der Gräber Grabsteine auf, die aus Schieferplatten vom Dach eines heruntergekommenen Schuppens hergestellt waren, und schrieb sorgfältig mit Schieferstift Namen, Daten und Grabinschriften darauf, wobei sie sehr betrübt war, als die Inschriften ausnahmslos durch jede Neuigkeit verwischt wurden Regenschauer.

Cyril hatte die Buchstaben seines Namens in Senf und Kresse gesät, die gerade frisch und grün aufgingen und bald zum Schneiden bereit sein würden. Er hatte auch einige Glühbirnen unter Glasstücken in einer Ecke, die er sein Treibhaus nannte. Ralph und Leonard waren in der Schule so beschäftigt, dass ihre Gärten scheinbar hauptsächlich von Rhoda gepflegt wurden, die für sich selbst einen sehr ehrgeizigen Plan hatte.

„Ich möchte eine Blumenuhr machen", erklärte sie. „Sehen Sie, ich habe ein rundes Gesicht ausgegraben und es in zwölf Teile unterteilt, und ich werde jede Figur in verschiedenfarbige Blumen stecken . Dann dachte ich, wenn ich eine Stange in der Mitte befestigen könnte , sollte sie gegossen werden. " einen Schatten und zeige die Zeit wie eine Sonnenuhr. Ich habe es mit meinem Kompass nach Norden, Süden, Osten und Westen geschafft, und es wird höchst entzückend sein, wenn ich ihn nur zum Laufen bringen kann.

Rhoda hatte Lindsay im Haus fast genauso viel zu zeigen wie draußen. Dort befand sich ihr Schlafzimmer, ein winziger Zufluchtsort, in dem sie all ihre besonderen Schätze aufbewahrte, damit sie den aufdringlichen Fingern der Kinder nicht im Weg standen. Es war ein sehr altmodisches kleines Zimmer mit einer niedrigen schwarzen Balkendecke und einem Fenster, das auf einen kleinen Balkon führte, auf dem sie Kapuzinerkresse und andere Hängepflanzen in Töpfen züchten konnte. Die Wände waren mit Bildern in selbstgemachten Rahmen, wundervollen Arrangements aus Korken, Eicheln, Muscheln oder geflochtenem Stroh bedeckt; und es gab einen ganz schönen Schreibtisch und einige wunderbare Bücherregale.

„Die Jungs haben diese aus alten Kisten gemacht", sagte Rhoda. „Das lernen sie in ihrem Schreinerkurs in der Schule, und sie haben es getan, um mich an meinem Geburtstag zu überraschen. Ich bewahre alle meine Bücher hier auf. Vater schenkt mir jetzt die Dichter zu Weihnachten. Ich habe Longfellow und Shakespeare und Wordsworth und ich." Ich gehe davon aus, dass es das nächste Mal entweder Cowper oder Goldsmith sein wird. Das ist mein Farbkasten. Ich wage es nicht, ihn im Schulzimmer zu lassen, aus Angst, dass die Kleinen ihn in die Hände bekommen. Ist er nicht eine Schönheit? Miss Johnson, unsere Gouvernante , schenkte es mir als Preis für das Bestehen der Prüfung am Trinity College. in Klavier und Theorie.

"Magst du Musik?" fragte Lindsay.

„Ja, ich glaube, es gefällt mir ziemlich gut. Miss Johnson wollte, dass ich an dieser Prüfung teilnehme. Sie meinte, es wäre etwas, wofür ich üben müsste. Wir mussten nach Bridgend, um es abzulegen. Es hat ziemlich viel Spaß gemacht, denn wir waren den ganzen Tag damit beschäftigt, hin und zurück zu kommen, und zum Glück war ich überhaupt nicht nervös. Spielst du?"

„Ein bisschen", antwortete Lindsay. „Ich lerne Geige, kann aber im Manor keinen Unterricht nehmen."

„Ich wünschte, du könntest vorbeikommen und uns bei einem unserer Mäßigkeitskonzerte helfen."

„Oh, ich hätte viel zu viel Angst!" rief Lindsay entsetzt aus.

„In einem kleinen Dorf wie diesem braucht es dir nichts auszumachen", erklärte Rhoda. „Die Leute würden denken, dass alles, was du gemacht hast, großartig war. Sie klatschen bei allem, selbst wenn Ralph Niggerlieder spielt; und er hat keine Stimme, und das Banjo ist im Allgemeinen verstimmt, so dass er in einer Tonart singt und in einer anderen spielt. "

„Ich weiß nicht, ob ich versprechen kann, auf dem Laufenden zu bleiben", lachte Lindsay. „Spielen Sie auf diesen Konzerten?"

„Ja, fast immer. Letztes Mal war es etwas umständlich, weil mit den Tasten des Klaviers etwas nicht stimmte. Sie blieben hängen, und ich musste Wilfred dazu bringen, sich darunter zu setzen und sie so schnell nach oben zu drücken, wie ich weiterspielte." Sonst würde die Hälfte der Noten nicht erklingen; und es kam mir so merkwürdig vor, nur einen Teil eines Akkords zu hören und die Mitte eines Durchgangs zu verpassen. Das hat mich ziemlich verärgert. Ich nehme an, es war die Feuchtigkeit, die das verursacht hat. Wir müssen einen Tuner holen, der sich darum kümmert."

„Haben die Leute applaudiert?"

„Ja, großartig. Ich denke, es hat sie amüsiert, Wilfred darunter sitzen zu sehen. Sie haben einfach jedes Mal gebrüllt, wenn er die Tasten hochgedrückt hat Die Schule. John Crosby, der kleine Junge des Steinmetzes, singt sehr gut, und ich habe beim Spielen seiner Begleitung einen so großen Fehler gemacht, weil ich so viele Noten verloren habe, dass er eine halbe Strophe vor mir fertig war. Ich habe mich hinterher bei ihm entschuldigt, aber Er sagte, er glaube nicht, dass es irgendjemandem aufgefallen sei!"

Lindsay fand es eine ganz neue und unterhaltsame Erfahrung, inmitten einer so großen, unternehmungslustigen und lebhaften Familie wie den Greenwoods zu leben. Von Meta, der Ältesten, bis zu Cyril, dem Baby, kaum aus den Unterröcken, hatten alle sehr entschiedene eigene Meinungen, die sie mit beträchtlicher Charakterstärke, aber auch einem Maß an guter Laune vertraten und vertraten, was gut für ihre Ausbildung sprach. Mrs. Greenwood, die Streitereien eher für eine Gewohnheitssache hielt, bestand darauf, dass ein gewisser Standard häuslicher Höflichkeit aufrechterhalten wurde, und duldete weder Dominanz gegenüber den Älteren noch Gejammer bei den Jüngeren.

„Man kann ein Thema ganz gut besprechen, ohne unhöflich zueinander zu sein, wenn man unterschiedlicher Meinung ist", erklärte sie. „Sie müssen sich abwechseln, um Ihren eigenen Weg zu gehen. Es ist nicht fair, dass der Älteste immer alles arrangiert, aber andererseits werden Joan und Alwyn überhaupt nichts bekommen, wenn sie anfangen, so murrend und murrend zu jammern und sich zu beschweren unangenehmer Tonfall. Ich finde es eine Schande, wenn ihr alle so egoistisch seid, dass ihr nicht zustimmen könnt. Jeder von euch muss bereit sein, einen gewissen Betrag aufzugeben, denn unter acht Kindern kann es ganz und gar nicht sein, dass jedes einzelne so ist zuallererst."

Irene, die Cousine der Greenwoods, war an deren stürmische Art gewöhnt und bereit, sich unter ihnen zu behaupten; während Monica mit einem amüsierten Lächeln zusah, ohne sich an irgendwelchen Auseinandersetzungen oder Streitigkeiten zu beteiligen. Es gab auf jeden Fall viel zu tun im Pfarrhaus und keiner der drei Gäste konnte sich darüber beschweren, dass der Urlaub langweilig war.

Am Samstagnachmittag vereinbarten Meta, Rhoda und die beiden ältesten Jungen, dass sie eine Expedition zu einem großen See etwa ein paar Meilen entfernt unternehmen sollten. Man hatte ihnen versprochen, dort ein Boot zu leihen, und sie schlugen vor, mit ihren Besuchern einen Ausflug auf dem Wasser zu unternehmen. Sie begannen mit Körben voll Proviant und wollten an Land gehen und einen Picknicktee trinken, wenn sie am Ufer genügend trockene Stöcke finden würden, um ein Feuer anzuzünden und ihren Kessel zum Kochen zu bringen. Sowohl Meta als auch ihre Brüder konnten gut rudern, so dass das Boot bald wunderbar ruhig und zufriedenstellend über den See glitt.

„Wir wagen es nicht, irgendwo in der Nähe des Waldes zu ankern", erklärte Meta, „Sir Percy Harwood, der Besitzer, ist sehr streng, wenn es um unbefugtes Betreten geht."

„Ja, die Torhüter sind auf dich los, selbst wenn du auch nur ein paar Meter ins Gehege gehst", stimmte Ralph zu. „Seht her! Was haltet Ihr davon, draußen auf dieser kleinen Insel zu campen? Da kann es keine Fasane geben, die man erschrecken könnte, und wir sollten jede Menge Stöcke besorgen."

Bei der betreffenden Insel handelte es sich um eine kleine, grün aussehende Ansammlung von Haselsträuchern und Birken, weit draußen in der Mitte des Sees. Es hatte ein attraktives Aussehen, also ruderten sie durch das ruhige Gewässer, das sie davon trennte, und ließen das Boot zwischen dem Schilf hindurch, das am Rand wuchs.

„Es scheint ziemlich lustig zu sein", sagte Rhoda. „Angenommen, wir lassen die Körbe hier und gehen zunächst auf Erkundungstour, um einen guten Platz zu finden?"

„Es ist ziemlich romantisch", erklärte Irene, „wie Ellens Insel in Die *Frau vom See* . Wir sollten zwischen den Bäumen ein Jagdschloss finden und dort einen interessanten Gesetzlosen leben."

„Eher einen Wilderer finden!" lachte Ralph; „Obwohl es hier nichts zu fangen gäbe, was er fangen könnte, es sei denn, er hätte ein Boot im Schilf verstaut und unternahm mitternächtliche Ausflüge in die Wälder."

„Ich denke, das ist die Art von Ort für einen Einsiedler", sagte Monica. „Er hätte eine kleine Zelle haben und seine Gebete vortragen können, ohne von irgendjemandem gestört zu werden, außer von einem gelegentlichen fahrenden Ritter, der vom gegenüberliegenden Ufer aus in ein Horn blies. Ich frage mich, ob hier jemals jemand gelebt hat?"

„Wenn er es getan hätte, hätten die Vermieter damals nicht so genau auf Hausfriedensbruch achten können", erwiderte Leonard. „Ich glaube nicht, dass Sir Percy Harwood zulassen würde, dass sich irgendjemand so nahe an seinen Fasanen niederlässt; er würde Stahlfallen oder Drahtschlingen unter der Soutane vermuten und erwarten, im Wald einen Schuss statt einer Vesperglocke zu hören."

„Wir werden das Boot an diesem alten Baumstumpf festmachen", sagte Ralph. „Passen Sie auf, wo Sie hintreten, wenn Sie absteigen – der Boden scheint fürchterlich matschig zu sein. Vielleicht ist es weiter oben besser. Lassen Sie uns ein wenig vorankommen. Ich sage, da ist doch etwas ziemlich Seltsames, nicht wahr?"

Da war auf jeden Fall etwas ausgesprochen Seltsames. Die grüne, moosige Erde unter ihren Füßen gab nach, als würden sie auf ein Federbett treten. Bei jedem Schritt sank es mit einem merkwürdigen schmatzenden Geräusch und erhob sich mit der Elastizität eines Korkens nach hinten, so dass es schien, als ob die ganze kleine Insel unter ihnen auf und ab hüpfte, während sie hier und da sprangen, wie Leonard es ausdrückte: „Genau wie eine Federkernmatratze, wenn man darauf springt".

„Der Boden ist auch so komisch", sagte Meta und stocherte mit einem Stock herum; „Es scheint kein richtiger Boden zu sein, nur Wurzeln, Moos und Gras wachsen darin. Dieser Stock geht so weit nach unten, und da kommt tatsächlich Wasser hoch!"

Die anderen kamen alle, um nachzusehen, und begannen, dicht beieinander stehend, ihre Stöcke in die seltsam wogende Oberfläche zu graben. Einen oder zwei Augenblick lang trug es ihr gemeinsames Gewicht, dann sank es plötzlich wie ein durchstochener Gummiball , brach zusammen und sie kämpften fast bis zur Hüfte im Wasser. Zum Glück gelang es ihnen, sich an den Haselsträuchern oben festzuhalten und durch Schwingen an den Ästen einen festeren Halt zu finden, obwohl sich selbst dort der Boden sehr unsicher und schwammig anfühlte und bei jedem Schritt kleine dunkle Pfützen aufstiegen.

„Wir müssen so weit wie möglich voneinander entfernt bleiben", rief Ralph; „Der elende Ort hat kein festes Fundament, er ist nur eine Ansammlung von Stöcken und Blättern. Halten Sie sich an den Bäumen fest und versuchen Sie, zum Boot zurückzukehren, bevor Sie tiefer hineingehen. Belasten Sie es nicht mit Ihrem Gewicht! Es ist wie Gehen." auf dünnem Eis."

Sehr nass und schlammig und etwas verängstigt suchten sich die Forscher vorsichtig den Rückweg, traten so oft wie möglich auf die Wurzeln der Bäume und ließen die Äste nie los. Mit großer Erleichterung kletterten sie wieder ins Boot und überprüften ihre beschädigte Kleidung.

„Ich bin bis auf die Haut durchnässt!" erklärte Rhoda. „Es ist eine schreckliche Plage. Schau dir Lindsay an!"

„Mir macht meine Kleidung nicht so viel aus, wenn sie nicht so unbequem wäre. Mein Kleid lässt sich waschen", sagte Lindsay.

„Meins wird es allerdings nicht tun, das muss ich leider sagen!" stöhnte Irene.

„Ich habe die Kuchen getragen, und sie sind durchnässt und nicht zum Essen geeignet", verkündete Leonard.

„Die Insel ist eine perfekte Falle", sagte Meta und versuchte, das schlammige Wasser aus ihrem eigenen Kleid und dem von Monica zu pressen. „Ich glaube, es ist nichts anderes als eine Art Floß, das aus all dem toten Holz und dem Müll besteht, der sich im See angesammelt hat. Ich gehe davon aus, dass Samen darauf geweht sind und dann Bäume und Büsche aus dem Boden geschossen sind. Jetzt denke ich darüber nach." „Ich glaube nicht, dass es letztes Jahr an der gleichen Stelle war, also muss es schwimmen können. Wir müssen nach Hause gehen; wir können nicht anhalten und picknicken, wenn wir so durchnässt sind."

„Ich frage mich, wie der Einsiedler es geschafft hat, wenn er jemals dort gelebt hat?" sagte Monica.

„Es muss eine ausgezeichnete Buße gewesen sein, mit der Aussicht auf ein Märtyrertum am Ende", entgegnete Ralph. „Nun, ich muss sagen, wir haben unseren Besuchern einen angenehmen Nachmittag beschert! Sie werden dies nicht als Beispiel für unser Picknick nehmen wollen. In diesem Zustand ist es sinnlos, Tee und Kuchen anzubieten!"

„Ich hätte lieber ein Stück Seife und eine Dose heißes Wasser!" sagte Irene.

"Egal!" sagte Leonard tröstend. „Ich bin dafür, dass wir am Montag zum Pendle Tor gehen . Wir können dort einen Wasserkocher kochen und jede Menge Spaß haben. Wenn Sie noch nie dort waren, werden Sie wahrscheinlich sagen, dass es das wieder wettmacht."

KAPITEL VIII

Pendle Tor

Mit großer Vorfreude machte sich die Picknickparty am Pfingstmontag auf den Weg zum Pendle Tor. Die vier jüngeren Greenwoods blieben zu Hause, da der Weg für sie zu weit sein würde, aber sie kündigten ihre Absicht an, am Nachmittag einen kleinen Hügel hinter dem Pfarrhaus zu erklimmen und auf eigene Faust einen Tee im Freien zu trinken, was auch der Fall war gleichwertig, wenn nicht sogar besser als das, was die Älteren genießen – „weil Mary gerade mit dem Backen fertig ist und versprochen hat, uns ein paar Brötchen direkt aus dem Ofen zu bringen, und die werden Sie auf Pendle Tor ganz sicher nicht bekommen." sagte Joan.

Auch wenn ihnen der Genuss heißer Teekuchen verwehrt blieb, wollten die Bergsteiger auf ihrer Reise dennoch nicht verhungern, wie aus den Körben voller Proviant hervorging, die sie mit sich führten. Leonard hatte anstelle eines Wasserkochers eine Milchkanne mitgenommen, die zum Kochen des Wassers dienen sollte, da sie leichter zu transportieren war und den zusätzlichen Vorteil hatte, dass man die Teetassen darin verstauen konnte.

„Sehen Sie, ein eiserner Wasserkocher hat so ein Gewicht", erklärte er, „und als wir das letzte Mal einen dieser schäbigen Sixpence-Half-Penny-Zinnkessel nahmen, schmolz das gesamte Lot, als wir ihn auf das Feuer stellten, und der Ausguss fiel ab." . Wir können die Milchkanne auf einen Stock hängen und über das Feuer stellen, und das funktioniert hervorragend."

„Pass auf, dass du die Tassen nicht zerbrichst!" sagte Irene und erwartete, ein Krachen zu hören, nachdem die Dose so rücksichtslos hin und her geschwenkt wurde.

„Ich könnte es nicht schaffen, wenn ich es versuchen würde; es sind alles Emaille-Porzellan. Die Mater würde uns ihr bestes Porzellan nicht anvertrauen , das versichere ich Ihnen."

Inglemere gibt es unglaublich viele Forellen ", bemerkte Ralph. „Wenn es uns gelingt, ein paar zu kitzeln, könnten wir sie vielleicht im Deckel der Milchkanne braten."

„Das ist Wilderei!" erklärte Meta.

„Es ist mir völlig egal", erwiderte Ralph. „Wenn Sir Percy sich darüber beschwert, dass welche fehlen, können Sie ihm mit meinem Kompliment die Knochen geben."

„Ich glaube nicht, dass es ihm etwas ausmachen würde, wenn du ein oder zwei fängst", sagte Monica. „Ich kenne Sir Percy ziemlich gut, und er ist nur gegen echte Wilderer so hart und gegen Ausflügler, die manchmal kommen und versuchen zu fischen. Wie er sagt, wenn es jedem erlaubt wäre, Fische zu fangen, gäbe es bald keine mehr. Ich bin gegangen, und die Leute haben angefangen, es zu tun, um sie zu verkaufen, und nicht aus Spaß. Letzten Sommer, als sie im Pfarrhaus wohnten, erlaubte er Mr. Crosss Neffen, angeln zu gehen, und er sagte, ich könnte das auch tun, wenn ich es jemals tun würde fühlte sich geneigt."

„Ich habe noch nie eine gekitzelte Forelle gesehen", sagte Lindsay.

„Es wird heißen: ,Erst den Fisch fangen, dann kochen'", lachte Rhoda. „Es ist gar nicht so einfach, sie herauszuholen – es sind die schlüpfrigsten Dinger, die man sich vorstellen kann. Ich bin froh, dass wir uns bei unserem Abendessen nicht auf Ralphs Geschick verlassen müssen. Ich hatte gehofft, dass wir vielleicht ein paar Pilze finden." und schmoren sie in einem Teil der Milch, die wir mitgebracht haben. Wir könnten die Dose in die Asche des Feuers stellen, und sie würden kochen, während wir den ersten Gang aßen."

„Nun ja, es heißt ganz sicher: Pflücken Sie zuerst Ihre Pilze, denn Sie wissen nicht einmal, ob es welche geben wird", entgegnete Ralph. „Die Forellen sind jedenfalls immer da."

Es war ein langer Spaziergang bis zum Pendle Tor, und der Appetit, der durch die frische Luft der Hügel geschärft wurde, begann, ziemlich heftig zu werden; Aber da sie alle beschlossen hatten, ihr Picknick nicht zu machen, bevor sie den Gipfel erreicht hatten, stillten sie ihren Hunger mit ein paar Keksen und legten im Weitermarsch die letzte Meile in so kurzer Zeit zurück, dass Leonard erklärte, es erinnere ihn daran einer Schnitzeljagd. Es war ein ziemlich steiler Aufstieg, um den höchsten Punkt zu erreichen, doch als sie ihn erreichten, wurden sie mit dem Blick aus der Vogelperspektive auf die Landschaft um sie herum belohnt: Bauernhöfe, Kirchen und das entfernte Dorf sahen aus wie Spielzeug, und die Felder sahen so aus die Divisionen in einer Karte.

„Ich hoffe, es muss nicht regnen", sagte Monica und zeigte auf einige ziemlich bedrohliche Wolken, die von Westen her aufzogen.

„Wenn ja, werden wir schön nass werden, denn wir haben keinen Regenschirm unter uns!" gab Irene zurück.

„Regen? Nicht wahr! Machen Sie sich keine Sorgen, das Glas war heute Morgen auf „Mittelmäßig" eingestellt „Heute bekommt ihr Regen auf den Hut", erklärte Ralph, dessen Prophezeiungen im Allgemeinen genau seinen Hoffnungen entsprachen und der dazu neigte, seine Augen vor unwillkommenen Wahrheiten zu verschließen.

„Versprich lieber nicht zu viel, alter Junge, sonst musst du vielleicht zahlen",
sagte Leonard. „Ich selbst mag das Aussehen des Himmels nicht. Aber wie
stehen die Chancen? Es wird bei weitem nicht das erste Mal sein, dass wir
durchnässt sind, und ich denke, wir werden nicht schmelzen."

„Was ist mit dem Mittagessen?" fragte Rhoda. „Ich bin so am Verhungern,
dass ich nicht mehr lange warten kann."

Es wurde entschieden, dass die äußerste Spitze des Tor kaum ein geeigneter
Ort sei – der Wind wehte stark und es gab kein Wasser; Sie kletterten also
ein kleines Stück die Klippe auf der anderen Seite hinunter und stießen
schließlich auf eine geschützte Stelle zwischen den Felsen, wo eine kleine
Oberflächenquelle, die aus dem Boden sprudelte, es ihnen ermöglichte, die
Milchkanne zu füllen, die ihnen dienen sollte als Wasserkocher. Die Jungen
schnitten große Bündel trockenes Heidekraut und stapelten es gut
zusammen, so dass bald ein schönes Feuer brannte. Sie fanden es schließlich
unmöglich, die Dose aufzuhängen, denn die Flammen brannten direkt durch
jeden Stock, den sie über das Feuer hängen wollten; Deshalb mussten sie es
sicher auf eine Reihe von Steinen stellen und das Feuer darum schüren. Sie
hatten den Tee in einem Musselinbeutel mitgebracht, den sie in die Dose
warfen, um eine Teekanne zu sparen; Und obwohl das Ausgießen ziemlich
schwierig war, da die Dose so extrem heiß war, gelang es Meta, die Tassen
auszuschenken, ohne sich die Finger zu verbrennen.

„Sie haben den Fischgang noch nicht bereitgestellt", sagte Rhoda zu Ralph.
„Ich dachte, wir sollten zum Fest gebratene Forellen essen."

„Und ich dachte, du würdest uns Pilze geben", erwiderte Ralph.

„Ich sollte nicht warten, bis sie sie gekocht hat", erklärte Leonard.
„Schinkensandwiches und hartgekochte Eier reichen mir ganz gut. Hast du
Salz mitgebracht? Noch eine Tasse Tee, bitte, und sei nicht geizig mit dem
Zucker, Meta. Ich mag drei Stückchen."

„Ich frage mich, warum es draußen immer so anders schmeckt", sagte
Lindsay und blickte nachdenklich auf das dreieckige Erdbeermarmelade-
Gebäck, das sie gerade aß.

„Nun, ich habe gerade gesehen, wie du eine Ameise auf deiner Torte
verschluckt hast", sagte Ralph, „also hat das vielleicht einen Geschmack
gegeben . Oh, du brauchst dir keine Sorgen zu machen! Ameisen sind
ziemlich gesund, das versichere ich dir. Es gibt eine Allerdings krabbeln
furchtbar viele von ihnen hier herum. Ich denke, wir müssen uns auf einer
Daube bewegen .

„Ugh! Ja. Sie stechen mich schon!" stimmte Lindsay zu.

Nach dem langen Spaziergang waren sie alle ein wenig müde, deshalb saßen sie nach dem Mittagessen gerne da und ruhten sich aus, stellten Rätsel, machten Witze und lauschten den Schulgeschichten der Jungen über spannende Cricket-Spiele, private Fehden, Kämpfe zwischen Klassensiegern usw die Strafen, die bestimmten Betrügern und Raufbolden auferlegt worden waren – Berichte, die auf ihre Art ebenso spannend waren wie die tapferen Taten alter Panzerritter, wobei die kriegerischen Gefühle immer noch dieselben waren, auch wenn der Schauplatz des Jahrhunderts anders sein konnte. Es war so interessant, dass niemand an die Zeit dachte oder sich an die bedrohlichen Wolken erinnerte, die sich wie lange Bänder über das Moor ausgebreitet hatten.

„Warum, wo ist die Aussicht geblieben?" rief Monica schließlich. „Ich dachte, wir könnten von hier aus Linforth und den See und den Turm der Haversleigh- Kirche sehen ."

Sie könnte durchaus erstaunt ausrufen. Anstelle der Landschaft, die ihnen zuvor begegnet war, war nichts zu sehen außer einer großen weißen Nebelwand, die sie von allen Seiten einzuschließen schien, als hätte eine riesige Hand plötzlich eine Jalousie zwischen ihnen und der Ferne heruntergezogen .

"Wütend!" rief Ralph, sprang auf und ließ einen langgezogenen Pfiff erklingen. „Das ist eine schöne Lösung! Wir sind mitten in einer Wolke. Ich habe sie nie aufsteigen sehen. Es wird ungewöhnlich umständlich sein, daraus herauszukommen. Was für eine Schande für den alten Pendle Tor, uns so einen Streich zu spielen ! "

„Wird es bald vorbei sein, meinen Sie?" fragte Irene.

„Ich weiß es nicht", antwortete Meta eher ernst. „Manchmal bleiben die Wolken tagelang über diesen Mooren hängen. Ich wünschte, wir hätten es früher bemerkt und wären wieder auf die Straße gegangen, bevor wir umzingelt waren. Ich fürchte, es könnte jetzt sehr schwierig sein, den Weg zu finden."

„Ich glaube nicht, dass es nützt zu warten", sagte Leonard, „es kann sein, dass es stundenlang nicht klar wird. Wir packen besser unsere Fallen ein und unternehmen den bestmöglichen Vorstoß, um zu versuchen, den Weg zu finden."

„Wir müssen alle eng zusammenhalten", bemerkte Ralph. „Es geht nicht, sich zu trennen, sonst finden wir uns vielleicht nie wieder. Wir sollten uns besser rechts halten; auf der linken Seite befindet sich ein alter Steinbruch, und es wäre nicht gerade angenehm, hineinzugehen." Zum Glück habe ich einen Taschenkompass an meiner Uhrenkette.

Sehr ernüchtert packte die Picknickgruppe hastig die Körbe zusammen und machte sich mit Ralph als Führer auf den Weg den Hang hinunter, in der Hoffnung, einen Weg zu finden, der schließlich auf die Straße darunter führen würde. Es war ein seltsamer Spaziergang, sich ihren Weg durch das zu bahnen, was Monica als „weiße Dunkelheit" bezeichnete. Der dichte Nebel hing wie eine Decke in der Luft und schloss sie so vollständig ein, dass sie sich selbst aus ein paar Metern Entfernung kaum sehen konnten, und nur indem sie nahe genug blieben, um einander zu berühren, gelang es ihnen, dem zu entgehen getrennt. Obwohl sie eine ungefähre Vorstellung von ihrer Richtung hatten, wussten sie nicht wirklich, wohin sie gingen, und stolperten blind durch Heide- und Heidelbeersträucher, über Steine und Felsen und hatten nur das Gefühl, dass sie bergab gingen. Es ging nur sehr langsam voran. Ralph blieb ständig stehen, um seinen Kompass zu konsultieren, und gab gelegentlich ein lautes „ Guh " von sich, für den Fall, dass sie einen wandernden Hirten oder Landsmann finden könnten, der ihnen helfen könnte. Auf seine Rufe gab es jedoch keine Antwort – nur das gelegentliche Blöken eines Schafes, das weit weg und gedämpft durch den Nebel ertönte. Sie wussten, dass weder ein Häuschen noch ein Bauernhof in Sichtweite waren, und wenn es ihnen nicht gelang, die Straße zu erreichen, würden sie vielleicht stundenlang durch das Moor wandern und ihnen immer weiter aus dem Weg gehen. Müde von der harten Arbeit erklärten die Mädchen schließlich, sie müssten ein paar Minuten still sitzen und sich ausruhen.

„Es tut mir furchtbar leid, dass ich dich in solch ein Loch gebracht habe", sagte Ralph, „aber wer hätte gedacht, dass diese unschuldig aussehenden Wolken wie Federbetten auf uns herabkommen würden? Man weiß wirklich nie, was einen auf diesen Hügeln erwartet." ."

„Ich frage mich, was wir besser tun sollten?" sagte Monica.

„Bleiben Sie, wo wir sind", schlug Irene vor.

„Es wäre zu kalt, um hier zu übernachten", antwortete Meta.

„Wir haben nicht einmal unsere Jacken dabei", fügte Lindsay hinzu.

„Solange wir nicht völlig besiegt sind, sollten wir besser weitermachen", sagte Leonard. „Ich hoffe, dass wir zum Bach kommen, denn wir könnten auf jeden Fall den Weg entlang der Ufer nach Whitcombe finden. Ich habe die ganze Zeit darauf gehorcht, aber ich habe kein Geräusch gehört."

„Ich wünschte, wir hätten eine Wünschelrute!" stöhnte Rhoda. „Das würde uns sagen, in welcher Richtung das Wasser lag. Wir sind die ganze Zeit nach Südosten gefahren, nicht wahr?"

„Ja, ich glaube, der Bach lag genau südlich von unserem Ausgangspunkt", antwortete Ralph, „aber ich habe mich wegen des Steinbruchs nicht getraut, in diese Richtung abzubiegen. Vielleicht finden wir ihn weiter oben. Wenn Sie ausgeruht sind, Mädels, wir gehen.

Die feuchten, anhaftenden Wolken schienen sich gelegt zu haben, um zu bleiben. Der Wind, der früher am Tag, als sie das Pendle Tor bestiegen hatten, wehte, hatte aufgehört, und es wehte nicht einmal ein Hauch einer Brise, der den klammen Nebel wegblasen konnte, der ihre Kleidung bereits mit kühlem Tau durchtränkte. Es war jetzt halb fünf Uhr und sie waren schon mehr als eine Stunde unterwegs.

„Ich habe keine Ahnung, wo wir sind und wie weit wir schon gekommen sind", sagte Ralph. „Ich weiß nur, dass ich nach dem Kompass nach Osten gesteuert habe. Natürlich sind wir sehr langsam gefahren, aber ich denke, wir sollten nicht weit vom Bach entfernt sein. Wenn wir das finden könnten, wäre das eine enorme Hilfe." "

„Ich glaube, ich höre jetzt Wasser", sagte Rhoda und hielt einen Moment inne. „Das tue ich bestimmt: links von uns. Hören Sie zu!"

Alle standen still, mit allen Sinnen auf der Hut, und horchten aufmerksam auf das leiseste Murmeln. In der Ferne schien es ihnen, als könnten sie das unverkennbare Rauschen eines Baches wahrnehmen, der schnell über ein raues, steiniges Bett floss. Geleitet vom Geräusch stolperten sie weiter, bis sie schließlich, nachdem sie über eine Reihe von Felsen geklettert waren, den willkommenen Bach erreichten, der ihnen der Weg nach Hause und in die Sicherheit sein sollte.

„Ich bin ungemein froh, es zu sehen!" sagte Ralph und bückte sich, um etwas zu trinken. „Ich begann zu denken, wir sollten nie wieder zurückkommen. Wenn wir ihm folgen, führt er uns direkt nach Whitcombe. Natürlich ist das weit genug von unserem Weg entfernt, aber wir könnten dort in eine Falle geraten und nach Hause fahren."

Es war ein äußerst schrecklicher Aufstieg das Bachbett hinunter, über zerklüftete Felsen, zwischen Dornen und Büschen und durch Binsen und Schilf. Der Nebel hüllte sie immer noch ein, und sie wagten es nicht, das Wasser zu verlassen, um einen sanfteren Weg zu finden. Die drei Besucher, die solche Heldentaten nicht gewohnt waren, waren fast erschöpft, während selbst die stämmige Meta und Rhoda Anzeichen des Nachgebens zeigten.

„Wir sind jetzt an der alten Brücke", sagte Ralph und versuchte sie zu ermutigen. „Wir können hochklettern und auf die Straße gehen. Bis zum Dorf Whitcombe sind es nur noch etwa drei Meilen. Wir werden dort bestimmt eine Art Falle finden, und dann ist alles in Ordnung."

„Ich glaube, der Nebel lichtet sich ein wenig", sagte Leonard; „Es ist nicht mehr halb so dick wie früher. Schauen Sie sich die Sonne an, die versucht, durchzukommen!"

„Ich glaube, wir kommen direkt aus den Wolken. Das ist es!" erklärte Ralph. „Ich fange an, die Bäume zu sehen. Hurra! Es lichtet sich ganz schön. Wir klettern das Ufer hinauf und kommen auf der Straße viel schneller voran als hier unten auf diesen elenden Steinen. Kopf hoch, Mädels! Das werdet ihr bald Sei jetzt in Whitcombe.

Eine Stunde später humpelte die Gruppe mit schmerzenden Füßen und müde nach Whitcombe, einem kleinen Weiler, der aus einem Gasthaus am Wegesrand und einer Handvoll Hütten bestand. Es war acht Uhr, und die Sonne hatte hinter langen Streifen aus Purpur und Grau bereits begonnen, hinter dem Horizont zu versinken. Sie waren neun Meilen von zu Hause entfernt, da der Bach sie in eine ganz andere Richtung als Linforth geführt hatte , und sie waren, wie Leonard es ausdrückte, „ganz und gar in einer lustigen Situation gelandet". Gerade im Moment schien Tee die dringendste Notwendigkeit zu sein, und so wurde ein Kriegsrat abgehalten, um zu sehen, welche Mittel für diesen Zweck aufgebracht werden könnten. Diese machten nicht viel aus. Lindsay und Rhoda waren mittellos, auch Monica hatte ihre Handtasche im Pfarrhaus gelassen. Irene und Meta brachten gemeinsam einen Schilling zusammen. Ralph hatte einen Sixpence, während sich herausstellte, dass der Inhalt von Leonards Taschen genau dem der traditionellen Schuljungentasche entsprach: Twopence , Halfpenny und ein altes Messer.

„Ich fürchte, es wird nicht sehr weit kommen", sagte Ralph. „Wir werden sie bitten müssen, uns eine Zeche zu geben. Kommen Sie mit! Wir werden das Gasthaus ausprobieren und sehen, was sie für uns tun werden."

„Wir müssen ihnen sagen, wer wir sind", fügte Meta hinzu, „und sagen, dass Vater danach bezahlen wird."

Der Anblick von sieben solchen *Bona-fide* Die Reisenden schienen große Überraschungen hervorzurufen, sowohl für die gute Frau an der Bar als auch für die wenigen Dorfbewohner, die mit Pfeifen und Gläsern da saßen und über lokale Politik und die Chancen der Ernte diskutierten . Tee zur ungewöhnlichen Stunde um acht schien eine beispiellose Bitte zu sein, und die Wirtin gab sich nicht zufrieden, bis sie ihre Neugier gestillt hatte, wer ihre Gäste waren, woher sie kamen und was sie zu dieser Zeit am Abend in Whitcombe wollten.

„Was wir wollen, ist etwas Tee", sagte Ralph nach einer kurzen Erklärung ihres Abenteuers, „und alles in Form eines Transportmittels, das uns heute Abend zurück nach Linforth bringen kann. Wir haben nur eins und acht

Pence- Halbpenny darunter. " aber mein Vater wird den Rest bezahlen, wenn wir nach Hause kommen. Wenn du willst, lasse ich dir meine Uhr und meine Kette.

„Das musst du nicht tun!" lachte die Wirtin. „Ich bin mir sicher, dass ich Ihnen vertrauen kann. Kommen Sie in den kleinen Salon und trinken Sie dort Ihren Tee. Die jungen Damen sehen aus, als wären sie bereit umzufallen, und dies ist kein passender Ort für sie, um sich hinzusetzen. Diese Nebel sind üble Dinger oben auf Pendle Tor. Es ist eine Gnade, wie du überhaupt untergekommen bist. Letzten Herbst wurde dort ein Herr aus London erwischt, und er wanderte zwei Tage lang im Kreis herum, bevor es klar wurde und sie ihn fanden. Er war fast tot, auch mit der Kälte und der Feuchtigkeit. Mein Sohn Albert wird das Pferd in die Falle stecken und dich nach Hause fahren. Ich wage zu behaupten, dass du es irgendwie schaffen wirst, dich hineinzuquetschen."

Kein Tee war jemals so angenehm wie die großen, dampfenden Tassen, die sie in dem stickigen kleinen Salon tranken , und keine Kutsche und kein Gespann hätten willkommener sein können als der alte Marktkarren, der danach vor der Tür vorbeikam. Es war eher ein Problem, sich und den Fahrer hineinzupacken, aber Lindsay saß auf Metas Knie und Rhoda quetschte sich zwischen ihren beiden Brüdern auf dem Vordersitz zusammen. Das Pferd ging bergauf und bergab und kam erst auf ebenem Boden zu einem gemäßigten Trab, so dass es eine beträchtliche Zeit brauchte, um die neun Meilen lange Reise zurückzulegen, und es fast elf Uhr war, als sie das Pfarrhaus erreichten. Sehr müde, frierend und beengt stürmten sie ins Haus, wo Mrs. Greenwood sich in qualvoller Spannung alle möglichen Unfälle ausgemalt hatte, die ihnen passieren konnten, und sich auf das Schlimmste vorbereitete. Es schien , dass der Pfarrer und einige der Nachbarn mit Laternen auf der Suche nach ihnen waren, also wurde schnell ein Bote durch das Dorf geschickt, um die gute Nachricht von ihrer sicheren Ankunft zu verbreiten.

„Sie können sich nicht beschweren, dass es hier keine Aufregung gab", sagte Ralph zu den drei Gästen. „Wir haben dich am Samstag fast ertränkt, und heute hätten wir dich fast im Moor verloren. Du gehst morgen, sonst wären wir vielleicht noch um Haaresbreite entkommen. Jedenfalls glaube ich nicht, dass du das tun wirst Vergiss Pendle Tor schnell!"

Lindsay hatte sicherlich jede Menge Neuigkeiten zu erzählen, als sie ins Manor zurückkehrte. Ihre Klassenkameraden waren ziemlich neidisch, und die arme Cicely war ein wenig wehmütig, dass Rhoda ihren Platz in der Zuneigung ihrer Freundin an sich gerissen haben könnte. Davor hätte sie jedoch keine Angst haben müssen. Lindsay war ihrem auserwählten Freund treu und hatte so viele Dinge zu befragen und Abenteuer zu erzählen, dass die beiden bald wieder so schnell plauderten wie gewöhnlich. Cicely hatte in den wenigen Tagen keine weiteren wichtigen Entdeckungen gemacht, obwohl sie Mrs. Wilson aufmerksam im Auge behalten hatte und einmal bemerkt hatte, wie sie mit einem Krug in der Hand zum Laternenraum hinaufging. Scott war nicht mehr im Haus gewesen, aber man hatte ihn gesehen, wie er sich ernsthaft mit „dem Greif" im Garten unterhielt. Er war eilig weggegangen, als Cicely sich näherte, und wollte offenbar nicht, dass das Gespräch belauscht wurde. Ob es etwas mit dem Mysterium zu tun hatte oder nicht, ließ sich natürlich nicht sagen.

„Im Großen und Ganzen bin ich ziemlich froh, dass während Ihrer Abwesenheit nichts Besonderes passiert ist", sagte Cicely. „Ich hätte mir so schrecklich gewünscht , es jemandem zu erzählen, ich fürchte, Marjorie Butler hätte es vielleicht aus mir herausgekitzelt. So wie es ist, weiß keiner von ihnen es, und wir haben das Geheimnis immer noch für uns."

KAPITEL IX

Die Handlung verdichtet sich

Nachdem Lindsay und Cicely die Geschichte von Monica Courtenay, der Vorfahrin ihrer Freundin, gehört hatten, verspürten sie ein besonderes Interesse an ihrem Porträt. Eines Nachmittags schlenderten sie durch die Bildergalerie, um es sich noch einmal anzusehen. Da waren das hübsche lächelnde Gesicht – so ähnlich wie Monicas – und der Strauß roter Rosen, der Sir Piers Courtenay das Leben gerettet hatte. Sollte das ganze Glück der Rasse ihr gehören, und würde nichts davon dem Namensvetter zufallen, der ihr so ähnlich war?

„Wenn sie nur zurückkommen und wieder von Nutzen sein könnte!" seufzte Lindsay. „Sie sollte jedes Geheimnis dieses Hauses kennen."

„Ich wünschte, wir könnten sie zum Reden bringen und es uns sagen ", sagte Cicely.

In diesem Moment schlug eine entfernte Tür zu, und ein heftiger Windstoß wehte über die Galerie. Cicely zuckte heftig zusammen.

„Lindsay, hast du gesehen?" rief sie aus. „Das Bild hat sich in seinem Rahmen bewegt!"

„Unsinn! Wie könnte es sein?" sagte Lindsay, die weggeschaut hatte.

„Das sage ich dir!"

„Sie müssen es sich eingebildet haben."

Es schien sicherlich ziemlich unwahrscheinlich. Die Porträts waren alle fest in den getäfelten Wänden befestigt, und es war nicht zu erwarten, dass ein Lufthauch hinter sie dringen würde.

„Es ist fast so, als ob sie am Leben wäre", fuhr Cicely fort, „und gerade als wir uns wünschten, sie könnte sprechen! Kein Wunder, dass sich die Leute Geschichten über sie ausdenken. Ich glaube, das gefällt mir nicht ganz."

„Wie dumm du bist!" sagte Lindsay verächtlich. „Vielleicht hast du einen Geist gesehen!"

„Nun, es ist seltsam! Du brauchst mich also nicht auszulachen. Ich werde nicht länger hier bleiben; ich bin dafür, dass wir in den Garten gehen."

Bilder, die bewegten, waren weitaus mehr, als Cicely erwartet hatte. Mysterien waren auf ihre Art alle sehr gut, aber sie begann das Gefühl zu haben, dass es möglich sei, zu viel des Guten zu haben. Für sie war es eine deutliche

Erleichterung, die düstere alte Galerie mit ihren Rüstungen und Wandteppichen zu verlassen und an die frische Luft und den Sonnenschein zu gehen. Bis zum Tee musste noch eine halbe Stunde erledigt werden, und die beiden Mädchen schlenderten gemächlich in Richtung Küchengarten.

„Ich wünschte, ich wüsste, wo früher das Bootshaus war, für das Sir Piers den Schlüssel haben wollte“, sagte Lindsay.

„Es war nicht sehr weit weg, das wage ich zu behaupten. Der Fluss fließt irgendwo am Grund dieser Felder.“

„Ich frage mich, ob es einen Weg gibt.“

„Ich glaube, da ist einer am Ende des Obstgartens. Ich habe Scott einmal dort unten laufen sehen.“

„Sollen wir hingehen und nachsehen?“

"In Ordnung!"

Der Obstgarten war verbotenes Gelände. Vielleicht machte die Tatsache, dass sie eine Beschimpfung oder sogar eine Note für schlechtes Benehmen riskierten, das Abenteuer nur noch interessanter. Sie stellten zunächst sicher, dass Scott sich im Gewächshaus sicher um seine Tomaten kümmerte, dann tauchten sie hastig zwischen den Reihen junger Apfelbäume hindurch. Cicely hatte recht. Am anderen Ende befand sich ein kleines Tor, das auf eine Wiese führte.

„Dort drüben muss der Fluss sein, verdeckt von diesen Weiden“, sagte Lindsay.

„Ich hoffe, wir treffen keinen Bullen“, sagte Cicely und blickte nervös auf eine Gruppe Rinder in der Ferne.

„Oh, komm mit! Du hast bestimmt keine Angst vor Kühen!“

Bald hatten sie das Feld überquert und den Schatten der Weiden am Wasser erreicht. Das niedrige Ufer war mit Schilf und Binsen bedeckt. Auf einer grünen, sumpfigen Insel in der Nähe wuchsen hohe violette Blumen. Es war ein sehr angenehmer Ort, genau der richtige Ort für einen heißen Sommernachmittag.

„Viel schöner als der Garten, weil wir ihn ganz für uns alleine haben“, erklärte Cicely.

„Oh, schau mal, was ich gefunden habe!“ rief Lindsay begeistert aus.

Sie hatte im Schilf herumgestöbert und deutete nun triumphierend unter den Zweigen einer großen Weide auf ein glattes kleines Becken, in dem tatsächlich ein Kahn schwamm, der mit einer langen Kette am Stamm des Baumes verankert war.

Es war ein äußerst attraktiv aussehendes Boot, schön poliert und mit dem Namen *Heatherbell* in sauberen weißen Buchstaben auf dem Bug. Als Lindsay an der Kette zog, gelangte es ganz leicht an den Rand des Ufers und schien sie absichtlich einzuladen, hineinzusteigen. Einer solchen Versuchung konnte man nicht widerstehen. Einen Augenblick später waren sie beide drinnen.

„Wenn ich es schaffe, es zu lösen, bin ich sicher, dass ich uns auf den Fluss hinauswerfen kann", sagte Lindsay.

„Oh, tun Sie das! Und dann könnten wir vielleicht ein paar Seerosen finden", stimmte ihre immer willige Freundin zu.

Lindsay beugte sich vor, um die Kette zu erreichen. Es war fest um den Baum gewickelt und ließ sich nur sehr schwer lösen.

„Ich komme und helfe dir!" rief Cicely, und ohne an die Konsequenzen zu denken, sprang sie auf und trat ans andere Ende des Bootes.

Ihr plötzlicher Positionswechsel brachte das Gleichgewicht ihres kleinen Bootes völlig durcheinander. Es gab ein Plätschern, eine Reihe von Quietschgeräuschen, und beide Mädchen zappelten im Wasser. Zum Glück war das Becken flach und es bestand keine Gefahr zu ertrinken; aber als sie das Ufer erreichten, waren sie durchnässt und in einem extrem zerschlissenen Zustand.

„Was sollen wir tun?" sagte Cicely ausdruckslos und versuchte, das Wasser aus ihren Röcken zu wringen.

„Geh wohl zurück und zieh dir trockene Sachen an", antwortete Lindsay. „Ich gehe davon aus, dass wir in eine furchtbare Krise geraten werden."

„Ja! Was wird Miss Frazer sagen?"

Miss Frazer war gerade dabei, ihre Herde einzusammeln, um sich auf den Tee vorzubereiten, als zwei niedergeschlagene, triefende Gestalten die Terrasse entlangkrochen. Wenn sie gehofft hatten, unbemerkt die Seitentür zu erreichen, wurden sie bald nicht getäuscht; Die scharfen Augen der Gouvernante erspähten sie sofort.

„Lindsay und Cicely!" sie brach zornig aus. „Ihr ungezogenen Mädchen! Wo wart ihr? Kommt sofort ins Haus und zieht euch um. Ihr macht mehr Ärger als alle anderen in der Klasse zusammen. Das muss Miss Russell erzählt werden."

Miss Russell war wütend – wirklich wütend. Sie belehrte sie beide streng und unterbrach ihre Freizeitaktivitäten für den gesamten nächsten Tag. Dies schien an sich nur ein sehr kleiner Umstand zu sein, aber seltsamerweise führte er indirekt zu etwas von viel größerer Tragweite.

Die beiden Straftäter wirkten ausgesprochen reuig, als sie, anstatt wie üblich in den Garten zu gehen, im Klassenzimmer sitzen und in ihrer besten Handschrift eine Passage aus „Lycidas" abschreiben mussten. Es war auf jeden Fall anstrengend, vor allem, weil die anderen Mädchen ein Tennis-Handicap spielten und sie das leise Aufschlagen der Bälle und die Rufe „Vantage!" hören konnten. oder „Spiel!" Es war möglich, ein paar Köpfe über die Mauer tanzen zu sehen, aber sie konnten nicht erkennen, wie das Turnier voranschritt und wer die Gewinnerseite war.

Lange vor der Teezeit hatten sie ihre zugeteilten Portionen aufgegessen, gingen zum Fenster und lehnten sich hinaus, um einen Blick auf das Geschehen auf dem Rasen zu erhaschen. Das Klassenzimmer befand sich auf der Rückseite des Hauses und blickte auf einen kleinen gepflasterten Innenhof. Unten, auf einer Holzbank im Sonnenschein, saß Scott, putzte sich gemächlich seine Stiefel und summte mit einer Stimme vor sich hin, die wenig Melodie hatte. Die Katze rieb sich laut schnurrend an seiner Hose.

Die Mädchen wollten ihn gerade anrufen und ihn bitten, durch die Tür in der Wand zu schauen und ihnen Neuigkeiten über die Tennisspieler zu überbringen, als sie plötzlich ihre Absicht änderten. Mrs. Wilson war auf der Veranda erschienen. Sie holte eine Blumenvase heraus, schüttete das abgestandene Wasser weg und füllte es aus einem der Fässer, die daneben standen, wieder auf .

Scott hatte sie offensichtlich auch gesehen, denn er pfiff kurz, um ihre Aufmerksamkeit zu erregen, dann warf er seinen Schwärzpinsel weg und durchquerte den Hof, um mit ihr zu sprechen. Trotz seines gesenkten Tons erhob sich seine Stimme deutlich bis zum darüber liegenden Klassenzimmerfenster.

„Über das, worüber wir heute Morgen gesprochen haben", begann er. „Es sollte am besten so schnell wie möglich erledigt werden. Ich werde es heute Abend tun."

„Ich habe die Stelle markiert", antwortete Mrs. Wilson, „aber ich werde mitkommen, um sicherzugehen. Sie werden eine helfende Hand brauchen. Das ist zu viel für eine."

„Du kannst die Laterne auf jeden Fall halten. Das ist eine Arbeit, die etwas Vorsicht erfordert. Wir dürfen es nicht versuchen, bevor es ganz dunkel ist."

„Nein, nicht, bis alles ruhig ist“, sagte Frau Wilson, als sie das Haus wieder betrat.

Lindsay zog Cicely schnell zurück in den Raum, während Scott zu seinen Stiefelreihen auf der Bank zurückkehrte. Sie wollte um keinen Preis, dass er sie am Fenster sah oder erfuhr, dass sie das Gespräch belauscht hatten.

"Was werden Sie tun?" fragte Cicely atemlos.

„Ich weiß es nicht. Es muss etwas Schreckliches sein, wenn sie es so geheim halten wollen.“

„Und das auch im Dunkeln!“

„Ich fürchte, sowohl Mrs. Wilson als auch Scott sind schlechte Charaktere“, sagte Lindsay mit beeindruckender Stimme. „Ich gehe davon aus, dass sie den Schatz gestohlen haben und ihn im Garten verstecken werden. Vielleicht hat sogar er etwas mit dem Gefangenen im Laternenraum zu tun.“

„Glauben Sie nicht, dass sie ihn getötet haben?“ keuchte Cicely.

„Ich kann es nicht sagen. Ich glaube, dass sie zu allem fähig sind. Ich bin ziemlich beunruhigt, weil ich befürchte, dass sie Monica etwas antun wollen. Wir werden heute Abend zuschauen und herausfinden, was sie vorhaben. Das sollte ich nicht tun.“ Ich frage mich, ob wir kurz vor einer großen Entdeckung stehen. Es war ein großes Glück, dass wir an diesem Nachmittag festgehalten wurden. Wenn wir nicht gerade am Fenster gestanden hätten, hätten wir ihre Pläne nicht gehört.

Cicelys Gesicht hatte sich bei dem Gedanken an die Machenschaften der Schwarzen, die offensichtlich ihre Pflicht waren, zu untersuchen, beträchtlich verlängert.

„Ich weiß nicht, wie wir ihnen im Dunkeln folgen sollen“, sagte sie nach einem Moment des Zögerns.

„Wir müssen“, erklärte Lindsay mit Nachdruck. „Ich habe das Gefühl, dass alles von uns abhängt. Monica ist möglicherweise in größter Gefahr, und wir sind die Einzigen, die etwas über die Angelegenheit wissen und sie retten können.“

Das Läuten der Teeglocke in diesem Moment schickte sie hinunter in den Speisesaal. Das Essen hatte sich aufgrund des Turniers um eine halbe Stunde verzögert, daher folgten die Vorbereitungen unmittelbar danach, und Lindsay und Cicely waren gezwungen, sich auf die unromantischen Details des Parsens zu konzentrieren , während ihre Gedanken immer noch bei möglichen Tragödien kreisten.

Es schien von so untergeordneter Bedeutung zu sein, ob ein Verb transitiv oder intransitiv, schwach oder stark war , verglichen mit der Frage, ob Mrs. Wilson und Scott sich wirklich im Garten treffen würden, um eine böse Absicht auszuführen. Die Zeit schien endlos zu sein, bis die Bücher endlich weggeräumt waren und sie sich ein paar Momente für ein privates Gespräch nehmen konnten.

„Es gibt einen Trost", sagte Lindsay, „sie werden erst anfangen, wenn es dunkel ist, also können sie nichts unternommen haben, während wir uns vorbereitet haben."

„Nach dem Schlafengehen ist es im Allgemeinen noch eine halbe Stunde lang hell", sagte Cicely. „Ich verstehe noch nicht, wie wir wissen sollen, wann sie beginnen."

„Wir werden es herausfinden", erwiderte Lindsay selbstbewusst. „Ich habe das Gefühl, dass heute Abend etwas passieren wird."

„Worüber flüstert ihr zwei?" fragte Nora Proctor neugierig.

„Oh, nur ein Witz von uns!"

„Sie haben sicher ein Geheimnis", sagte Beryl Austen; „Ihr schaut euch immer an und macht Zeichen. Ich habe dich gestern beim Rechnen bemerkt."

„Erzähl es uns, Cicely", flehte Marjorie Butler. „Du und ich waren früher Freunde, aber jetzt haben wir nie ein gemeinsames Geheimnis."

„Es gibt wirklich nichts, was es wert wäre, erzählt zu werden", erklärte Cicely sehr verlegen.

„Wir müssen allerdings vorsichtig sein", sagte Lindsay anschließend. „Wir wollen nicht, dass die anderen es hören und dann herumstöbern und Entdeckungen machen."

„Sicherlich nicht. Wenn es etwas herauszufinden gibt, wäre es mir lieber, wenn wir es selbst herausfinden."

Cicely war müde, als die Schlafenszeit kam, und bereit, sich zusammenzurollen und zu vergessen, was draußen passieren könnte. Lindsay hingegen lag mit weit geöffneten Augen da und sah zu, wie der Raum immer dunkler wurde. Als der Kleiderschrank, die Kommode und der Waschtisch endlich zu einer tiefen Schattenmasse verschmolzen waren, stand sie auf und spähte durch das offene Fenster. Was sie dort sah, veranlasste sie, hastig zu rennen und ihren schläfrigen Begleiter zu schütteln.

„Cicely! Wach auf! Im Garten bewegt sich ein Licht."

Es dauerte ein oder zwei Sekunden, bis Cicely wieder zu Sinnen kam, aber als ihr klar wurde, um welche Art von Neuigkeit es sich handelte, hüpfte sie voller Aufregung aus dem Bett.

„Sind es Mrs. Wilson und Scott?" sie fragte eifrig.

„Das gehe ich davon aus, aber ich kann es natürlich nicht sagen. Seien Sie schnell! Wir müssen sofort gehen und sehen, was sie tun."

Die beiden Mädchen schlüpften hastig in ihre Kleidung und schlichen auf Zehenspitzen die Treppe hinunter zur Seitentür. Die Dienerschaft hatte das Schloss noch nicht abgeschlossen, daher stand es noch offen.

„Angenommen, wir würden Miss Russell oder Miss Frazer treffen!" Cicely schauderte und warf einen nervösen Blick den Korridor entlang.

„Denk nicht darüber nach. Sie sind beide im Wohnzimmer in Sicherheit."

Eine weitere Minute später hatten sie die Tür sanft hinter sich geschlossen und rannten leise über den Rasen. Es war eine bewölkte Nacht, ohne Mond und Sterne am Himmel. Die Umrisse der Bäume und Sträucher waren gerade noch zu erkennen, aber in ihrem Schatten war es tatsächlich sehr dunkel.

„Das Licht schien durch das Gebüsch zur Laube zu gehen ", sagte Lindsay und tastete sich ihren Weg entlang der Rosenallee.

"Da ist es!" antwortete Cicely, als in der Ferne ein schwacher Schimmer leuchtete.

„Wir müssen sehr, sehr vorsichtig sein", sagte Lindsay, „um sie auf keinen Fall zu stören. Wir müssen irgendwo in der Nähe anhalten und einfach hinschauen und zuhören."

Leise wie Geister schlichen sie den Weg entlang und versuchten, nicht einmal ein Blatt zu rascheln. Sie waren jetzt nahe an der Laterne. Sie konnten es ganz deutlich sehen, wie es auf dem Boden lag und zwei Gestalten sich darüber beugten.

Sie gingen unter den Büschen herum und gelangten in den Schutz einer Eiche, die an der Seite eines Ufers wuchs, und spähten vorsichtig um den Stamm herum. Ja, es waren sicherlich Scott und Mrs. Wilson, die unten im Gebüsch waren. Hin und wieder ließ ein Lichtblitz ihre Gesichter unverkennbar erkennen. Sie unterhielten sich mit leiser Stimme, leider zu leise, als dass ihr Gespräch belauscht werden konnte. Scott hielt einen Spaten in der Hand und bückte sich, um Mrs. Wilson zu beobachten, die im Gras kniete und in einem großen Sack herumfummelte.

„Kannst du sehen, ob sie Geld zählt?" hauchte Cicely in Lindsays Ohr. „Ich glaube, sie werden es begraben."

„Es sieht aus wie etwas Größeres und Schwereres“, flüsterte Lindsay und versuchte, ihren Hals weiter nach vorne zu strecken.

„Ist es Silberplatte?“

„In diesem riesigen Sack könnte alles Mögliche sein.“

„Oh! Kein Körper!“

Ich glaube, Cicely wäre überstürzt geflohen, wenn Lindsay sie nicht fest an der Hand gehalten hätte. Die Angst, dass der alte Sir Giles Courtenay endlich beseitigt werden würde, bedrückte sie wie ein Albtraum.

„Nein! Ich gehe davon aus, dass es der Schatz ist. Wir müssen genau merken, wo sie ihn hinlegen.“

Lindsay trat einen Schritt näher, um das Geschehen besser überblicken zu können, doch dabei trat ihr Fuß geräuschvoll auf einen toten Zweig.

Ein unglücklicher Unfall

"Was ist das?"

Die Frage kam in der bekannten Stimme von „The Griffin".

Als Antwort gab es ein Knurren von Scott.

„Schauen Sie sich das am besten doch mal an", kam von Mrs. Wilson.

Scott ergriff die Laterne und begann, sie in alle Richtungen herumzuschwenken. Dann, oh Schrecken! Er ging direkt auf die Eiche zu, in der sich die beiden Mädchen versteckten. Sie waren vor Angst fast gelähmt , wagten nicht wegzulaufen und konnten nur hoffen, dass er sie im Schutz der Dunkelheit doch noch übersehen würde.

In ihrer Verzweiflung versuchte Lindsay, sich weiter hinter den Baumstamm zu begeben. Dazu schubste sie Cicely zwangsweise zurück. Letztere war auf die plötzliche Bewegung nicht ganz vorbereitet, der Boden war uneben, sie schwankte, klammerte sich heftig an ihren Begleiter, um sich zu retten, und beide rollten die Böschung hinunter, fast bis zu den Füßen von Scott selbst.

Als Lindsay und Cicely die Böschung hinunterstürzten, stieß Scott einen entsetzten Schrei aus. In der Plötzlichkeit seiner Bestürzung fiel ihm die Laterne aus der Hand und löschte dabei das Licht aus.

Sofort waren die beiden Mädchen auf den Beinen und rannten durch die Dunkelheit durch den Garten. Sie stürzten sich trotzdem durch Büsche und über Blumenbeete, kratzten sich an überhängenden Zweigen das Gesicht und zerrissen ihre Kleider an Dornen, nur fürchteten sie, dass Scott sie verfolgen könnte, und nur fürchteten sie, den sicheren Schutz des Hauses zu finden.

Sie erreichten den Seiteneingang, ohne Schritte hinter sich zu hören. Wenn Scott versucht hatte, ihnen zu folgen, war es ihnen offensichtlich gelungen, ihm zu entkommen, und er musste die Verfolgung aufgegeben haben. Die Tür war noch nicht verriegelt, und sie eilten atemlos nach oben, glücklicherweise trafen sie unterwegs niemanden. Was für ein Zufluchtsort schien es zu sein, zurück in ihrem eigenen Zimmer! Ohne es zu wagen, die Kerze anzuzünden, gingen sie mit aller Eile wieder zu Bett.

„Nun, wir haben ein Abenteuer erlebt!" begann Lindsay, als sie es sich wieder gemütlich zwischen den Laken gemütlich gemacht hatten.

„Glaubst du, Scott hat bemerkt, wer wir waren?" flüsterte Cicely.

„Das kann ich nicht sagen. Er hatte gerade noch Zeit, einen Blick auf unsere Gesichter zu erhaschen, als die Laterne ausging."

„Ich bin mir sicher, dass sie etwas Schreckliches getan haben, das sie geheim halten wollten. Er sah so völlig entsetzt aus, als er uns sah."

„Daran besteht kein Zweifel. Das Unglückliche daran ist, dass sie den Schatz jetzt woanders vergraben , nachdem sie herausgefunden haben , dass sie entdeckt wurden."

„Schade, dass wir gerade in diesem Moment gestürzt sind!"

Cicelys Stimme war sehr traurig.

„Es wird auch ihren Verdacht geweckt haben und sie besonders vorsichtig machen", beklagte Lindsay. „Wenn Scott uns erkennt, werden er und Mrs. Wilson wissen, dass wir sie beobachten. Sie werden uns einen Groll schulden. ‚Der Griffin' war vorher schon schlimm genug, aber jetzt wird es ihr schlimmer als je zuvor sein."

Sie musterten das Gesicht der alten Haushälterin am nächsten Morgen aufmerksam, als sie den Kaffee ins Esszimmer trug, aber ihr Gesicht zeigte den gewohnten Ausdruck grimmiger Unergründlichkeit. Wenn sie sie mit den Ereignissen der letzten Nacht in Verbindung brachte, verriet sie dieses Wissen sicherlich nicht; Es war unmöglich zu sagen, ob sie ihnen misstraute oder nicht oder welche Gefühle sich unter ihrem abweisenden Äußeren verbargen.

Sobald das Frühstück vorbei war, stürmten sie in den Garten, um ihre Bekanntschaft mit dem Schauplatz ihres Abenteuers zu erneuern. Offensichtlich hatte jemand in der Böschung gegraben, obwohl die Spuren offenbar sorgfältig beseitigt und die Grasnarben ersetzt worden waren.

„Glaubst du, dass hier irgendetwas sein könnte?" sagte Cicely wehmütig und steckte einen Stock in den aufgelockerten Boden.

„Oh mein Gott, nein!" antwortete Lindsay. „Also, das erste, was sie tun würden, wäre, mit diesem Sack an einen sichereren Ort zu fliehen. Selbst die dümmsten Leute hätten ihre Wertsachen nicht weiter an einem Ort vergraben, von dem sie wussten, dass sie beobachtet wurden." Griffin' und Scott sind ganz sicher keine Idioten!"

„Wenn wir nur erraten könnten, wo sie es hingelegt hätten!" seufzte Cicely.

Im Moment hatten sie eine solche Angst gehabt, dass sie, obwohl keiner es gestehen wollte, beide ein wenig geneigt waren, die Sache auf sich beruhen zu lassen. Es erforderte Mut, den Zorn von Mrs. Wilson und Scott auf sich zu ziehen, wenn sie erneut bei der Einmischung erwischt würden. Es schien angenehm genug zu sein, selbst im Haus nach dem Schatz zu suchen, aber jetzt begann die Angelegenheit einen ernsteren Aspekt anzunehmen.

„Ich frage mich manchmal, ob wir es Monica oder Miss Russell erzählen sollten", sagte Cicely, die gelegentlich unbehagliche Bedenken hinsichtlich der Weisheit ihres Geheimhaltungsplans hatte.

„Es hätte nicht den geringsten Nutzen", erklärte Lindsay. „‚The Griffin' und Scott würden einfach alles leugnen. Sie würden daraus machen, dass das alles Unsinn unsererseits war, wie es Erwachsene normalerweise tun. Und wie

könnten wir beweisen, dass wir Recht hatten? Miss Russell würde uns sagen,
wir sollten auf unsere achten." Wir haben unser eigenes Geschäft, und wir
sollten nur um unserer Mühe willen in Schwierigkeiten geraten. Nein, wir
müssen einfach den Dingen ihren Lauf lassen und auf das Glück vertrauen."

KAPITEL X

Unter dem Weißdornbaum

Es war Hochsommer in Haversleigh . Die Bäume, die jetzt in voller Blüte standen, warfen satte Schatten über die Landschaft, die Wildrosen blühten in den Hecken und hohe Fingerhüte standen wie purpurrote Wächter an den Waldrändern. Die Felder waren weiß von Mondgänseblümchen, die zwischen dem langen, üppigen Gras wuchsen; und alle Straßenränder waren ein Gewirr aus Wicken, Lichtnelken, Signalhorn, Kleeblatt und Ehrenpreis. Der Wind duftete nach frisch gemähtem Heu; Überall waren die Mäher beschäftigt, und die Gänseblümchen fielen schnell unter der schwingenden Sense oder den Messern der Erntemaschine. Im Manor-Garten waren die Rosen perfekt und die Blumenbeete waren voller Farben . Die Mädchen verbrachten jede freie Minute im Freien, nutzten die hellen Tage und genossen ihren Landbesuch in vollen Zügen.

An einem glühend heißen Halbferiennachmittag saßen Lindsay und Cicely, ausnahmsweise einmal in der erlesenen Gesellschaft einiger älterer Mädchen, selig im Schatten eines großen Weißdornbaums. Die Luft schien vor großer Hitze zu tanzen; Die Heuschrecken zwitscherten am Rasenrand, eine Eidechse sonnte sich auf den Steinen der Terrassenmauer und die Spatzen schwiegen ausnahmsweise.

„Es ist viel zu heiß, um Tennis zu spielen", sagte Irene Spencer. „Man will einfach irgendwo sitzen, wo es grün und kühl ist."

„Dann bin ich froh, dass wir hier sind und nicht in der Winterburn Lodge", sagte Mary Parkinson.

„Das bin ich auch; und doch ist Winterburn Lodge schöner als viele andere Schulen", bemerkte Mildred Roper.

„Es ist nicht halb so schlimm", stimmte Mary zu. „Mir gefällt sie jedenfalls besser als die französische Schule, die ich in Brüssel besucht habe."

„Ich wusste nicht, dass du jemals in Frankreich warst", sagte Lindsay, während sie müßig eine Löwenzahnuhr auswählte und darauf bläst, um herauszufinden, wie spät es ist.

„Das habe ich nicht mehr, Gänsehaut."

„Warum hast du dann gesagt, du wärst auf einer französischen Schule gewesen? Du erzählst Lügen."

„Nein, das bin ich nicht, denn Brüssel liegt nicht zufällig in Frankreich, sondern in Belgien.“

„Ich dachte, du solltest in der dritten Klasse Geographie lernen“, lachte Irene Spencer.

„Sie sagte, eine französische Schule, keine belgische“, wandte Lindsay ein.

„Nun ja, in Brüssel spricht jeder Französisch.“

„Sprechen sie nicht Flämisch?“

„Nur die armen Leute, und selbst die können im Allgemeinen auch Französisch sprechen.“

„Wie lange warst du dort, Mary?“ Setzen Sie Mildred Roper ein.

„Nur ein Semester. Ich wurde krank und musste nach Hause.“

"War es gut?"

„Oh, einfach erträglich!“

„Mussten Sie die ganze Zeit Französisch reden?“

„Ich musste es versuchen, weil keines der Mädchen etwas anderes wusste. Sie lachten mich immer aus, wenn ich Englisch sprach.“

„Wie eklig! Ich hätte nicht so gern wie du sein sollen“, sagte Cicely.

„Ja, es war schrecklich, wenn ich mir sicher war, dass sie Dinge über mich sagten und ich sie nicht verstehen konnte. Ich wurde immer ziemlich sauer, und das verursachte mir Kopfschmerzen.“

„War die Schule auf dem Land?“ fragte Lindsay.

„Nein, ich habe dir bereits gesagt, dass es in Brüssel war, und das ist eine große Stadt. Es war ein großes Gebäude mit einer großen hohen Mauer rundherum und mit Stacheln an der Spitze, als wäre es ein Gefängnis. Drinnen Es war ein Innenhof, in dem wir oft Spiele spielten. Es gab Orangenbäume und Oleander in großen grünen Kübeln, aber kein Gras und keine Blumen. Man konnte es unmöglich einen Garten nennen. Wir gingen kaum jemals richtig spazieren. Manchmal schon Wir wurden in den Park gebracht, aber auch dort mussten wir ganz brav hingehen, zwei und zwei, und die Lehrer kümmerten sich mit größter Sorgfalt um uns.“

„Waren die Lehrer nett?“

„Ja, ziemlich gut. Ich mochte sie jedenfalls besser als die Mädchen. In meiner Klasse gab es zwei Schwestern namens Marie und Sophie Beauvais, die sich immer über mich lustig machten, weil ich Engländerin war. Bis dahin hatte ich eine schreckliche Zeit „Ein deutsches Mädchen kam in die Schule, und dann neckten sie sie anstelle von mir. Das Beste von allem war der Kaffee. Er war absolut köstlich – besser als jeder andere, den ich jemals in England probiert habe."

„Warum sind Sie nicht in Brüssel geblieben?"

„Ich war krank und meine Mutter musste mich abholen. Sie erklärte, sie würde mich nie wieder so weit von zu Hause weggehen lassen; also schickte sie mich stattdessen nach Winterburn Lodge. Miss Russell ist sehr freundlich, wenn es einem nicht gut geht, und Mutter sagte, sie hätte es lieber, wenn ich richtig betreut würde, auch wenn ich kein Französisch lerne.

„Ja, Miss Russell kümmert sich um uns", sagte Irene. „Früher war ich in einer anderen Schule und den Lehrern ist nie aufgefallen, ob wir Kopfschmerzen hatten oder nicht essen konnten. Auch für die Prüfungen mussten wir furchtbar hart arbeiten. Die Schulleiterin legte Wert darauf, eine gewisse Anzahl zu bekommen." findet jedes Jahr statt, und man musste sich vorbereiten und hineingehen, egal ob man schlau war oder nicht. Gib mir die gute alte Winterburn Lodge! – vor allem, wenn man stattdessen im Manor ist. Übrigens, da ist Monica. Sie ist sicherlich nicht gekommen, um Tennis zu spielen ? Es ist zu heiß."

„Fünfzehn Grad zu heiß", stimmte Monica zu, warf sich neben die anderen ins Gras und fächelte sich mit ihrem Hut Luft zu. „Auf der Straße brodelt die Hitze. Ich bin gekommen, um Miss Russell eine Nachricht zu überbringen, und ich habe gehört, dass sie nach Linforth gegangen ist und erst um halb vier zurück sein wird. Ich denke, ich werde auf sie warten."

„Oh, tun Sie es!" riefen die anderen. „Wir werden hier unter den Bäumen ein Palaver veranstalten."

„Was ist bitte ein ‚Palaver'? Ich hoffe, es ist etwas Kühles und Kohlensäurehaltiges zum Trinken."

„Nein, das ist nichts dergleichen. Es ist eine Art Treffen, bei dem jeder nacheinander eine Geschichte erzählen muss."

„Aber ich bin absolut ehrlich!" widersprach Monica mit einem Augenzwinkern.

„Du ungezogenes Mädchen! Du weißt, wir meinen nicht, Unwahrheiten zu erzählen. Es geht darum, Geschichten zu erzählen ", sagte Irene.

„Ich bin auch kein Verräter!"

„Sei nicht zu lustig. Deine Geschichte muss länger sein als die aller anderen, um das auszugleichen. Mildred, erklärst du, da ich anscheinend nicht in der Lage bin, mich richtig auszudrücken."

„Es kann entweder eine Geschichte sein, die Sie gelesen haben, oder eine von etwas, das Ihnen selbst passiert ist", sagte Mildred. „Wir bevorzugen die eigenen Abenteuer der Menschen, wenn wir sie bekommen können."

„ So wenige Menschen erleben Abenteuer im wirklichen Leben!" sagte Monica.

„Dann kann man aus einem Buch etwas erzählen."

„Angenommen, ich kann mich an nichts erinnern?"

„Das müssen Sie. Es muss nicht großartig sein; wir sind kein kritisches Publikum."

„Ich bin sehr dumm im Erzählen ", sagte Monica; „Könnte ich dir stattdessen etwas vorlesen?"

„Wenn Sie es hier haben."

„Zufälligerweise habe ich das getan", antwortete Monica und öffnete einen gebundenen Band einer Zeitschrift, den sie in der Hand hielt. „Ich brachte dieses Buch mit, um es Miss Russell zu leihen, da ich wusste, dass es sie interessieren würde. Es handelt von einer Geschichte über das alte Herrenhaus zur Zeit der Rosenkriege und wie Sir Roger Courtenay es für sich beanspruchte. Ich wage zu behaupten, dass Sie es vielleicht gerne hören würden.

„Wenn es um das Manor geht, bin ich mir sicher, dass wir das tun werden", sagte Irene. „Wer hat die Geschichte geschrieben?"

„Ein Herr, der vor ein oder zwei Jahren im Dorf geblieben ist. Er war sehr begeistert von Haversleigh . Ich nehme an, er hat es sich aufgrund des kurzen Berichts im Reiseführer ausgedacht. Alle Fakten sind durchaus wahr, obwohl er sich auf seine eigenen gestützt haben muss." Fantasie für die Details. Das Schlimmste daran ist, dass es eine ziemlich lange Geschichte ist, und wenn ich sie lese , fürchte ich, dass Ihnen keine Zeit mehr bleibt, Ihre Geschichte zu erzählen.

„Oh, das macht uns nichts aus!"

"So viel besser!"

„Feuer weg!"

„Mach weiter!"

So ermutigt, fand Monica ihren Platz und begann ihre Geschichte, während sich die Mädchen in einem engen Kreis um sie versammelt hatten, um besser zu hören:

SIR MERVYNS WARD

Die Mitte des fünfzehnten Jahrhunderts war eine der stürmischsten Perioden, die jemals in der englischen Geschichte verzeichnet wurden. Die rivalisierenden Ansprüche der Häuser York und Lancaster hatten zu den verheerenden Rosenkriegen geführt, die die Blüte der Ritterlichkeit auslöschten und das schöne Land zu einem blutigen Schlachtfeld machten. Im Herbst 1470 war Eduard IV. vom mächtigen Earl of Warwick, bekannt als „Königsmacher", von seinem Thron vertrieben worden, und Heinrich VI. war erneut an die Macht gekommen, allerdings konnte niemand zu erraten wagen, für wie lange. Es waren harte Zeiten, vor allem für die niederen Adligen und Freibauern, die sich nicht definitiv unter den Schutz eines der größeren Barone gestellt hatten und sich dennoch darum bemühten, ihre Ländereien in Frieden und Ruhe zu bewahren. Der Aufruhr des großen Kampfes hatte nicht einmal das unbekannte Dorf Haversleigh verschont . Die Bewohner gingen ihren Aufgaben mit einem Hauch von Unruhe nach. Es schien kaum der Mühe wert zu sein , die Felder zu pflügen und Mais zu säen, der von den Soldaten mit Füßen getreten werden konnte, bevor sich die Gelegenheit bot, ihn zu ernten. Unter den Dorfbewohnern gab es lautes und tiefes Gemurmel über die vielen Forderungen und Tyranneien von Sir Mervyn Stamford, dem damaligen Bewohner des Herrenhauses, dessen Ländereien er im Namen seiner Mündel, Catharine Mowbray, verwaltete. Catharines Vater, Sir John Mowbray, war auf der Seite der Yorkisten in der Schlacht gefallen, aber mit der Rückkehr Heinrichs VI. an die Macht hatte Sir Mervyn, ein überzeugter Lancastrianer, die Rechte ihrer Vormundschaft von dem halb schwachsinnigen König abgekauft, und hatte nicht nur die Kontrolle über ihr Eigentum übernommen, sondern auch seine Absicht angekündigt, die Jungfrau zu heiraten, entweder mit oder ohne ihre Zustimmung.

Dies war ein Zustand, der zwar für Sir Mervyn selbst zufriedenstellend war, aber weder für Catharine noch für ihren Geliebten Roger de Courtenay, einen jungen Herrn von hoher Abstammung, wenn auch mit gescheiterten Vermögen, keineswegs erfreulich war. Sir Mervyn war tatsächlich ein Mann, vor dem jedes Mädchen gefürchtet hätte. Er war dunkel, streng und abweisend, sein Gesicht war von Narben übersät, er war ein strenger Herr, ein unerbittlicher Feind und ein grausamer Tyrann für jeden, der es nicht wagte, sich seiner Autorität zu widersetzen. Er wurde in Haversleigh , dessen Bewohner durch und durch Yorkisten waren, zutiefst gehasst, aber er hatte sich im Manor mit einer so gewaltigen Truppe von Gefolgsleuten so stark stationiert, dass die elenden Dorfbewohner unter seiner Unterdrückung nur stöhnen konnten . und wir beklagen die Ankunft des Tages, an dem er durch seine Heirat mit der unwilligen Katharina ihr rechtmäßiger Herr werden würde.

An einem Aprilmorgen im Jahr 1471 befanden sich die Dinge in dieser Krise, als Diccon von der Moat Farm langsam einen Pfad durch den Wald von Torton herabkam . Er führte ein Pferd, das mit einem Sack Mehl beladen war, den er zum Mahlen in der Mühle des Klosters St. Agatha mitgenommen hatte, um den hohen Abgaben zu entgehen, die Sir Mervyn für jeden Sack, der im Zuständigkeitsbereich des Herrenhauses lag, auferlegte. Infolgedessen blickte er misstrauisch um sich, denn sollte er zufällig einen von Sir Mervyns Gefolgsleuten treffen, würde nicht nur sein Mehl beschlagnahmt werden, sondern auch sein eigener Rücken würde solch eine Prügelstrafe abbekommen, die ihn für einen Monat oder länger festhalten würde . Aus diesem Grund hatte er die Hauptstraße gemieden und einen wenig befahrenen Reitweg gewählt; und er blickte vorsichtig durch jede grüne Gasse und lauschte auf jedes Geräusch, das einen Hinweis auf sich nähernde Schritte geben könnte. Deshalb sah er plötzlich und alarmiert, wie plötzlich eine Gestalt hinter dem Schutz einer Eiche vor ihm hervortrat, und hörte, wie er mit seinem Namen herausgefordert wurde. Der Neuankömmling war ein junger Mann, groß und von stattlicher Statur, und seine eindrucksvolle Erscheinung täuschte über die Schäbigkeit seiner dürftigen und von der Reise befleckten Kleidung hinweg.

„Ich bin ein ehrlicher Mann, der sich um seine eigenen Angelegenheiten kümmert, und wenn es Ihnen genauso geht, versuchen Sie, mich nicht zu behindern“, antwortete der Besitzer der Moat Farm.

„Nein, Diccon! Hast du deinen alten Freund vergessen? Komm her, ich bitte dich, denn ich habe wahrlich eine Nachricht von großer Bedeutung.“

Mit diesen Worten ließ der Fremde den Umhang fallen, mit dem er bislang sein Gesicht teilweise verdeckt hatte, und zeigte seine Gesichtszüge deutlicher.

„Meister Roger!“ keuchte Diccon. „Dies ist in der Tat ein überstürztes Unterfangen. Wenn Sir Mervyn Sie im Umkreis von fünf Meilen um das Herrenhaus findet, wird Sie vor Einbruch der Dunkelheit ein Pfeil durchbohren.“

„Ich würde eher einen Pfeil durch ihn schießen“, antwortete Roger grimmig. „Er hat mir schon genug Böses angetan, und als Krönung des Ganzen beabsichtigt er, meine Verlobte zu heiraten. Katharina gehört mir, nicht nur durch ihre Entscheidung, sondern durch das Gesetz des Landes. Sie wurde mir von König Edward persönlich verlobt. Habe sie, oder ich überlasse meinen Körper den Krähen!“

„Mutige Worte, Meister Roger, mutige Worte!“ sagte Diccon kopfschüttelnd. „ ,Twill braucht mehr als ein einziges Schwert, um Sir Mervyn in dieser Angelegenheit zu überzeugen.“

„Wo ein Schwert nichts nützen kann, müssen Handwerk und List einen Weg finden", erwiderte Roger. „Listen Sie auf, ich habe Neuigkeiten überbracht. Edward ist wieder zu sich gekommen. Doch vor zwei Tagen trafen seine Arme in Barnet auf die von Lancaster. Die Rote Rose wird mit Füßen getreten, und Warwick und Montague liegen tot auf dem Feld."

„Tatsächlich, wenn das wahr ist, waren es Neuigkeiten von großer Bedeutung."

„Ich traf jemanden, der einen Brief von meinem Herrn von Gloucester trug. Er ritt, um die Anhänger von York im Westen zu sammeln. Margaret, die Königin, ist in Weymouth gelandet und ruft die Männer von Devon und Cornwall zum Banner der roten Rose auf . Ich habe mich in aller Eile zu meinem Herrn von Norfolk geschickt, und er hat mir eine Gruppe kräftiger Kerle gegeben, die sich noch heute unter dem Unterholz dort drüben verstecken. Und ich kann Sir Mervyn überraschen, bevor er hört, dass das Wappen von Lancaster hier erhoben wird im Westen wird es York in Somerset einen Schlag versetzen, und außerdem werde ich meine Braut gewinnen. Ich muss selbst zum Herrenhaus. Ich würde sehen, wie es besetzt ist, und Catharine allein eine Botschaft überbringen."

„Zuerst bist du ein toter Mann!" rief Diccon aus. „Das wäre Torheit, Master Roger. Eine Löwengrube wäre sicherer als das Manor."

„Niemand wird meine Verkleidung durchdringen, wenn du, guter Diccon, nur dabei hilfst, mich für die Rolle auszutricksen, die ich gerne spielen würde. Ich wusste, ich könnte auf deinen Glauben zählen!"

„Bis zum letzten Tropfen meines Blutes. Dennoch ist es ein überstürztes Unterfangen, und eines, das mir nicht gefällt", antwortete der alte Mann traurig.

Am späten Nachmittag desselben Tages drangen die goldenen Strahlen der warmen Frühlingssonne durch die schmalen Fenster eines oberen Zimmers im Herrenhaus. Das Haus hatte damals nur ein Viertel seiner heutigen Größe; Es war stark befestigt und ähnelte eher einem mittelalterlichen Bergfried als dem Tudor-Herrenhaus aus späterer Zeit. Stärke und Verteidigung waren wichtiger als Schönheit und Eleganz, und in den strengen, abweisenden Mauern gab es nicht einmal Trost. In der fraglichen Wohnung war ein grober Versuch unternommen worden, die Dinge bewohnbarer zu machen als im Rest des düsteren Etablissements. Ein paar Wandteppiche bedeckten das raue Mauerwerk, und der Boden war mit frischem Binsen übersät. Auf einer geschnitzten Holzbank am Fenster saß ein schönes und schönes Mädchen von siebzehn Jahren, das sich mit einer Handarbeit beschäftigte und sich unterdessen ernsthaft mit ihrer Dienerin unterhielt, einer Jungfrau in ihrem Alter, die ebenfalls mit ihrem Rollladenrahmen beschäftigt war.

„Ich sage dir, Anne, ich werde ihn nicht heiraten – nicht, wenn er mich mit Gewalt zum Altar zerrt! Wahrlich, es ist ein schöner Fall. Hier bin ich ein Gefangener in meinem eigenen Herrenhaus, meine Ländereien sind verschwendet, meine Pächter werden unterdrückt und beraubt, meine Gefolgsleute entlassen, bis auf dich, meine arme treue Anne; und im Gegenzug soll ich ihn noch dazu heiraten! Nein! Vielmehr werde ich den Schleier nehmen und alle meine Güter dem Kloster St. Agatha in Torton geben ; allerdings Du weißt, dass ich wenig Lust habe, Nonne zu werden.

„Bis zum Hochzeitstag sind es nur noch fünf Morgen", seufzte Anne. „Wenn ich mich nicht irre, Lady, wird Sir Mervyn Sie auch gegen Ihren Willen und trotz des Klosters heiraten."

„Dann werde ich zuerst sterben! Oh, Roger, Roger!" Sie fügte leise hinzu: „Erst vor einem Jahr, und ich war deine Verlobte! Es ist sechs Monate her, seit ich von dir gehört habe, und ob du lebst oder tot bist, weiß ich nicht."

„Nein, weine nicht, süße Dame – Weinen heilt keine Krankheiten", sagte Anne; Dann, in dem Wunsch, die traurigen Gedanken ihrer Herrin abzulenken, richtete sie ihre Aufmerksamkeit auf einen Tumult, der unten im Hof tobte. „Irgendein Fremder ist angekommen. Wenn ich mich nicht irre, ist es ein Krämer, der gekommen ist, um seine Waren auszubreiten. Und es ist Ihnen ein Vergnügen, ich werde mich abholen und Ihnen die Nachricht bringen, was er hat."

Nachdem sie eine halbherzige Zustimmung erhalten hatte, eilte sie in den großen Hof, wo viele Diener und Gefolgsleute bereits versammelt waren, um sich den Inhalt des Rucksacks des Hausierers anzusehen . Zu dieser Zeit war die Ankunft eines reisenden Kaufmanns in einem abgelegenen Landhaus ein Ereignis, und selbst Sir Mervyn selbst scheute sich nicht, die Stoffe zu begutachten und ein oder zwei Elle Samt für ein Wams zu kaufen. Der Hausierer , ein weißhaariger Mann, sehr gebeugt und mit einer seltsamen, fremdartig über das Gesicht gezogenen Kapuze, verkündete mit kräftiger Stimme die Vorzüge seiner Waren.

„Was fehlt euch? Was fehlt euch?" er weinte. „Ich habe hier Hosen, Schuhe , Mützen, Handschuhe, Gürtel, wie man sie außerhalb der Stadt London nie sehen könnte. Hier sind neben Stoffen aus Seide und Damast, die für die Königin geeignet sind. Gibt es keine verehrungswürdige Dame dieses edlen Herrn, vor der ich?" Könnte meine erleseneren Waren verbreiten?

„Meine Herrin hätte gerne Seide für einen Rock, und ich könnte sie in den Hof rufen", wagte Anne, Sir Mervyn zu flüstern.

Sie erhielt widerwillig die Erlaubnis und eilte keuchend die Treppe hinauf, um ihre Neuigkeiten zu verkünden. Zunächst ließ sich Catharine kaum dazu überreden, aus ihrem Gemach in die verhasste Gegenwart von Sir Mervyn herabzusteigen, und schließlich stimmte sie mehr zu, um ihrer Magd als sich selbst zu gefallen.

„Schöne Kleidung nützt kaum jemandem, der die Absicht hat, die Kirche zu heiraten", sagte sie, „aber du sollst ein Band für dich haben, Anne, und dazu einen seidenen Gürtel."

Niemand bemerkte den schnellen, eifrigen Blick, den der Hausierer Catharine zuwarf, als sie in der Tür erschien, und auch nicht, wie seine Hand zitterte, als er seinen zweiten Rucksack aufband. Ohne offensichtliche Absicht gelang es ihm geschickt , sie ein paar Schritte von den anderen wegzuziehen, unter dem Vorwand , seine Seidenstoffe im besten Licht zur Schau zu stellen; dann flüsternd: „Behalte es geheim! Verrate nicht, dass du das erhältst!" Er drückte ihr schnell ein kleines Stück Pergament in die Hand. Voller Überraschung hatte Katharina doch die Geistesgegenwart, keinen Ausruf auszustoßen und das Pergament in den Falten ihres Kleides zu verbergen. Nachdem sie ihre Einkäufe hastig erledigt hatte, zog sie sich wieder in ihr Zimmer zurück, wo sie Anne entließ und den Brief privat prüfen konnte. Es enthielt nur ein paar Zeilen:

„Richtig, mein Lieber und Geliebter,

„Die Weiße Rose versammelt sich erneut im Westen, und ich hoffe auf Ihre Freilassung. Öffnen Sie die Westpforte vor Sonnenaufgang. Bis dahin behüte Gott Sie."

„Geschrieben in großer Eile an diesem Vorabend von St. Withold, von der Hand dessen, der für immer dein bleiben würde,

„ ROGER COURTENAY."

Catharines wilde Aufregung beim Lesen dieses Schreibens kann man sich eher vorstellen als beschreiben.

„Er lebt! Er kommt mir zu Hilfe!" rief sie aus. „Vielleicht war es sogar Roger selbst, der als Hausierer verkleidet war. Er war jemals einer, der eine kühne Tat wagte. Schade, dass ich so nahe gewesen sein und ihn nicht gekannt haben sollte!"

Sie wagte nicht einmal, ihr Geheimnis ihrer treuen Zofe Anne anzuvertrauen, sondern zog sich wie immer bei Einbruch der Dunkelheit zurück, lag wach und wartete in brennender Angst auf den ersten Morgengrauen. Als der erste schwache Lichtschimmer in ihr Zimmer schlich, stand sie auf und schlich leise die Treppe hinunter. Sie musste durch die große Halle gehen, wo die Soldaten im Binsen schliefen. Ein Hund sprang auf und knurrte, aber sie schaffte es, ihn mit einer Liebkosung zu beruhigen, und ging weiter, ohne die Schläfer zu stören. Die kleine westliche Hintertür war stark vergittert, und es erforderte die ganze Kraft ihrer weißen Hände, die Riegel zurückzuziehen. Vorsichtig spähte sie ins Halbdunkel. Im selben Moment trat eine große Gestalt aus dem Schatten und schloss sie in seine Arme.

„Süße, du musst fliegen! Das ist jetzt kein Platz für dich", flüsterte Roger. „Diccon wartet mit einem treuen Ross darauf, euch nach Covebury zu geleiten . Nimmt Zuflucht im Kloster der Franziskaner, bis ich komme, um euch einzufordern. Ich habe hier schwere Arbeit zu erledigen."

Roger wickelte sie hastig in einen Umhang und half ihr beim Aufsteigen. Er wartete, bis er glaubte, dass die Flüchtlinge sich in sicherer Entfernung befanden. Dann gab er seinen Anhängern den Befehl und begann seinen Angriff auf das Herrenhaus. Sir Mervyn und seine Gefolgsleute waren im Schlaf überrascht und leisteten dennoch entschlossenen Widerstand. In der großen Halle und im Hof wurde ein erbitterter Kampf ausgetragen, bis die Verteidiger, von einem Aussichtspunkt zum anderen gedrängt, einen verzweifelten Ausfall unternahmen und in ihrem wilden Durcheinander durch das Dorf Zuflucht in der alten Kirche suchten. Es hatte keinen Zweck; Die eilig mit Schwertern und Piken bewaffneten Dorfbewohner hatten sich dem Kampf angeschlossen. Sie waren entschlossen, sich an Sir Mervyn für seine vielen Akte der Tyrannei und Ungerechtigkeit zu rächen, und gingen gnadenlos und ohne Respekt vor der Heiligkeit des Gebäudes gegen ihn vor. Vom Chor zur Marienkapelle und von der Marienkapelle zum Turm gejagt, floh er die schmalen Stufen hinauf zum Glockenturm, wo er sich abwehrte und die Treppe mit dem Mut der Verzweiflung hielt. Von diesem letzten Standpunkt vertrieben, kletterte er noch höher zu den Dachsparren, wo die Glocke hing, und tötete nacheinander sechs Männer, bevor er schließlich fiel und seinen Feinden Flüche zurief.

Roger Courtenay hatte kaum Zeit, seinen Triumph zu genießen. Die Yorker Armee versammelte sich zu einem großen Kampf; Nachdem er eine kleine Garnison für das Herrenhaus zurückgelassen hatte, ritt er sofort mit dem Rest seiner Anhänger davon, um sich den Anhängern der Weißen Rose anzuschließen. Der Ausgang der Schlacht von Tewkesbury ist eine Frage der Geschichte. Der unglückliche Überrest von Lancaster ergriff die Flucht und York errang einen endgültigen und triumphalen Sieg. Roger, dessen Tapferkeit den ganzen Tag über auffällig war, gewann würdig seine Sporen und wurde auf dem Feld von Richard von Gloucester zum Ritter geschlagen. Sein verwirktes Anwesen wurde ihm zurückgegeben, und König Edward selbst übermittelte seine Verbindung mit Catharine Mowbray, so dass die alte Pfarrkirche von Haversleigh , die noch vor Kurzem noch vom Waffengefecht geläutet hatte, noch bevor der Sommer vorüber war, nun statt dessen von der Fröhlichkeit widerhallte Läuten der Hochzeitsglocken.

KAPITEL XI

Sir Mervyns Turm

"Ist das alles?" fragten die Mädchen, als Monica ihre Geschichte beendete und das Buch zuschlug.

„Warum, ja. Es ist eine ziemlich lange Geschichte, denke ich."

„Nicht lange genug. Ich möchte so viel mehr über sie wissen", sagte Irene.

„Ist es vollkommen und absolut wahr?" fragte Cicely.

„Ja, das ist ganz richtig. Es war Sir Roger Courtenay, der mit dem Bau des Herrenhauses in seiner heutigen Form begann. Der gesamte Mittelteil wurde zu seiner Zeit errichtet, und die Wappen über der Veranda stammen von ihm und ihm seine Frau, Catharine Mowbray. Ihr Grab befindet sich ebenfalls in der Kirche – das große geschnitzte Denkmal in der Seitenkapelle. Sie hatten sieben Kinder – fünf Söhne und zwei Töchter. Der älteste Sohn, Sir Godfrey Courtenay, heiratete einen Verwandten von Sir Thomas More. Ihr Name wird in einem der Paston- Briefe erwähnt.

„Ist Sir Mervyn wirklich in der Haversleigh- Kirche in den Glockenturm geklettert und getötet worden?"

„Oder hat sich der Autor das ausgedacht?"

„Nein, das stimmt auch", antwortete Monica. „Der Turm wird immer noch ‚Sir Mervyns Turm' genannt, und es heißt, auf der großen Glocke sei der Fleck seines Blutes, und nichts könne ihn jemals entfernen."

"Hast du es gesehen?"

„Ja, einmal. Es ist nur ein Rostfleck."

„Wurde Sir Mervyn auch in der Kirche begraben?"

Appleford tragen und dort in der Kirche begraben durften. " Die Geschichte besagt, dass sein Geist den Haversleigh Tower heimsucht und die Glockenturmtreppe hinaufsteigt, aber das ist natürlich nichts als Aberglaube und Unsinn."

„Glaubst du nicht an Geister?" fragte Cicely, die manchmal ein wenig Angst vor den dunklen Gängen im Manor hatte.

gut wären , entweder bis zur Auferstehung ruhen oder etwas so viel Besseres und Edleres in einer anderen Welt zu tun haben, dass sie diese nicht wieder besuchen könnten, ebenso wenig wie ein Schmetterling sich wieder umdrehen könnte in eine Puppe verwandelt; und wenn sie böse wären, würde man ihnen sicher nicht erlauben, zurückzukommen, nur um die Lebenden zu erschrecken.

„Ganz richtig", stimmte Mildred zu. „In den meisten Geschichten, die man über Geister liest, kehren sie nie zu einem sinnvollen Zweck zurück, sondern nur, um dumme Menschen zum Laufen und Schreien zu bringen."

„Eines schien in der Geschichte nicht ganz klar zu sein", sagte Lindsay. „War es wirklich Roger, der als alter Hausierer verkleidet zum Herrenhaus kam?"

„Offensichtlich war es das. Er konnte niemand anderem vertrauen, dass er Catharine den Brief übergab, und er wollte selbst sehen, wie Sir Mervyn bereit war, das Herrenhaus zu verteidigen. Von dem alten Franziskanerkloster in der Nähe ist noch immer ein Teil einer Ruine übrig Covebury , wo Katharina Zuflucht fand. Es ist allerdings nicht viel – nur ein paar Säulen und eine eingestürzte Mauer."

„Warum ist sie nicht zum Kloster St. Agatha in Torton gegangen ? Es war viel näher zum Reiten."

„Weil die Nonnen dort sie überreden wollten, den Schleier zu tragen, und sie Roger heiraten wollte."

„Waren sie sehr wütend auf sie?"

„Woher weiß ich das, Cicely? Du musst den Autor des Liebesromans fragen; er hat eine bessere Vorstellungskraft als ich. Ich frage mich, ob Miss Russell schon zurückgekommen ist? Ich gehe ins Haus, um nachzusehen. Übrigens möchte ich um einen Gefallen zu bitten . Ich übe jeden Mittwochabend in der Kirche die Orgel, und heute Abend wird Judson, der alte Angestellte, zu beschäftigt sein, um wie üblich für mich zu blasen. Wäre jemand großzügig genug, um sich freiwillig zu melden? Und würde Miss Russell es erlauben es, meinst du?"

„Ich gehe davon aus, dass Miss Russell nichts dagegen hätte", sagte Mildred. „Ich würde gerne gehen, wenn ich könnte, aber ich habe heute Abend eine Stunde Zeit zum Üben und Vorbereiten, und das gilt auch für Irene und Mary."

„Oh, Monica, könnten wir die Orgel sprengen?" rief Lindsay. „Cicely und ich haben beide mit dem Üben fertig, und wenn wir gleich vor dem Tee unser Französisch lernen würden, glaube ich, dass Miss Frazer überredet werden könnte, uns von der Vorbereitung zu entschuldigen. Wir würden einfach gerne kommen."

„Danke, Lindsay. Ich werde Miss Russell fragen. Wenn sie ‚Ja' sagt, treffen Sie mich dann um sieben in der Kirche?"

Miss Russell war so nachsichtig, die erforderliche Erlaubnis zu erteilen, nachdem sie sich vergewissert hatte, dass alle Unterrichtsstunden für den nächsten Tag ordnungsgemäß vorbereitet waren; Also machten sich Lindsay und Cicely, die vom Rest ihrer Klasse sehr beneidet wurden, voller Eifer daran, ihre Lehrlinge im Orgelblasen zu erproben. Die Kirche war geöffnet und Monica wartete bereits auf der Veranda auf sie. Bald zeigte sie ihnen, wie man den Blasebalg bedient, und nachdem sie ihnen gesagt hatte, sie sollten anhalten und sich ausruhen, sobald sie müde seien, setzte sie sich an die Tastatur und begann mit dem Üben. Für beide jüngeren Mädchen war es eine ausgesprochen neue und interessante Erfahrung, in dem kleinen Raum hinter den Rohren an einem langen Griff zu arbeiten. Da sie sich abwechselten, konnten sie die Orgel einigermaßen gleichmäßig laufen lassen und ließen Monica nur einmal mitten im Stück ohne Wind. Als Belohnung erlaubte sie ihnen, das Instrument auszuprobieren, bevor sie es abschloss, und zeigte ihnen die verschiedenen Register und Pedale sowie deren Verwendung.

„Es ist viel schwieriger als das Klavier", seufzte Cicely nach einem eher erfolglosen Versuch, „und doch ist es einfach großartig, die schönen großen Töne durch die Kirche erklingen zu hören. Ich würde es gerne einmal selbst lernen, wenn ich älter bin."

„Die heilige Cäcilia war die Schutzpatronin der Musik und wird immer als Orgelspielerin dargestellt. Sie können Ihren Namen also durchaus rechtfertigen, indem Sie in ihre Fußstapfen treten", sagte Monica. „Jetzt muss ich einfach gehen, denn meine Mutter wird mich wollen. Ich war heute Nacht viel länger als sonst."

„Es ist unsere Schuld, fürchte ich", sagte Lindsay. „Wir haben Sie immer wieder dazu gebracht, alle Hebel in Bewegung zu setzen."

„Nein, Sie waren meine Lieben. Vielleicht lässt Miss Russell Sie eines anderen Abends für mich blasen; dann fangen wir früher an und ich habe Zeit, Sie beide es noch einmal versuchen zu lassen."

Sie waren unter den alten Eiben des Kirchhofs hindurchgegangen und durch das Lichtor auf die Straße hinausgegangen, als Monica plötzlich über ihre Musik blickte und ausrief:

„Wie dumm! Ich habe mein kleines Exemplar von *Lux zurückgelassen Benigna* dahinter. Es macht eigentlich nicht viel, nur dass ich meine Stücke nicht mit denen des Organisten verwechseln möchte , und er wird morgen bei einer Chorprobe dabei sein.

„Sollen wir zurückgehen?" schlug Cicely vor.

„Nein, ich habe es zu eilig. Ich möchte sofort nach Hause."

„Dann holen wir es für dich“, sagte Lindsay.

„Oh, vielen Dank! Bringst du es bitte mit zur Schule und gibst es mir morgen, damit ich jetzt nicht warten muss? Auf Wiedersehen!“ und Monica eilte so schnell wie möglich in Richtung der Hütte davon.

Lindsay und Cicely gingen gemächlich wieder in die Kirche und fanden das fehlende Musikstück auf einem Sitz neben der Orgel liegen. Sie gingen gerade den Gang hinunter, als Cicely sagte:

„Welches ist das Grab von Sir Roger Courtenay und Catharine Mowbray?“

„Monica sagte, es sei das in der kleinen Seitenkapelle“, antwortete Lindsay. „Sollen wir hingehen und es uns ansehen?“

Was für ein altes Denkmal! Vier Jahrhunderte waren vergangen, seit es über denen lag, die darunter schliefen. Die Schnitzerei war abgesplittert und der Marmor zerkratzt; Ein Teil von Sir Rogers Kopf war abgebrochen und eine der gefalteten Hände der armen Dame Catharine; und die Buchstaben der Inschrift waren so abgenutzt und ausgelöscht, dass die Mädchen kaum ein paar Worte verstehen konnten.

„Es ist auf Latein, also hätten wir es auf keinen Fall verstehen können“, sagte Lindsay.

„Wie lustig ihr Kostüm ist!“ sagte Cicely. „Sie hat eine Haube auf dem Kopf und sehr lange Ärmel; und er ist in voller Rüstung . Das lässt sie viel realer erscheinen, wenn wir ihre Geschichte kennen.“

„Können Sie sich vorstellen, dass sie im Manor leben?“

„Ich kann kaum glauben, dass es in dieser Kirche jemals einen Kampf gegeben hat.“

„Und Menschen bringen sich gegenseitig um!“

„Ich nehme an, Sir Mervyn ist durch diese Tür in den Turm gerannt.“

„Ich frage mich, ob der Fleck immer noch auf der Glocke ist?“ sagte Lindsay.

„Die Geschichte war, dass nichts es jemals ausziehen konnte.“

„Sollen wir hochgehen und sehen, ob es wirklich da ist?“

„Was! Hinauf in den Glockenturm?“

"Ja, warum nicht?"

„Na, ist es nicht schon zu spät und ein wenig dunkel?“

"Noch nicht."

„Also gut", stimmte Cicely zu und stimmte wie üblich Lindsays Vorschlag zu.

Die kleine, mit Nägeln besetzte Eichentür, die zum Turm führte, stand offen und sie konnten sehen, dass sich darin eine Wendeltreppe befand. Es gab niemanden, der ihnen die Erkundung verbieten konnte, und obwohl sie wussten, dass sie zum Manor zurückkehren würden, überlegten sie, ob sie sich zeitlich etwas Spielraum gönnen könnten. Auf der Korkenziehertreppe war es ziemlich dunkel, obwohl es hin und wieder einen Schlitz in der Wand gab, um Luft und Licht hereinzulassen. Oben angekommen befanden sie sich in einem quadratischen Raum, wo offenbar sonntags der Angestellte die Glocke betätigte, denn das Seil hing in Reichweite. Das Dach bestand aus riesigen Eichensparren, und durch das Dach verlief eine Leiter, die höher reichte, als sie sehen konnten.

„Das wird der Weg hinauf zur Glocke sein", sagte Lindsay.

„Was für ein schrecklicher Ort zum Klettern für Sir Mervyn!" kommentierte Cicely. „Ich kann mir vorstellen, wie er mit einem Dolch in der Hand auf ihn zustürmt und die anderen ihm nachschwärmen. Es tut mir fast leid, dass sie ihn getötet haben. Er war sehr mutig, obwohl er so böse war. Du gehst zuerst, Lindsay."

immer höher , bis sie dachten, sie würden niemals den Gipfel erreichen.

„Die Glocke hängt sehr hoch", keuchte Cicely.

„Wir sind jetzt fast da", antwortete Lindsay.

Die Leiter endete in einer groben Plattform, die rund um die Glocke gebaut war, wahrscheinlich um es den Arbeitern zu ermöglichen, sich hin und wieder darum zu kümmern, falls sie nicht sicher hing . Es sah aus wie eine riesige Metallmasse, so groß und schwer, dass selbst der Klöppel ein enormes Gewicht haben musste.

„Hier ist ein sehr merkwürdiges Zeichen", sagte Cicely mit ziemlich ehrfürchtiger Stimme.

Lindsay ging auf die andere Seite des Bahnsteigs. An einem Teil des Bodens der Glocke verlief ein äußerst merkwürdiger Fleck – ein stumpfer, unregelmäßiger Fleck, der durchaus auf eine dunkle und schreckliche Tat zurückzuführen sein könnte. Cicely berührte es vorsichtig und schaute dann auf ihren Finger, als erwartete sie, die roten Spuren auf ihrer Hand zu finden.

„Ich denke, wir sollten besser noch einmal hinuntergehen", sagte sie schaudernd.

„In Ordnung, nur ich möchte zuerst aus dem Fenster schauen. Oh, was für eine herrliche Aussicht!"

Vom alten Kirchturm aus hatte man in der Tat eine herrliche Aussicht – eine Aussicht auf Dorfdächer, Baumwipfel, Felder, kurvenreiche Landstraßen und ferne Wälder und Hügel, alles getaucht in das wunderschöne, rosige Licht des Sonnenuntergangs. Es war so schön, dass die Mädchen einige Zeit dastanden und zusahen, wie sich der Himmel von Rosa zu Karmesinrot verfärbte und große Streifen gesprenkelter Wolken den Widerschein des Glühens darunter einfingen. Sie vergaßen völlig, dass das Abendessen wahrscheinlich im Manor vorbei sein würde und dass Miss Russell sich fragen würde, warum Monica sie so lange aufgehalten hatte, und wünschte, sie hätte sie nicht ohne Miss Frazer oder eine der Monitressen gehen lassen, die sie zurückbegleiteten.

Schließlich rissen sie sich widerwillig los. Es war viel schwieriger, die Leiter hinunterzusteigen als hinaufzusteigen. Cicely wurde ganz schwindelig und sie waren beide froh, als sie den quadratischen Raum erreichten, in dem das Glockenseil hing. Auf der Wendeltreppe war es sehr dunkel; Sie mussten ihre Schritte genau spüren und beim Gehen eine Hand an der Wand behalten. Die Kirche sah düster und düster aus, als sie sich wieder im Kirchenschiff befanden. Cicely wandte den Denkmälern den Rücken zu. Sie wollte in diesem Moment nicht einmal einen Blick in ihre Richtung werfen. Vielleicht ging es Lindsay genauso, denn auch sie eilte schnell zur Tür. Zu ihrem größten Erstaunen war es geschlossen, fest und fest verschlossen; Und obwohl sie den Riegel anhoben und mit aller Kraft zogen, rüttelten und zogen, konnten sie ihn nicht öffnen. Sie starrten einander mit ausdruckslosen, entsetzten Gesichtern an. Sie wurden allein in der leeren Kirche eingesperrt!

„Lass uns anrufen“, zitterte Cicely.

„Vielleicht ist jemand auf dem Kirchhof. Ich kann nicht glauben, dass sie uns wirklich hier eingesperrt haben. Jemand muss zurückkommen“, sagte Lindsay.

Dennoch wusste sie tief in ihrem Herzen, dass es eine verlassene Hoffnung war. Der alte Küster hatte Monica wahrscheinlich durch das Dorf gehen sehen und war nach ihrer Übung wie üblich gekommen, um die Kirche zu verschließen, ohne zu wissen, dass jemand den Glockenturm erkundete. Zu diesem Zeitpunkt würde er wieder zu Hause sein, mit den Schlüsseln in der Tasche. Die beiden Mädchen schrien heiser und traten und schlugen gegen die Tür, aber es kam keine Antwort außer hohlen Echos, die vom gewölbten Dach widerhallten. Die Kirche war gerade außer Hörweite, weder vom Dorf auf der einen Seite noch vom Pfarrhaus auf der anderen Seite, und es schien unwahrscheinlich, dass zu dieser Abendstunde zufällig jemand über den Kirchhof gehen würde. Zweifellos würde man sie bald im Manor vermissen, aber Miss Russell würde sicher zuerst zu Monica gehen, um sich nach ihrer

Abwesenheit zu erkundigen, und es könnte daher einige Zeit dauern, bis jemand in der Kirche nach ihnen sucht.

"Was werden wir machen?" fragte Cicely.

„Wir müssen irgendwie raus", antwortete Lindsay verzweifelt. „Lasst uns umhergehen und sehen, ob es ein Fenster gibt, durch das wir klettern können."

Sie gingen den Gang hinauf und betrachteten sorgfältig die Fenster. aber alle waren gleichermaßen undurchführbar, da sie hoch oben in den Wänden gebaut waren und die einzigen Fenster, die sich öffnen ließen, sich oben befanden.

„Vielleicht gibt es in der Sakristei noch eine niedrigere", sagte Lindsay, nachdem sie die Seitenkapellen und Querschiffe untersucht hatten. „Hier ist die Tür, und zum Glück ist sie nicht verschlossen."

Wieder waren sie zur Enttäuschung verdammt. Die Sakristei war einer der ältesten Teile des Gebäudes, und der winzige, mit Diamanten besetzte Fensterflügel befand sich volle drei Meter über ihren Köpfen. Offensichtlich war es sinnlos, dorthin zu fliehen.

„Wir sollten besser zur Tür zurückgehen", sagte Cicely, „nur für den Fall, dass jemand die Straße herunterkommt und uns hören könnte."

Das Licht wurde immer schwächer, die Säulen warfen lange Schatten, und die Ecken waren bereits in Dunkelheit gehüllt , durch die sich hier und da eine Figur auf einem Denkmal weiß vom düsteren Hintergrund abhob . Noch einmal klopften die Mädchen an die Tür und schrien, obwohl sie fürchteten, es würde nichts nützen.

„Es gibt nur noch eines zu tun, Cicely", sagte Lindsay schließlich.

"Und was ist das?"

„Gehen Sie wieder hinauf in den Glockenturm und läuten Sie die Glocke. Jeder im Dorf würde das hören, und Judson würde kommen, um zu sehen, was los sei."

„Ja", antwortete Cicely mit einigem Zögern, „ich nehme an, wir müssen – aber –"

"Aber was?"

„Wir sollten die Glockenturmtreppe hinaufgehen müssen."

"Also?"

„Oh, Lindsay, Sir Mervyn! Angenommen, wir würden ihn auf der Treppe treffen? Die Dorfbewohner sagen, er geht zu Fuß!"

„Und Monica sagte, es sei nichts als Unsinn und Aberglaube."

Lindsay versuchte mutig zu klingen, aber sie hielt Cicelys Arm trotzdem fest.

Die arme Cicely fühlte sich „zwischen Skylla und Charybdis". Die Glocke zu läuten schien ihre einzige Fluchtmöglichkeit zu sein, und dazu mussten sie unbedingt in den quadratischen Raum steigen, in dem das Seil hing. Einerseits war es die Aussicht, einige Zeit in einem Gebäude zu verbringen, das immer dunkler wurde, und andererseits stürmte sie schnell die Wendeltreppe hinauf, die der Mittelpunkt all ihrer nervösen Ängste war .

„Wir müssen es tun", drängte Lindsay. „Komm mit! Lass uns jetzt gehen, bevor du noch mehr darüber nachdenkst ."

Es war sehr dunkel, als sie durch die kleine Tür gingen und begannen, die schmalen Stufen hinaufzutappen. Es gab keinen Platz für beide, um nebeneinander zu gehen, also ging Lindsay voran und Cicely klammerte sich fest an ihren Rock hinten, bereit, sich umzudrehen und überstürzt zu fliehen, wenn sie das leiseste Geräusch von oben hörte. Die Treppe schien doppelt so lang zu sein wie beim vorherigen Aufstieg und viel schmaler und steiler.

"Hier sind wir!" rief Lindsay aus, als sie endlich ihre Füße auf dem Boden des Turmzimmers fanden. Es war gerade hell genug, um Objekte schwach zu erkennen, und sie waren gerade auf dem Weg zum Glockenseil, als Cicely in panischer Angst Lindsays Arm ergriff.

"Was ist das für ein Lärm?" sie flüsterte atemlos.

"Wo?"

„Da! Die Leiter im Dach hoch!"

Beide Mädchen hörten zu, ihre Herzen schlugen heftig. Cicely täuschte sich nicht. Es war ein leises Rascheln zu hören, als würde sich jemand im Turm darüber leise bewegen. Zu verängstigt, um wegzulaufen, standen sie da und starrten auf die offene Falltür, die zur Glocke führte.

"Er kommt!" schrie Cicely, als etwas Großes und Weißes lautlos durch die Öffnung erschien und in den Raum glitt. Plötzlich ertönte ein unheimlicher, unheimlicher Schrei, der wie ein trauriges, verzweifeltes Jammern aussah, und ein großes Paar Flügel schlug durch das offene Gitter, das als Fenster in die Dichte der Eibenbäume dahinter diente.

„Es ist eine Eule – eine große weiße Eule! Das ist dein Geist, Cicely!" rief Lindsay mit großer Erleichterung.

„Jedenfalls ist es weg. Oh, was für ein Schrecken hat es mir gemacht! Ich dachte, es wäre Sir Mervyn selbst."

„Ich gehe davon aus, dass es tagsüber dort oben schläft und dann nachts auf die Jagd nach Vögeln und Mäusen geht. Was für ein schreckliches Kreischen es von sich gab!"

„Lasst uns gehen und klingeln, bevor wir noch mehr Angst haben."

Sie rannten durch den Raum und ergriffen das Seil. Sicherlich war die arme alte Glocke seit dem Tag, an dem sie zum ersten Mal aufgehängt wurde, noch nie so hektisch und hastig geläutet worden. Es war wie ein Kriegs- oder Feueralarm, als die schnellen, kurzen Schläge vom Turm widerhallten. Die Mädchen zogen und zogen, bis sie beide fast erschöpft waren.

„Jemand muss uns inzwischen gehört haben", sagte Lindsay. „Lasst uns in die Kirche hinuntergehen und an der Tür warten."

„Ich habe nicht mehr so große Angst vor Sir Mervyn, jetzt, wo ich weiß, dass er nur eine weiße Eule ist", erklärte Cicely.

Sie stolperten die Treppe hinunter und durch das dunkle Kirchenschiff, dann standen sie da und warteten gespannt auf ein Zeichen der bevorstehenden Erleichterung. War das ein entfernter Schritt? Ja; Sie hörten das Knarren des Lichtors, den Klang von Stimmen und das Knirschen von Stiefeln auf dem Kiesweg. Sie sprangen zur Tür, klopften und riefen mit aller Kraft um Hilfe. Im nächsten Moment drehte sich der große Schlüssel im Schloss. Es war Judson, der Küster, der draußen stand, hinter ihm eine ganze Reihe Leute aus den Hütten. Das ganze Dorf war durch das Läuten der Glocke aufgeschreckt worden, und jeder erwartete, entweder eine Diebesbande bei der Arbeit oder das Gebäude in Flammen zu finden, statt nur zwei verängstigte kleine Schulmädchen aus dem Herrenhaus.

In diesem Moment kamen sowohl Miss Russell als auch Monica herbeigeeilt. Letztere machte sich heftige Vorwürfe, weil sie ihre Gefährten nicht sicher nach Hause gebracht hatte, und erstere war sehr wütend über ihre Eskapade. Wie Lindsay vermutet hatte, wurden sie schon vor über einer Stunde zurückerwartet, aber Miss Russell war der Meinung, dass Monica ungewöhnlich lange geübt haben musste. Als ihre Schlafenszeit kam und sie immer noch vermisst wurden, wurde die Schulleiterin unruhig und machte sich auf die Suche nach ihnen. Sie war zuerst in die Kirche gegangen und hatte festgestellt, dass die Tür verschlossen war (es muss gewesen sein, als sie in der Sakristei waren), und kam daraus zu dem Schluss, dass sie mit Monica in die Hütte zurückgekehrt waren. Sie war ernsthaft beunruhigt, als sie feststellte, dass sie nicht da waren, und ihre Besorgnis wurde von den Courtenays geteilt ; und sowohl sie als auch Monica waren im Begriff, das ganze Dorf aufzurütteln, um bei der Entdeckung ihres Aufenthaltsorts zu helfen, als das plötzliche Läuten der Glocke sie dazu veranlasste, zur Kirche

zu eilen. Als Antwort auf die vielen Anfragen ihrer Retter gaben die Mädchen
einen kurzen Bericht über ihr Abenteuer.

„Ich dachte, ich hätte darauf vertrauen können, dass Sie direkt nach Hause
zurückkehren", sagte Miss Russell vorwurfsvoll. „Nein, Monica, es ist in
keiner Weise deine Schuld. Lindsay und Cicely wussten ganz genau, dass sie
kein Recht hatten, zurückzubleiben oder den Turm zu betreten. Ich bin von
ihnen enttäuscht, denn ich hätte sie auf keinen Fall gehen lassen sollen." und
die Orgel blasen, wenn ich geglaubt hätte, dass es auch nur die geringste
Gelegenheit für ein solches Verhalten gäbe. Sie haben nur sich selbst die
Schuld zu geben, und ich bin der Meinung, dass sie den Schrecken, den sie
erlitten haben, durchaus verdient haben.

KAPITEL XII

Ein Rätsel

Obwohl die meisten Freuden des Sommersemesters im Manor aus Vergnügungen im Freien bestanden, fehlten auch andere Interessen nicht ganz. In einer Zeitschrift, die Miss Russell für die Schulbibliothek mitnahm, wurde ein Wettbewerb angekündigt, bei dem Kinder unter dreizehn Jahren einen Preis für die meisten poetischen Zitate über Wildblumen erhielten. Sowohl Lindsay als auch Cicely wollten es unbedingt versuchen und durchsuchten alle Gedichtbände, die sie finden konnten, nach geeigneten Auszügen.

„Ich denke, es ist zu viel Aufwand", sagte Nora Proctor. „Es bedeutet, einen solchen Stapel Bücher durchzusehen und die Stücke anschließend so sauber abzuschreiben. Das würde die ganze Freizeit in Anspruch nehmen."

„Und wahrscheinlich würde man am Ende nichts dafür bekommen", sagte Marjorie Butler.

„Ich habe angefangen", sagte Effie Hargreaves, „aber, wie Nora sagt, es ist eine viel zu große Schwuchtel. Ich habe zehn Zitate von Shakespeare und sechs von Tennyson. Ich gebe sie dir, Cicely, wenn du möchtest."

„Oh, danke, wenn sie nicht die gleichen sind wie ich schon!"

„Ich habe einmal versucht, in einer Zeitschrift einen Preis zu gewinnen", sagte Beryl Austen, „aber ich wurde nur hoch gelobt. Ich fürchte, mein Schreiben war nicht gut genug."

Obwohl die anderen Mädchen keine Lust hatten, sich selbst zu messen, interessierten sie sich für die Listen von Lindsay und Cicely und unterstützten sie nach Kräften bei der Suche nach neuen Zitaten.

mit Miss Russell über die wilden Blumen der Nachbarschaft gesprochen hat. "

„Ja, ich glaube, sie hat eine schöne Presssammlung", sagte Effie. „Sie hat versprochen, es uns eines Tages zu zeigen."

Lindsay und Cicely folgten Beryls Rat und überfielen Monica, als diese am nächsten Morgen zum Französischunterricht kam.

„Ich bin froh, dass du mich gefragt hast", antwortete sie. „Ich habe keinen Zweifel, dass ich Ihnen helfen kann. Ich habe viele schöne Bücher über Botanik in der Bibliothek. Ich bringe heute Nachmittag den Schlüssel und schließe den Koffer für Sie auf."

Monica hat immer gehalten, was sie versprochen hat. Sie kam gegen vier Uhr an und öffnete die großen Glastüren, die die hübschen, in Kalbsleder gebundenen Bände vor Staub und Schmutz schützten.

„Hier sind sie", sagte sie. „Einige sind sehr trocken und wissenschaftlich, andere sind beliebt und haben farbige Bilder. Es gibt Pflanzenkataloge, Artenverzeichnisse, alte Kräuter und jede Art von Buch, das man sich vorstellen kann und das sich mit dem Thema befasst. Einige." Es geht um britische Blumen, andere um ausländische und andere um Moose, Farne und Pilze. Sie gehörten früher meinem Onkel; er hatte eine große Vorliebe für Botanik."

„Hast du sie alle gelesen?" fragte Cicely.

„Nein, ich fürchte, ich habe sie ziemlich vernachlässigt. Sehen Sie, ich hatte so viel zu lernen. Man kann nicht alles auf einmal lernen, und Mutter möchte vor allem, dass ich hart Französisch lerne. Vielleicht schaffe ich es eines Tages Greifen Sie die natürlichen Ordnungen an. Es wird lange dauern, bis Sie jedes einzelne dieser Bücher durchgesehen haben. Ich lasse die Hülle unverschlossen, damit Sie sie jederzeit herausholen können. Ich weiß, dass ich darauf vertrauen kann, dass Sie das nicht verderben Abdeckungen zu entfernen und sie jeweils wieder an ihren richtigen Platz zu legen.

„Wir werden sehr, sehr vorsichtig mit ihnen sein", versicherte ihr Lindsay. „Wir werden sie nicht in den Garten tragen. Wir werden hier am Tisch sitzen und sie lesen."

„Das wird dann schon in Ordnung sein", sagte Monica. „Ich habe das Gefühl, dass sie eher eine besondere Verantwortung darstellen, weil sie mir als besonderes Erbe hinterlassen wurden. Ich glaube, mein Onkel schätzte sie mehr als alles andere auf der Welt. Ich denke oft, dass ich sie nicht so sehr schätze, wie ich sollte." "

Wie Monica gesagt hatte, war es sehr aufwändig , alle Bücher gründlich zu untersuchen und nach Auszügen zu suchen. Einige enthielten lediglich lange Listen lateinischer Namen, andere waren viel zu gelehrt und wissenschaftlich, um Schulmädchen zu interessieren. Einige behandelten das Thema jedoch von seiner romantischen Seite und zitierten Passagen aus Gedichten, wie sie wollten. Miss Russell, die sie ermutigt hatte, sich um den Preis zu bewerben, erteilte ihnen die Erlaubnis, die Bibliothek zu benutzen, wann immer sie wollten; Daher verbrachten sie in den nächsten Tagen den Großteil ihrer Freizeit dort.

Es war eine angenehme Beschäftigung und eine, die sie mit den alten Dichtern in Kontakt zu bringen schien, die die Natur so sehr geliebt und so bezaubernd von ihren Blüten gesungen hatten. Es war ganz wunderbar, sich vorzustellen, dass Chaucer vor fast sechshundert Jahren das kleine goldene

Herz und die weiße Krone des Gänseblümchens bemerkt und aufgezeichnet hatte; und dass sich König James I. von Schottland, während er sich darüber trauerte, der Gefangene Heinrichs IV. in Windsor Castle zu sein, sich erinnern und darüber schreiben konnte:

„Der scharfe , grüne , süße Wacholder
wächst hier und da so schön mit Zweigen.“

Der Wettbewerb erwies sich als äußerst interessant und war zufällig mit unvorhergesehenen Ereignissen verbunden.

Eines Nachmittags holte Cicely, die sich systematisch durch die Regale arbeiten wollte, einen dicken, sperrigen Band herunter, gebunden in braunes Leder, mit Metallecken und dem Titel „Blumenkalender “.

„Das muss ein altes sein“, bemerkte sie. „Sehen Sie, wie gelb das Papier ist, und da sind tatsächlich lange Ss. Jemand hat Notizen an die Ränder der Seiten gekritzelt.“

„Ich frage mich, ob es Sir Giles Courtenay war?“ sagte Lindsay.

Cicely wandte sich am Anfang dem Vorsatzblatt zu. Ja, in genau der gleichen, eher unregelmäßigen Handschrift befand sich die Inschrift:

„GILES PEMBERTON COURTENAY,
HAVERSLEIGH MANOR,
SOMERSET. “

„Er scheint es geliebt zu haben, in seinen Büchern zu schreiben“, sagte Lindsay. „Wie steht das gegenüber seinem Namen?“

Auf der Innenseite des Umschlags war ein ziemlich langes Gedicht abgeschrieben. Es schien so etwas wie ein Akrostichon oder eine Scharade zu sein und lautete wie folgt:

RÄTSEL

Meine *Erste* , unter den Blumen kann man keine bessere finden,
sie wurde von einem König zum Sichern eines Briefes verwendet. Meine *Zweite* , deren gelbe Blüten bald verblassen,
kommt jede Nacht im ruhigen Abendschatten zum Vorschein. Meine *Dritte*
, oft genannt Iris ist sehr gefragt.
Sie wächst auf einer Insel namens Van Diemens Land. Meine *Vierte* , eine wilde Blume mit süßen goldenen Augen,
ist für alle, die vorbeikommen, mehr Segen als „Qual“ . Meine *Fünfte* , mit großen lavendelfarbenen Rispen ,
Ist der süßeste aller Sträucher, die der Frühling zutage bringt. Meine *Sechste* , eine einst in der Medizin berühmte alte Blüte,
war gut für das Sehvermögen, und so wurde sie benannt. Wenn Sie nun alle

diese Blumen erraten haben, die ich schätze, nehmen Sie sie bitte mit Meine
Initialen und Endzeichen ebenfalls: Ersteres verbirgt das Letztere. Wenn
Sie das Rätsel gelöst haben, werden Sie feststellen, dass es sich um eine
Sache handelt. Möglicherweise erhalten Sie nur ein verlorenes Glied und
erhalten eine größere Belohnung als Sie selbst denken.

GPC

Sowohl Lindsay als auch Cicely hatten eine besondere Vorliebe für Rätsel
jeglicher Art. Mit Freude griffen sie dieses Blumenrätsel auf und begannen,
es mit Hilfe des illustrierten Pflanzenkatalogs im alten Band zu enträtseln.

„Wie lustig von Sir Giles Courtenay, es in ein Botanikbuch geschrieben zu
haben!" sagte Cicely.

„Ich nehme an, er war ziemlich verrückt", antwortete Lindsay.

„Er muss es selbst erfunden haben, da es mit seinen Initialen signiert ist",
fuhr Cicely fort. „Das war ziemlich schlau von ihm, nicht wahr ? – vor allem,
wenn er verrückt war. Ich bin mir sicher, dass ich keine Verse erfinden
könnte, so sehr ich es auch versuchte."

„‚Mein *Erstes* , das ein König zum Sichern eines Briefes benutzt', ist
offensichtlich ‚Salomos Siegel'", sagte Lindsay. „Gib mir das übrig
gebliebene Stück Papier und ich lege es weg."

„‚Mein *zweiter*' muss ‚Nachtkerze' sein", sagte Cicely. „Ich kann mir keine
andere gelbe Blume vorstellen, die nachts schlüpft."

Das dritte machte die Bemühungen beider Mädchen, es zu entdecken, für
lange Zeit zunichte. Vergeblich durchsuchten sie die Listen der Wild- und
Gartenblumen.

„Iris werden manchmal ‚Flaggen' genannt", wagte Cicely schließlich und
blätterte zur Seite „F" im Index. „Na ja, hier sind eine ganze Menge. Es gibt
asiatische Flaggen und Maisflaggen und Zwergenflaggen und
Florentinerflaggen und deutsche Flaggen. Oh! Und noch einen Haufen mehr
– goldene Flaggen und iberische Flaggen und japanische und Persisch,
Missouri und Tasmanisch.

„Das ist es!" sagte Lindsay. „Van Diemen's Land ist der alte Name für
Tasmanien. ‚My *Third*' muss die tasmanische Flagge sein."

„Warum, natürlich. Wir kommen voran, nicht wahr?"

Die vierte wurde, da es sich angeblich um eine Wildblume handelte, in der
Liste am Ende von *British Flora gesucht* . Es bedurfte keiner allzu großen
Einsicht, um es als „ Tormentilla " zu identifizieren, vor allem, weil man auf
dem farbigen Bild sein goldenes Auge erkennen konnte.

„Die großen lavendelfarbenen Büschel, die im Frühling an einem Strauch wachsen, bedeuten Flieder. Ich werde ziemlich stolz auf unsere Vermutung", erklärte Lindsay.

„Wir haben jetzt nur noch einen übrig", sagte Cicely.

Der letzte erwies sich als der schwierigste von allen. Ich bezweifle, dass sie es hätten lösen können, wenn Lindsay nicht zufällig ein altes Heilkraut gefunden und eine Liste von Pflanzen gefunden hätte, die einst in der Medizin verwendet wurden.

„Unter allen Kräutern , die wachsen und der Menschheit den größten Trost und Trost spenden", so hieß es in der Passage, „hat die Euphrasie einen herausragenden Platz. Auch wenn sie nur eine bescheidene Pflanze ist, die kaum einen Zentimeter hoch ist, wirkt sie doch wie eine Salbe ." sehr wertvoll, um Sehschwäche zu heilen. Daher wurde es in der Volkssprache „augenhell" genannt, dennoch ist sein wahrer Name Euphrasius, und daher ist es unter Apothekern bekannt."

„Es muss richtig sein", sagte Lindsay. „Es ist das Einzige, von dem gesagt wird, dass es sich positiv auf die Sehkraft auswirkt. Die anderen scheinen gegen Zahnschmerzen oder Fieber zu helfen."

„Oder um Wunden oder Wunden zu heilen", sagte Cicely. „Die Menschen müssen sich damals ständig selbst verletzt haben, wenn sie so viele ‚Salben' und ‚Salben' brauchten."

Sie hatten nun alle sechs Blumen entdeckt und schrieben das Ergebnis fein säuberlich auf ein Blatt Papier.

S	Olomones Meer	L
E	Venen Primeln	E
T	asmanische Fla	G
T	ormentill	A
L	ila	C
E	uphras	Y

„Die Initialen lauten ‚settle' und die Finals ‚Legacy'", sagte Cicely. „Wie seltsam! Das hat nichts mit Blumen zu tun."

„Schauen wir uns noch einmal die Endzeilen an", sagte Lindsay und las laut vor:

Bitte nehmen Sie meine Initialen und Endzeichen ebenfalls:
Ersteres wird das Letztere verbergen. Wenn Sie das Rätsel gelöst haben,
werden Sie sehen, dass es sich um eine Sache handelt
. Möglicherweise erhalten Sie nur einen verlorenen Link und bringen Ihnen
ein Größeres Belohnung als du denkst.

„Die Initialen verbergen die Endbuchstaben. ‚Settle‘ verbirgt ‚Legacy‘“,
wiederholte Cicely nachdenklich.

„Warum, ich sehe es jetzt!“ platzte Lindsay plötzlich heraus. „Oh, Cicely, ich
glaube, es bedeutet viel mehr als ein gewöhnliches Rätsel! Es hat etwas mit
dem verlorenen Schatz zu tun. Verstehst du nicht? Die Siedlung verbirgt das
Erbe – Monicas Erbe!“

„Oh, sicher nicht!“ rief Cicely und sprang aufgeregt auf.

„Aber ich glaube schon. In der Poesie heißt es, das Rätsel bestehe darin, ‚das
verlorene Glied wieder herzustellen‘ und ‚eine größere Belohnung zu
bringen, als man denkt‘. Das ist in der Tat eine Entdeckung! Sie soll Monica
offenbar sagen, wo ihr Geld zu finden ist.“ ."

„Können wir ganz , ganz sicher sein?“ zögerte Cicely.

„Nun, alles scheint darauf hinzudeuten. Erinnern Sie sich nicht, dass Irene
Spencer sagte, dass er im Testament des alten Sir Giles das Manor und alles,
was darin enthalten sein könnte, meiner Großnichte Monica überließ, wobei
er ihr insbesondere die Bände empfahl Ich erinnere mich, dass das die
genauen Worte waren. Das muss der Grund gewesen sein. Er hatte das
Geheimnis des Verstecks in den Blumenkalender geschrieben, und er
glaubte, sie würde *es* finden es dort. Vielleicht war er doch nicht so sehr
wütend.

„Ich frage mich, ob Monica es gesehen und herausgefunden hat?“

„Ich weiß es nicht. Sie sagte, sie habe sich nicht oft um die Bücher
gekümmert.“

„Ist der Schatz dann in einer alten Siedlung im Haus versteckt?“

"Es scheint wahrscheinlich."

„In diesem Fall müssen wir uns mit dem Laternenraum irren.“

„Vielleicht sind wir das. Nun, auf jeden Fall wirft dies ein neues Licht auf das
Thema und gibt uns einen Hinweis darauf, wo wir jagen müssen. Wir werden
das Herrenhaus noch einmal durchgehen und uns jede Siedlung genau
ansehen.“

„Ich hoffe, wir sind endlich wirklich auf dem richtigen Weg", seufzte Cicely. „Was für ein herrlicher Tag wäre es, wenn wir Monica tatsächlich sagen könnten: ‚Hier ist dein Vermögen!'"

KAPITEL XIII

Lindsay fasst einen Entschluss

Lindsay und Cicely dachten, sie hätten verstanden, was ein Vergleich ist, aber um die Möglichkeit eines Fehlers zu vermeiden, schlugen sie das Wort im Wörterbuch nach. „Setzen Sie sich – eine lange Bank mit hoher Rückenlehne zum Sitzen", lautete die Erklärung dieser Autorität.

„ Also ist die Sache ‚geklärt'", sagte Cicely und versuchte, ein Wortspiel zu machen.

„Nun, es zeigt uns jedenfalls, dass es keine Truhe ist", antwortete Lindsay, „obwohl unter der Eichenbank im Flur oben an der Treppe eine Art Kiste steht. Der Sitz lässt sich wie ein Deckel hochklappen."

Es gab vier alte Möbelstücke im Herrenhaus, die der Beschreibung im Wörterbuch entsprachen. Zwei davon befanden sich im Esszimmer, eines in der Gemäldegalerie und ein weiteres, wie Lindsay gesagt hatte, am oberen Ende der Treppe. Die Mädchen untersuchten sie alle ausführlich und sorgfältig, aber ohne das geringste Ergebnis. Weder ihre Rückenlehnen noch ihre Sitze waren hohl oder hätten irgendetwas enthalten können. Drei von ihnen standen auf geschnitzten Eichenbeinen, die wie Stühle aussahen, und obwohl der letzte in Form einer Truhe gefertigt war, erwies sich die Untersuchung als völlig leer. Es war eine herbe Enttäuschung.

„Können wir uns über das Rätsel geirrt haben?" sagte Cicely, fast in Tränen aufgelöst.

„Das glaube ich nicht. Was ich denke ist, dass Mrs. Wilson und Scott klug genug waren, das Geld zu finden und es mitzunehmen. Vielleicht gab es irgendwo im Haus noch eine andere Siedlung, und sie haben es physisch mitgenommen."

„Hätte Monica es nicht verpasst?"

„Möglicherweise wurde es direkt nach dem Tod von Sir Giles und bevor sie zum Manor kam."

„Wo würden sie es hinstellen?"

„Möglicherweise im Laternenraum, in einem ihnen bekannten Versteck."

„Dann kommt es mir so vor, als könnten wir nicht weiterkommen, bis wir das Geheimnis des Laternenraums gelüftet haben."

„Und wir wissen nicht einmal, dass der Schatz noch da ist, weil er vielleicht im Garten vergraben ist“, stöhnte Lindsay.

Die ganze Angelegenheit mit dem verlorenen Erbe war höchst ärgerlich und verlockend. Sie schienen so ständig dabei zu sein, das Geheimnis zu lüften, nur um dann erneut besiegt und verwirrt zu sein. Cicely war versucht, es aus Verzweiflung ganz aufzugeben, aber Lindsay besaß eine angeborene Hartnäckigkeit, die es nicht ertragen konnte, besiegt zu werden.

„Ich werde es weiter versuchen, solange wir in Haversleigh sind , da bin ich fest entschlossen“, erklärte sie. „Ich möchte nicht aufgeben, bis wir am Tag der Trennung tatsächlich auf dem Weg zum Bahnhof sind.“

„Und das sind jetzt nur noch drei Wochen“, sagte Cicely.

Das Sommersemester im Manor hatte sich als so erfreulich erwiesen, dass die Mädchen dem Beginn der Ferien nicht annähernd so enthusiastisch entgegensahen wie sonst. Die meisten von ihnen empfanden großes Bedauern darüber, den schönen alten Ort verlassen zu haben, und bedauerten die Tatsache, dass die Umbauarbeiten in Winterburn Lodge Berichten zufolge positiv vorankamen und dass die Abflüsse dort lange vor ihrer Rückkehr im September in einwandfreiem Zustand sein würden.

„Könnten wir nicht immer hier Schule haben statt in London?“ Sie schlugen Miss Russell hoffnungsvoll vor.

„Nein“, sagte die Schulleiterin; „Es gibt viele Überlegungen, die es unmöglich machen würden. Mrs. Courtenay und Monica werden wieder in ihrem eigenen Haus leben wollen, und Haversleigh ist ein zu ungünstiger Ort für einen dauerhaften Aufenthalt. Wir sind ein paar Monate lang wunderbar zurechtgekommen, nur mit Mademoiselle, aber die Kurse von Herrn Hoffmann und Monsieur Guizet vermissen wir auf jeden Fall, ganz zu schweigen von den Zeichen- und Tanzstunden. Gastlehrer können es sich nicht leisten, so weit weg von der Stadt zu kommen. In den Tiefen des Landes gibt es keine wirklichen Bildungsvorteile.“

„Der Abschied wird uns leid tun“, erklärten die Mädchen.

„Dann müssen wir das Beste aus unserer verbleibenden Zeit hier machen“, sagte Miss Russell, „und versuchen, so viel wie möglich in der Nachbarschaft zu sehen , bevor wir gehen.“

Der Geburtstag der Herrin, der auf den folgenden Mittwoch fiel, bot eine günstige Gelegenheit für einen Ausflug, wie sie ihn vorgeschlagen hatte. Die Mädchen pflegten diesen Anlass mit einem kleinen Fest zu feiern und freuten sich, als vereinbart wurde, dass sie die etwa zehn Meilen entfernte Stadt Appleford besuchen sollten.

„Da gibt es den Dripping Well zu sehen und eine schöne alte Kirche", sagte Miss Russell. „Ich bin mir sicher, dass wir dort einen sehr angenehmen Nachmittag verbringen können. Wir müssen Monica bitten, mitzukommen."

Es gab zunächst einige Zweifel, ob Monica die Einladung annehmen könnte. An einem Tag hatte sie ihre Französischstunde verpasst und kam am nächsten zu spät zur Schule, sah blass und verärgert aus. Mrs. Courtenay sei sehr krank gewesen, erklärte sie. Der Arzt war gerufen worden und hatte einen ungünstigen Bericht abgegeben. Natürlich waren besondere Fürsorge und Aufmerksamkeit nötig, und wer konnte diese so gut geben wie ihre eigene Tochter?

Am Tag des Picknicks erschien Monica mit einem eher besorgten Gesicht.

„Ich verlasse meine Mutter kaum gern", sagte sie, „aber sie wünscht sich so sehr, dass ich dieses Leckerli bekomme, dass sie nicht zufrieden sein würde, bis sie gesehen hätte, wie ich meinen Hut aufgesetzt und losgefahren wäre. Zum Glück ist Jenny eine gute Krankenschwester , und Ich werde mich gut um sie kümmern. Trotzdem fühle ich mich immer unwohl, wenn ich lange von ihr weg bin.

Die Mädchen sollten die gesamte Strecke bis Appleford zurücklegen , und die Aussicht war so berauschend, dass alle auf dem Höhepunkt des Vergnügens waren. Sogar die arme Monica erfasste die vorherrschende Stimmung und begann zumindest für einen Moment, ihre Sorgen zu vergessen. Es war gerade noch Platz, um sowohl Lehrer als auch Schüler in die vier Wagen zu packen, die vom George Inn kamen, aber es schien niemandem etwas auszumachen, sie zu zerquetschen, und sogar Mademoiselle war gut gelaunt.

„Ich lächle, weil ich wieder Geschäfte und Straßen sehen werde", erklärte sie.

„Ich glaube, Mademoiselle wird sich freuen, nach Winterburn Lodge zurückzukehren", sagte Marjorie Butler, die in einem anderen Waggon saß, die Bemerkung jedoch mithörte.

„Ja, ich glaube, sie sehnt sich absolut nach Gehwegen und Laternenpfählen", sagte Cicely. „Sie wird vor Freude weinen, wenn sie eine Straßenbahn sieht. Sie sagt, es sei hier furchtbar ‚triste'."

„Mademoiselle ist Französin", bemerkte Effie Hargreaves verächtlich.

„Was für eine sehr originelle Bemerkung! Du hast doch nicht gedacht, dass wir sie für eine Deutsche halten?"

„Nun, ich meine, sie ist auf jeden Fall eine Ausländerin, also können wir nicht erwarten, dass sie das Land mag", antwortete Effie mit echten britischen Vorurteilen.

Auf der Reise gab es einige kleine Aufregungen. Beryls Hut wurde von einem plötzlichen Windstoß über eine Brücke geweht und war in großer Gefahr, in den Fluss zu stürzen, als er vom Fahrer gerettet wurde. Die Tür des zweiten Wagens sprang plötzlich auf und hätte Irene Spencer beinahe auf die Straße geschleudert. während die gesamte Kavalkade an einer engen Biegung zum Stehen kam, weil ein kaputtes Auto den Weg versperrte.

Appleford erwies sich als herrlich malerische alte Landstadt mit verwinkelten Straßen und schwarz-weißen Häusern.

„Ich fürchte, Mademoiselle wird von der Mode sehr enttäuscht sein. Sie wird hier sicherlich keine Pariser Mode finden", lachte Marjorie Butler und blickte auf die eine Reihe kleiner Schaufenster, die den Bedürfnissen der Bevölkerung zu entsprechen schienen.

„Ich bin jedenfalls froh, dass es eine Konditorei gibt", sagte Effie Hargreaves, die ihr Taschengeld unbedingt für Schokolade ausgeben wollte.

„Und ein Ort für Ansichtskarten", fügte Nora Proctor hinzu; „Ich sehe ein ganzes Tablett voll davon vor der Tür stehen."

Die Ankunft von vier Waggons mit so vielen Schulmädchen sorgte offenbar für große Aufregung in der sonst ruhigen Straße. Köpfe wurden aus den Fenstern geworfen, Ladenbesitzer kamen an die Türen und die Leute begannen sich an den Ecken zu sammeln und zu starren.

„Fast so, als wären wir eine Wildtiershow!" sagte Cicely.

„Ich glaube, sie hoffen, dass wir in einer Prozession über den Marktplatz marschieren und singen oder als Band spielen", erklärte Nora Proctor.

„Kommt mit, Mädels! Ich fürchte, wir erregen zu viel Aufmerksamkeit", sagte Miss Russell. „Lasst uns so schnell wie möglich zum Tropfbrunnen aufbrechen. Ihr müsst alle gewünschten Einkäufe tätigen, wenn wir zurückkommen; ich kann euch jetzt nicht warten lassen."

Effie Hargreaves war bereits in den Schokoladenladen gestürzt und hatte mehrere Papierpäckchen in der Hand; So machte sie sich auf den Weg und freute sich darüber, dass sie die Gelegenheit genutzt hatte, solange noch Zeit war. Zum Glück für die anderen war sie großzügig und bereit, ihre Süßigkeiten zu teilen.

„Wir zahlen es Ihnen zurück, wenn wir etwas von unserem eigenen bekommen", sagte Marjorie Butler und lutschte genüsslich an einem Karamell.

Der Dripping Well befand sich in einem Wald, etwa eine Meile von der Stadt entfernt, und war, wie der Reiseführer es beschrieb, „ein äußerst merkwürdiges Naturphänomen". Das Wasser rieselte langsam über einen großen Felsen und war so mit Kalk angereichert, dass es auf allem, was es berührte, eine dünne Schicht hinterließ. Dort aufgehängte Gegenstände wirkten schon nach kurzer Zeit wie versteinert. An dem Felsen hingen alle möglichen Gegenstände, die gerade von der Kalkkruste verkrustet wurden – Zylinderhüte, Stiefel, Strümpfe, Handschuhe, Brotlaibe und sogar Blumensträuße.

„Es sieht aus, als hätte die Gorgone sie angestarrt und sie mit einem Blick versteinert", sagte Nora.

„Ich frage mich, ob wir, wenn wir aufgelegt wären, auch fest werden sollten?" sagte Lindsay.

Der Brunnenverwalter hatte viele Exemplare vorzuweisen, die er poliert hatte, und wollte sie unbedingt verkaufen. In seiner Hütte befand sich eine ziemlich große Sammlung. Nachdem die Mädchen sich hastig beraten hatten, kauften sie einen Steinstrauß als Geburtstagsgeschenk für Miss Russell, ein Geschenk, das ihrer Meinung nach das Schulmuseum schmücken sollte, wenn sie nach Winterburn Lodge zurückkehrten.

„Ich dachte, sie hätte es ins Wohnzimmer gestellt", sagte Beryl Austen ziemlich enttäuscht.

„Natürlich ist es eher eine Kuriosität als eine Zierde", sagte Mildred Roper. „Ich fürchte, es hätte als Dekoration für den Kaminsims nicht sehr schön ausgesehen – bei weitem nicht so schön wie ein echter Blumenstrauß."

In der Nähe des Brunnens befand sich in der Klippe eine Höhle, die einst ein Einsiedler als Zelle genutzt hatte – ein sehr malerischer Ort, den er sich für seine Meditationen ausgesucht hatte, so entschieden die Mädchen.

„Aber schrecklich feucht; der arme Mann muss unter Rheuma gelitten haben", sagte Miss Frazer, die praktisch veranlagt war.

„Vielleicht benutzte er es wie Friar Tuck nicht oft und jagte lieber Wildbret im Wald", schlug Kathleen Crawford vor.

„Nein, er war ein wirklich frommer Einsiedler, der seine Perlen erzählte und von Brot und Wasser lebte", sagte Monica. „Er hat etwa hundert Meter von hier entfernt sein eigenes Grab in den Felsen gegraben. Man kann es noch sehen, obwohl seine Knochen schon vor langer Zeit als Reliquien weggenommen wurden."

„Ich frage mich, ob sie sie zuerst im Brunnen versteinert haben", sagte Nora Proctor, „und für wie viel sie sie verkauft haben? Es gibt mehr als zweihundert Knochen im menschlichen Körper, also hätte ein Einsiedler damals ein gutes Geschäft wert sein müssen." er war richtig gespalten.

„Du freches, respektloses Mädchen!" sagte Monica.

Im altmodischen Wirtshaus am Marktplatz war Tee zubereitet worden. Anschließend besichtigten sie die Kirche, wo es einige schöne Beispiele gotischer Schnitzereien und mehrere wunderschöne Buntglasfenster gab. Eines davon war, wie Monica betonte, eine Erinnerung an ein Mitglied der Familie Courtenay. Es gab eine angekettete Bibel, außerdem ein in schwarzer Schrift geschriebenes Gebetbuch, eine Zange, um Hunde aus der Kirche zu vertreiben, und mehrere andere Kuriositäten, die der alte Kirchendiener zeigte; So verging die Zeit wie im Flug, und alle waren ziemlich überrascht, als Miss Russell auf ihre Uhr schaute und verkündete, dass sie nach Hause zurückkehren müssten.

„Wird jemand Monica abholen? Ich glaube, sie ist mit der Frau des Pfarrers auf dem Kirchhof", sagte sie.

Lindsay und Cicely meldeten sich freiwillig und fanden ihre Freundin unter einer großen Eibe, gerade damit beschäftigt, sich mit einer Dame zu unterhalten, die sich offenbar über Mrs. Courtenay erkundigte. Da sie sich nicht gerne in das Gespräch einmischten und es unterbrachen, standen sie da und warteten, bis sie bemerkt wurden.

„Der Arzt war gestern vorbei", sagte Monica mit erstickter Stimme. „ Er sagte mir, unsere einzige Chance bestehe darin, Sir William Garrett nach London zu schicken. Und wie können wir das? Sein Honorar beträgt hundert Guineen."

„Das ist eine gewaltige Menge."

„Für uns ist das unmöglich. Sie wissen, wie gerne ich sogar das Herrenhaus verkaufen würde, um das Geld aufzubringen, aber ich darf keinen Penny meines Eigentums anrühren, bis ich volljährig bin, und das wird nicht länger als vier Jahre dauern. Ich versuche es nicht." Onkel Giles die Schuld zu geben, doch manchmal –"

Hier brach Monica völlig zusammen und wischte sich die Augen.

„Du darfst die Hoffnung nicht aufgeben, mein liebes Kind", sagte die Frau des Rektors freundlich. „Vielleicht bleibt dir deine Mutter doch erspart. Manchmal passieren seltsame Dinge, und aus Bösem kann oft Gutes entstehen."

„Ich wünschte, ich könnte es glauben", schluchzte Monica. „Das Vermögen für mich selbst ist mir völlig egal; ich will es nur, wenn ich darüber nachdenke, was es für sie tun könnte!"

„Cicely!“ sagte Lindsay feierlich am nächsten Morgen, als sie ihr Haarband vor dem Spiegel band, „wir müssen einfach noch einmal versuchen, diesen Schatz zu finden.“

Cicely hielt mit ihrem Pinsel in der Hand inne.

„Es ist schrecklich, dass Mrs. Courtenay sterben könnte, weil sie nicht hundert Guineen aufbringen können“, stimmte sie zu.

„Und Monica bricht sich darüber das Herz“, fuhr Lindsay fort. „Sie sieht so unglücklich umher, dass es mich auch ziemlich unglücklich macht. Ich würde alles in der Welt geben, um ihr zu helfen.“

„Ich weiß nicht, wo wir als nächstes jagen sollen. Wir scheinen jede Ecke erkundet zu haben und haben nie Glück.“

Cicelys Stimme klang völlig verzweifelt.

„Wir können nur noch einmal in den Laternenraum gehen. Es ist der einzige Ort, an dem wir sicher sind, dass es ein Geheimnis gibt. Wenn Merle dort etwas entdecken könnte, warum sollten wir es dann nicht tun?“

Es schien eine hoffnungslose Hoffnung zu sein, aber alles war besser, als sich einfach hinzusetzen und überhaupt keine Anstrengung zu unternehmen. Monicas Probleme belasteten Lindsay sehr. Der Gedanke, dass die Invalide aus dem Leben verschwinden muss, weil sie nicht über das Geld verfügt, das sie retten könnte, schien zu grausam, als dass man sie ertragen könnte.

„Ich wünschte, ich hätte hundert Guineen, die ich ihnen geben könnte“, dachte sie traurig. „Oh je! Es ist so eine große Summe – man könnte sich genauso gut den Mond wünschen. Ich fürchte, die arme Mrs. Courtenay hat nicht die geringste Chance, wenn das Erbe nicht auftaucht.“

Ziemlich niedergeschlagen begaben sich die Mädchen an diesem Nachmittag auf den oberen Treppenabsatz und stiegen noch einmal die inzwischen vertraute Wendeltreppe hinauf. Der Laternenraum sah genauso aus wie bei ihren beiden vorherigen Besuchen. Es war nichts drin, was Interesse wecken oder Neugier wecken könnte. Ein unromantischeres Zimmer könnte man sich nicht vorstellen.

Das Fenster war geschlossen, der rostige Kaminrost enthielt nur ein wenig Asche und die Schranktür stand offen und gab den Blick auf Reihen leerer Regale frei. Das einzige bemerkenswerte Objekt war die alte Laterne, die an einem Haken in der Mitte der Decke hing. Das war jedenfalls merkwürdig. Es hatte ein uriges, mittelalterliches Muster, und die Seiten bestanden nicht aus Glas, sondern aus dünnen Hornstücken.

„Das ist ein komisches altes Ding", sagte Lindsay. „Ich nehme an, sie haben dafür eine Tauchkerze verwendet. Ich frage mich, ob noch ein Stück darin übrig ist?"

Sie stellte sich auf die Zehenspitzen und versuchte, die Laterne zu öffnen, aber sie hing zu hoch, als dass sie hineinschauen konnte. Sie streckte die Hand aus, so gut sie konnte, und ruckte daran, um zu versuchen, es herunterzuheben. Ganz plötzlich und unerwartet ließen sich Laterne und Haken an einer Kette von der Decke herablassen. Es gab ein seltsames Knirschen, und als sich die Mädchen umdrehten, sahen sie einen Anblick, der sie vor Erstaunen nach Luft schnappen ließ.

KAPITEL XIV

Der Laternenraum

DIE GEHEIME TÜR

Lindsay und Cicely würden vielleicht vor Überraschung aufschreien. Es war etwas höchst Merkwürdiges passiert. Ein Teil der Rückseite des Schranks hatte sich wie eine Tür geöffnet und gab den Blick auf einen schmalen Durchgang dahinter frei. Hier war endlich das Versteck, nach dem sie so lange vergeblich gesucht hatten.

Sie hatten den Schrank nie vermutet. Es sah mit seinen Regalreihen so gewöhnlich aus, dass niemand auf die Idee gekommen wäre, dass es einen geheimen Ausgang verbarg. Durch eine geschickte Anordnung betätigte die Laterne offenbar eine Feder, und wenn sie heruntergezogen wurde, öffnete sich die Tür automatisch. Zweifellos hatte es früher jemand so gebaut, dass es in Zeiten der Gefahr als Zufluchtsort dienen sollte. Die Mädchen waren im Entzücken.

„Hier ist natürlich Mrs. Wilson verschwunden", sagte Lindsay.

„Und was Merle gesehen hat", fügte Cicely hinzu.

Es war eine große Befriedigung, es selbst herausgefunden zu haben, besonders wenn sie mit so geringen Erfolgserwartungen nach oben gekommen waren. Wohin führte die Passage? Das war natürlich die erste Frage, die sie sich gegenseitig stellten.

„Es sieht sehr dunkel aus", sagte Cicely und spähte ziemlich nervös in die Öffnung.

„Ich wünschte, wir hätten eine Kerze", sagte Lindsay. „In der Laterne ist nicht einmal mehr ein Ende übrig, und wir haben auch keine Streichhölzer."

„Soll ich nach unten gehen und etwas holen?" schlug Cicely vor.

„Nein, nein! Vielleicht triffst du unterwegs den ‚Griffin'. Wir sollten ihn jetzt so schnell wie möglich erkunden, solange die Küste klar ist."

Es erforderte ein wenig Mut, sich in die düstere Dunkelheit vor ihnen zu stürzen. Lindsay ging voran, Cicely klammerte sich besonders fest an ihren Arm dahinter. Der Gang schien etwa zwei Meter an der Innenseite der Mauer entlang zu führen, machte dann eine scharfe Kurve und endete am Fuß einer Art Leitertreppe.

Ein Lichtstrahl fiel von oben, als käme er durch einen kleinen Spalt im Dach, gerade ausreichend, um ihnen zu ermöglichen, ihre Umgebung zu erkennen und die rauen Stufen hinaufzuklettern. Oben angekommen befanden sie sich in einer riesigen Mansarde, von deren Größe sie nicht sagen konnten, denn die Ecken waren völlig im schwarzen Nichts verloren. Der Boden war voller Staub (so alter Staub!) und so wurmstichig und verfault, dass er sich unter ihren Füßen ganz weich und bröckelig anfühlte.

Den Dachsparren nach zu urteilen befanden sie sich dicht unter den Dachziegeln. Die Luft war heiß und stickig und hatte diesen abgestandenen, schimmeligen Geruch, der an Orten wahrnehmbar war, die lange verschlossen waren. Sie begannen vorsichtig weiterzugehen und spähten nach allen Seiten, während sich ihre Augen immer mehr an die Dunkelheit gewöhnten.

„Es ist genau der richtige Ort für sie, um den Schatz aufzubewahren“, sagte Cicely.

„Wenn wir nur ein Licht hätten!“ seufzte Lindsay. „Ich möchte näher an die Mauer gehen und sehen, ob ich haufenweise Geld oder Silberkrüge finde.“

Sie tastete sich etwas kühner durch das Zimmer, streckte ihren Fuß aus und begann herumzutasten.

„Seien Sie vorsichtig!“ bettelte Cicely.

Es war eine äußerst notwendige Warnung. Die alten, morschen Bretter hielten der Belastung durch Lindsays Gewicht nicht stand, und ihr Bein stürzte zu Boden, wodurch ein großes Loch im Boden entstand. Zum Glück war sie nicht ernsthaft verletzt, nur zerkratzt und sehr verängstigt. Mit Cicelys Hilfe gelang es ihr, sich zu befreien und sich in die sicherere Mitte der Mansarde zurückzuziehen.

„Das alte Haus muss fast einstürzen“, erklärte sie.

„Monica sagte, Teile des Herrenhauses seien völlig außerstande“, antwortete Cicely. „Außerdem, wenn dies ein geheimer Ort ist, könnte niemand jemals heraufkommen, um ihn zu reparieren.“

„Ich frage mich, wo mein Bein geblieben ist?“ sagte Lindsay.

„Vielleicht in einen Raum unten.“

„In diesem Fall wird Mrs. Wilson ein Loch in der Decke bemerken und wissen, dass jemand hier oben war.“

Es war kein ermutigender Vorfall, aber sie waren trotzdem entschlossen, weiter zu wagen.

„Wir konnten jetzt nicht daran denken, umzukehren“, sagte Lindsay.

Am anderen Ende des Raumes befand sich eine Tür, die in einen Dachboden zu führen schien, der noch dunkler war als der erste.

„Es nützt nicht viel, ohne Licht da reinzugehen“, sagte Cicely.

„Nur ein paar Schritte“, sagte Lindsay.

Sie trat ein und hob die Hand, um die Höhe des Daches darüber zu spüren. Sofort war ein gewaltiges Rauschen um sie herum zu hören. Die Luft schien erfüllt von flatternden, schattenhaften Gestalten, die leicht ihre Wangen berührten. In einer Qual der Angst schrie die arme Cicely und schrie noch einmal und klammerte sich verzweifelt an Lindsay, als an das eine Wesentliche und Menschliche inmitten dessen, was schrecklich und unbekannt war.

„In Ordnung, das sind nur Fledermäuse", keuchte Lindsay mit ziemlich zitternder Stimme. „Wir haben sie gestört, nehme ich an."

Etwas beruhigt wagte Cicely, den Kopf von der Schulter ihrer Freundin zu heben und sich umzusehen. Sie waren von den flatternden Flügeln der Fledermäuse umgeben. Diese kleinen Bewohner der Dunkelheit mussten in großer Zahl von der Decke gehangen haben, und Lindsays Auftritt hatte sie gestört. Mit seltsamem Quietschen und Zischen huschten sie einige Augenblicke lang hin und her und flogen dann davon, um einen sichereren Rückzugsort zu suchen.

„Ich hoffe, sie sind wirklich weg", sagte Cicely und seufzte erleichtert. „Geh nicht weiter hinein, Lindsay. Du kannst keinen Zentimeter vor deinem Gesicht sehen."

„Aber es könnte der einzig wichtige Ort sein", sagte Lindsay und gab widerwillig nach, als Cicely sie zurück in die äußere Mansarde zog. „Ich würde alle meine nächsten Geburtstagsgeschenke gegen eine Kerze eintauschen."

„Still! Ich möchte zuhören. Ich dachte, ich hätte etwas gehört."

"Was?"

„Eine Art Rascheln."

„Ich nehme an, es waren die Fledermäuse oder eine Ratte."

Cicely warf einen besorgten Blick nach hinten. Ihre Nerven waren nicht so stark wie die von Lindsay. Obwohl sie Zeit hatte, sich an die Kratzer in den Täfelungen des Herrenhauses zu gewöhnen, konnte sie ihre Angst vor Ratten nicht überwinden. Vielleicht war Lindsay in ihrem tiefsten Inneren weniger tapfer, als sie gerne eingestanden hätte. Schließlich war es wenig befriedigend, einen Raum zu erkunden, in dem sie nichts sehen konnte.

Sie wollte gerade gehen, als Cicely sie erneut am Arm packte.

„Oh, was ist das?"

Der Ausruf kam gleichzeitig von den Lippen der beiden Mädchen. Nahe, so schien es, hallte in ihren Ohren das schreckliche, tiefe Stöhnen wider, das sie schon zweimal so erschreckt hatte. In solch einer seltsamen und düsteren Umgebung zu hören, war mehr, als Fleisch und Blut ertragen konnten. Ohne weitere Ermittlungen abzuwarten, drehten sie sich um und flohen.

Sie wussten hinterher kaum, wie sie über den morschen Boden gestolpert und die Leiter hinuntergeklettert waren. Mit blinzelnden Augen blickten sie einander in die verängstigten Gesichter, als sie aus dem dunklen Gang wieder in das helle Tageslicht des Laternenraums traten.

„Was für ein schrecklicher Ort!" schauderte Cicely. „Ich bin dankbar, dass wir dem entkommen sind. Ich glaube nicht, dass ich mich um jeden Preis der Welt noch einmal dorthin wagen würde."

„Wir müssen den Eingang schließen", sagte Lindsay besorgt. „Wir müssen darauf achten, alles so zu hinterlassen, wie wir es vorgefunden haben."

Die Geheimtür schloss sich mit einem Sprung, und einen Augenblick später war nichts mehr zu sehen als der unschuldig wirkende Schrank. Die Laterne war an ihren früheren Platz in der Decke gestiegen; Die Kette wirkte auf eine Rolle, und während sie nach oben oder unten lief, befestigte oder öffnete sie das Schloss.

Cicely jedenfalls war es nicht leid, in die zivilisierteren Teile des Hauses vorzudringen.

„Ich frage mich, ob Merle so weit erforscht hat wie wir", sagte sie.

„Das glaube ich kaum", erwiderte Lindsay. „Sie konnte keine Zeit gehabt haben. Ich glaube, sie muss ‚The Griffin' kennengelernt haben, als sie herauskam, und hatte Angst, es nicht zu erzählen."

Je mehr die Mädchen über die Sache sprachen, desto komplizierter schien das Rätsel zu sein. Obwohl sie Mrs. Wilsons Versteck gefunden hatten, konnten sie nicht näher feststellen, ob der Schatz dort oder anderswo verborgen war. Draußen im Sonnenschein kehrte Lindsays Mut zurück und sie begann sich selbst Vorwürfe zu machen, weil sie die Suche so schnell aufgegeben hatte.

„Wir fahren ein andermal hin und nehmen zwei Kerzen und eine Schachtel Streichhölzer mit", verkündete sie.

„Ist es wirklich gut?"

Cicelys Geist bebte bei der Aussicht, noch einmal auf die unbekannten Schrecken zu stoßen, die möglicherweise in diesem dunklen Dachboden lauerten. Sie konnte das Stöhnen, das sie dort gehört hatte, nicht vergessen.

„ Natürlich ist es das! Ich hätte nicht gedacht, dass du derjenige bist, der zurückweicht", sagte Lindsay vorwurfsvoll. „Wir haben uns beide geschworen, alles in unserer Macht stehende zu tun, um Monica zu helfen. Es wäre gemein und feige, nachzugeben, nur weil wir Angst hatten. Wenn du nicht mitkommen willst, muss ich alleine gehen." Ich warte nur auf eine gute Gelegenheit.

Die Gelegenheit ließ mehrere Tage auf sich warten. Mrs. Wilson war zu oft in den Passagen, um die Expedition sicher zu machen. Einmal ging Cicely als Späher auf die Suche, musste aber feststellen, dass das Hausmädchen den obersten Treppenabsatz fegte, und musste sich hastig zurückziehen.

Sie konnten nicht herausfinden, wo Lindsays Bein so plötzlich durch den morschen Boden gesunken war oder ob eine der Decken in den oberen Räumen dadurch beschädigt worden war. Wenn Mrs. Wilson den Schaden herausgefunden hatte, behielt sie ihren eigenen Rechtsbeistand. Als es ihnen endlich gelang, eine günstige Gelegenheit zu nutzen und die Wendeltreppe hinaufzuschleichen, erwartete sie ein trauriges Schachmatt. Die Tür des Laternenraums war mit einem Vorhängeschloss sicher verschlossen.

„Scott sagte, er würde sich eins anziehen", sagte Lindsay, nachdem sie ausdruckslos auf das unwillkommene Hindernis gestarrt hatte. „Erinnerst du dich nicht daran, wie er mit ‚The Griffin' in der Bildergalerie sprach und sie ihm erzählte, dass wir hier gewesen waren?"

„Ich bin sicher, dass sie uns verdächtigen", erwiderte Cicely. „Vielleicht haben sie nur einen Teil des Silbers oder Schmucks in diesem Sack mitgenommen, und der Rest liegt immer noch oben in der Dachkammer."

Der einzige Aktionsplan, der ihnen nach dieser letzten Enttäuschung einfiel, bestand darin, Scott im Auge zu behalten. Wenn er wirklich einen Teil des Schatzes im Garten versteckt hätte, würde er ihn wahrscheinlich gelegentlich ansehen, um sich von seiner Sicherheit zu überzeugen. Auf Cicelys dringende Bitte hin hatten sie bereits mit einer Kelle das Ufer, an dem Scott gegraben hatte, sorgfältig untersucht, als sie ihn im Dunkeln überraschten. Es war jedoch eine fruchtlose Arbeit; da war nichts.

„Ich habe dir vorher gesagt, dass sie nicht so dumm sein würden", sagte Lindsay.

„Ich dachte, sie hätten in ihrer Eile vielleicht ein Stück Geld oder vielleicht einen Ohrring fallen lassen – nur um uns zu zeigen, was tatsächlich hier gewesen war", sagte Cicely und wühlte in der lockeren Erde herum.

„Vertrauen Sie Scott und Mrs. Wilson! Sie sind ein ungewöhnlich kluges Paar. Sie können sicher sein, dass sie darauf achten würden, nicht einmal einen Sixpence zurückzulassen."

„Ich habe gehört, dass Kriminelle sich nicht von einem Ort fernhalten können, an dem sie etwas vergraben haben", fuhr Cicely fort. „Sie spuken immer vor Ort."

„Dann müssen wir herausfinden, wohin Scott am häufigsten geht", antwortete Lindsay.

Im Moment schien Scott sich besonders zu den Gurkenrahmen hingezogen zu fühlen.

„Er ist ständig da", sagte Cicely.

„Viel öfter als nötig, da bin ich mir sicher", stimmte Lindsay zu.

„Es könnte auch ein wahrscheinlicher Ort sein", fügte Cicely nachdenklich hinzu.

Mehrere kleine Vorfälle schienen ihre Vermutungen zu bestätigen.

„Er war letzte Nacht so wütend, als Marjorie Butler ihren Ball über die Hecke in den Küchengarten schickte und ihn holen ging", sagte Lindsay.

„Ja, er sagte, sie hätte vielleicht das Glas in einem der Rahmen zerbrochen; aber ich glaube nicht, dass das der wahre Grund war. Vielleicht ist sie gerade in seine Nähe gekommen, als er etwas zurückstellte."

„Ich hörte, wie Miss Russell ihn fragte, wann die Gurken fertig seien, und er antwortete in großer Eile: ‚Noch nicht mehr so lange'. Und dann sagte er, es sei ‚am besten, die Rahmen nicht anzuheben und sie noch mehr zu stören.' als nötig'."

„Er hatte offensichtlich Angst, dass sie darum bitten würde, sie sehen zu dürfen."

Die Vorstellung, dass silberne Becher, Juwelen oder Spatenguineen unter den glänzenden Blättern der Gurkenpflanzen verborgen liegen könnten, begann sich in den Köpfen der Mädchen festzusetzen.

„Wenn wir es nur schaffen könnten, nachzusehen, während er nicht im Weg ist", schlug Cicely eifrig vor.

Scotts Aufmerksamkeit für seine Pflichten war äußerst ärgerlich. An Cicelys Theorie, dass Kriminelle einen bestimmten Ort heimsuchen, schien tatsächlich etwas dran zu sein. Er schien nie im Küchengarten zu fehlen, jedenfalls nicht, wenn sie sich in seiner Nähe aufhielten. Sie konnten ihn während der Unterrichtsstunden den Rasen mähen hören, aber wenn die Erholung kam und sie hoffnungsvoll zur Erkundung hinausliefen , jätete er Erdbeeren oder pflückte Erbsen, die nur wenige Meter von seinen geliebten Brutstätten entfernt waren.

„Es gibt nur einen Weg", sagte Lindsay. „Wir müssen einen Plan schmieden. Du musst dich in der Nähe des Küchengartens verstecken, und ich werde etwas unternehmen, um ihn wegzunehmen. Dann musst du, während er weg ist, zu den Rahmen eilen und sie öffnen."

„Das wäre großartig! Was wirst du tun?

„Ich muss darüber nachdenken. Ich weiß! Wir warten bis heute Abend, wenn er die Gurken gießt. Ich werde auf dem Rohr des Schlauchs stehen; das wird das Wasser stoppen, und er wird nachsehen." Was ist los."

"Hauptstadt!" stimmte Cicely zu.

Es bedurfte einer kleinen Intrige, um ihren Plan zufriedenstellend in die Tat umzusetzen. Sie fürchteten sich sehr davor, dass Scott früher als gewöhnlich mit dem Gießen beginnen würde, und waren sehr erleichtert, als sie nach der Vorbereitung hinausliefen und feststellten, dass er gerade erst damit begann, seinen Schlauch abzuwickeln. Er benutzte einen kleinen Tank auf Rädern, den er meist auf dem Kiesweg außerhalb des Küchengartens stehen ließ, um die Kautschukschläuche durch die Hecke zu transportieren.

Zum größten Ärger der Mädchen entdeckte Marjorie Butler sie und bestand darauf, ihnen einen Brief vorzulesen, den sie an diesem Morgen von einer Cousine eines Matrosen erhalten hatte. Würde sie niemals verschwinden? Es war zu ermüdend von ihr, sich ihnen zu einem so unpassenden Zeitpunkt anzuvertrauen.

„Lass uns dich nicht behalten, wenn du Tennis spielen willst", bettelte Lindsay mit kalter Höflichkeit.

„Oh, es macht mir überhaupt nichts aus, danke! Ich dachte, es würde dich interessieren, etwas über Cousin Cyril zu hören", antwortete Marjorie.

Lindsay wünschte sich aufrichtig, dass Cousin Cyril auf dem Meeresgrund gewesen wäre, anstatt darüber zu segeln und lange Beschreibungen seiner Reize zu schreiben. Die kostbaren Momente vergingen. Sie konnte das sanfte Rauschen des Wassers hören, als Scott den Schlauch anlegte; Wenn sie nicht schnell wären, wäre er fertig und die Gelegenheit wäre vertan.

„Ich glaube, Miss Russell kommt heute Abend zum Krocketspielen", wagte sie es verzweifelt.

„Ist sie? Oh! Sie hat versprochen, dass ich das nächste Mal auf ihrer Seite sein könnte. Ich frage mich, ob sie schon da ist? Ich muss sofort hingehen und nachsehen."

"Gott sei Dank!" rief Lindsay, als das blaue Leinenkleid ihrer Klassenkameradin in der Allee verschwand. „Jetzt lege ich diesen schweren Stein auf den Schlauch, genau dort, wo er durch die Hecke führt. Dann kriechen wir beide durch das Loch in den Küchengarten."

Ohne eine weitere Minute zu verschwenden, tat Lindsay hastig, was sie gesagt hatte, versteckte den Stein im hohen Gras, woraufhin beide Mädchen durch die Hecke in die Mitte eines Topinamburbeets krochen. Wie sie erwartet hatten, ging ihr Plan bewundernswert auf. Scott grunzte verärgert und blickte auf seinen Schlauch. Seine Wasserversorgung hatte ihn zweifellos im Stich gelassen. Er stapfte murrend davon, um den Tank zu untersuchen.

„Ich glaube nicht, dass er jemals ins Gras schauen wird. Er wird denken, dass mit dem Wasserhahn etwas nicht stimmt", kicherte Lindsay.

Sobald Scott durch das Tor verschwunden war, rannten sie (ungeachtet der Artischocken!) in Richtung der Rahmen. Lindsay ließ ihre Hände schnell und suchend unter den großen, weinartigen Blättern gleiten; und Cicely begann, mit einer Kelle bewaffnet, wie wild zu graben. Alles umsonst! Obwohl sie den Boden mit Stöcken bearbeiteten, konnten sie nichts besonders Festes darunter spüren, und es blieb keine Zeit, sehr tiefe Ausgrabungen vorzunehmen.

„Er kommt zurück!" keuchte Lindsay. „Glätten Sie die Erde in dieser Ecke und platzieren Sie das Blatt, um es zu verstecken. Schnell, sonst erwischt er uns! Gehen Sie nicht durch die Artischocken, wir müssen in die andere Richtung rennen!"

Kapitel XV

Verstecken und suchen

Die Julitage vergingen wie im Flug und das Semester neigte sich rasch dem Ende zu. Miss Russell schien entschlossen zu sein, das Beste aus den letzten Wochen im Manor zu machen, und arrangierte für fast jeden Nachmittag etwas Neues. An einem Tag gab es ein Cricket-Match, an einem anderen ein Putting-Wettbewerb und am dritten ein Tennisturnier, was in der kleinen Welt der Schule für große Aufregung sorgte.

Sowohl Lindsay als auch Cicely liebten Spiele und waren bestrebt, ihren Anteil an der Auszeichnung zu gewinnen, und so beschlossen sie im gegenseitigen Einvernehmen, ihre Beobachtung von Scott bis nach den sportlichen Aktivitäten zu lockern. Diese galten immer als großartiges Ereignis und sollten dieses Jahr in größerem Umfang als üblich stattfinden.

„Es ist so großartig, sie auf diesem wunderschönen Gelände zu haben", sagte Mildred Roper. „Auf dem Rasen der Winterburn Lodge schien nie halb genug Platz zu sein."

„Ich habe gehört, dass Miss Russell eine ziemliche Party geben wird", meldete sich Nora Proctor freiwillig. „Sie hat den Rektor und Mrs. Cross und alle Leute eingeladen, die sie in Haversleigh besucht haben , also werden wir viele Zuschauer haben."

„Ich wünschte, Mrs. Courtenay könnte kommen", rief Cicely.

„Ich wünschte, sie könnte es tatsächlich. Ich fürchte, es muss ihr heute schlechter gehen, da Monica nicht im Geschichtsunterricht war", sagte Mildred.

Alle Mädchen waren damit beschäftigt, „in eine gute Form zu kommen", wie sie es ausdrückten. Die Älteren arbeiteten unermüdlich beim Tennis, während die Jüngeren das Laufen mit einem Eifer übten , der einem Marathon-Kandidaten würdig wäre.

„Miss Russell sagt, dass es mehrere Nachteile geben wird, aber sie wird uns nicht sagen, welche das sind", bemerkte Beryl Austen.

„Nun, es macht viel mehr Spaß, wenn man es vorher nicht weiß", entgegnete Effie Hargreaves. „Sie wären kein Handicap, wenn wir sie zu einfach machen könnten."

„Ich habe gestern ein Stück vierblättriges Kleeblatt gefunden", bemerkte Cicely, „also sollte ich Glück haben. Ich habe es Mademoiselle gezeigt, und sie war ziemlich neidisch." Vous aurez la chance!'", sagte sie.

„Wie lustig! Hast du es behalten?"

„Eher! Ich habe es zwischen zwei Löschpapierstücken liegen lassen, unter einen Stapel Bücher. Ich werde es in ein Medaillon stecken lassen, wenn ich nach Hause gehe."

„Ich glaube nicht an Glück", erklärte Nora. „Ich bin mir sicher, dass alle vierblättrigen Kleeblätter der Welt nicht dazu führen würden, dass Marjorie Butler ein Rennen gewinnt. Sie ist außer Atem, bevor sie zehn Meter gelaufen ist."

„Wird Monica mitmachen?" fragte Beryl.

„Ich weiß es nicht. Sie sagte, sie hätte ihren Namen vorläufig eingetragen. Wenn sie das tut, erwarte ich, dass sie uns alle in Erstaunen versetzen wird. Sie kann wunderbar springen – sie ist federleicht."

Der Sportnachmittag verlief hervorragend. Um halb drei hatten sich die Gäste auf der großen Wiese versammelt. Sie sahen eher wie eine kleine Menschenmenge aus. Die Schule hatte in der Nachbarschaft Interesse geweckt , und als Reaktion auf Miss Russells Einladungskarten waren Menschen aus mehreren Kilometern Entfernung angereist. Irene Spencer war das einzige Mädchen, das sich rühmen konnte, Verwandte zu haben, da ihr Onkel, ihre Tante und mehrere Cousins vom Pfarrhaus Linforth herübergefahren waren . Die Besucher waren offenbar darauf vorbereitet, alles zu genießen.

„Es kommt nicht oft vor, dass wir im Land die Gelegenheit haben, bei Olympischen Spielen dabei zu sein. Ich freue mich darauf, so viele junge Atalantas bei Rennen zu sehen. Wo sind die Lorbeer- und Petersilienkränze, die diesen Anlass schmücken sollen?" sagte Mr. Cross, der freundliche Rektor, der gerne Witze machte und sich unter Schulmädchen zu Hause fühlte.

„Es gibt keine", lachte Cicely. „Miss Russell verwendet die Lorbeerblätter zum Würzen der Vanillesoße und die Petersilie zum Garnieren der Schinken."

„Ich bin erstaunt darüber, dass sie solche klassischen Pflanzen für so unwürdige Zwecke einsetzt. Sie hat mich gebeten, die Preise zu verteilen, und ich dachte, von mir würde erwartet werden, dass ich den Siegern grüne Kränze auf die Stirn hänge. Es ist schade, als ich das getan habe." Ich habe absichtlich eine Rede verfasst. Sie schlagen vor, dass ich mir eine weitere ausdenken soll? Nicht so einfach, meine Lieben. Ich werde einige von Ihnen um Hilfe bitten. Ich frage mich, ob Miss Frazer dieser Gelegenheit gewachsen wäre?"

„Ich bin mir sicher, dass ihr nichts Lustiges eingefallen ist", erklärte Cicely.

„Dann muss ich mich auf das verlassen, was ich spontan sagen kann. Wenn Sie bemerken, dass ich zusammenbreche, fangen Sie bitte an zu klatschen, und dann werden alle denken, ich sei fertig. Hier kommt Miss Russell. Ich glaube ihr." möchte, dass ich auch Schiedsrichter bin. Mir wird Größe aufgedrängt. Ich hoffe, ich werde meine hohe Position nicht blamieren.

Trotz der gespielten Proteste des Rektors schien er durchaus in der Lage zu sein, die Sportveranstaltungen zu leiten, und musterte die Reihen der wartenden Mädchen mit dem Blick eines Generals.

„Es versetzt mich zurück in meine eigene Schulzeit", sagte er. „Früher dachte ich damals, ich würde viel lieber den Weitsprung gewinnen, als zum Erzbischof von Canterbury ernannt zu werden; und ich hielt den Kapitän unseres Cricketclubs für einen weitaus größeren Kerl als den Premierminister. Wo ist Monica? Macht sie nicht mit?" Tagesangelegenheiten?"

Monica kam im letzten Moment, gerade als alle sie aufgegeben hatten, und nahm stillschweigend ihren Platz unter den Mitgliedern der ersten Klasse ein.

„Ich hatte Angst, dass ich überhaupt nicht kommen könnte", erklärte sie; „Aber Mutter schläft jetzt, also kann ich sie auf jeden Fall eine Stunde allein lassen. Ich habe Jenny gesagt, sie soll mich holen, wenn sie aufwacht."

Der erste Programmpunkt war ein Tenniswettbewerb, der auf die älteren Mädchen beschränkt war. Es war ein hart umkämpfter Kampf, da die Konkurrenten ausgeglichen waren und er mit einem Sieg für Mildred Roper und Kathleen Crawford endete. Monica spielte gut, konnte aber nicht so viel Zeit mit dem Training verbringen wie die anderen und verfehlte mehrere Bälle.

„Das war sehr dumm von mir", entschuldigte sie sich. „Ich scheine mich nie an Mildreds schnelle Aufschläge zu gewöhnen."

Es folgte ein Rennen um die zweite Klasse, das Irene Spencer, von ihren Cousins sehr bejubelt, beinahe gewinnen konnte, obwohl sie am Ende von Merle Hammond geschlagen wurde, die einen plötzlichen und unerwarteten Sprint hinlegte. Nun waren die Mädchen der dritten Klasse an der Reihe. Sie sollten ein Handicap haben und warteten mit großer Spannung auf die Einzelheiten.

„Miss Russell scheint ebenso schwere Aufgaben zu stellen wie die böse Stiefmutter in den Märchen", sagte Mr. Cross. „Sie verfügt, dass jeder von euch eine kleine Kiste mit gemischten Erbsen, Bohnen und Erbsen bekommt und dass ihr sie sortieren sollt, bevor ihr mit dem Rennen beginnt. Bitte knien Sie bitte alle im Gras mit Ihren Kisten vor sich." von dir. Bist du bereit? Eins – zwei – drei – aus!"

Es war eine Frage der Fingerfertigkeit. Effie Hargreaves rechtfertigte das alte Sprichwort „Mehr Eile, weniger Geschwindigkeit", indem sie ihre Kiste umwarf; und Marjorie Butler bekam in ihrer Aufregung die Haare durcheinander. Cicely kam als Erste ins Ziel und war bereits auf halbem Weg über den Rasen, als Nora Proctor sie überholte. Es war ein erbitterter Kampf zwischen diesen beiden. Alle anderen waren in einiger Entfernung zurück, denn Lindsay war nicht so leichtfüßig, und Beryl Austen rutschte aus und fiel ins trockene Gras.

„Es ist Nora! Nein, es ist Cicely!" riefen die Mädchen. „Gut gemacht, Cicely! Mach weiter, Nora! Sie nimmt zu! Nein, das tut sie nicht! Naja, es ist schließlich Cicely!" als diese den Siegpfosten ein paar Meter vor ihrer Gegnerin erreichte.

„Gut gerannt!" sagte der Rektor. „Sie haben den Kurs gemeistert wie junge Windhunde. Wenn Sie die Lektionen im gleichen Tempo lernen, werden Sie zu Wunderkindern. Warum schüttelt Miss Russell den Kopf? Sie sagt, es bestehe keine Gefahr. Wirklich, ich bin ziemlich erleichtert, das zu hören." Es. Ich hatte fast schon Angst vor dir. Ich glaube, von dir wird erwartet, dass du die Sache aufnimmst, bevor wir mit unserem Verfahren fortfahren."

Das Programm wurde so abwechslungsreich wie möglich gestaltet. Es gab eine Runde Uhrengolf, ein Hüpfturnier, ein Eier-und-Löffel-Rennen und einen Bogenschießen-Wettbewerb.

„Als nächstes kommt das Springen", sagte Lindsay, als Miss Frazer und Miss Humphreys mit einem Seil vortraten; „Die Mädchen der ersten Klasse sollen anfangen. Ich möchte besonders Monica sehen."

Monica hatte ihren Platz bescheiden am Ende der Reihe eingenommen, so dass sie bei jeder Prüfung die letzte war, die antrat. Ihre Bewegungen waren sehr leicht und anmutig und die Mädchen sahen ihr anerkennend zu. Je höher das Seil gehoben wurde, desto dünner wurden die Teilnehmer, bis ihre Zahl schließlich auf drei reduziert wurde: Kathleen Crawford, Bertha Marston und Monica.

Alle blickten gespannt auf den nächsten Versuch. Kathleen schaffte es gerade noch herüberzuklettern, Bertha scheiterte völlig, aber Monica meisterte den Sprung mit absoluter Leichtigkeit.

„Ich gehe davon aus, dass dies die letzte Prüfung sein wird“, sagte Miss Russell, als die beiden erfolgreichen Prüfungen zum Ausgangspunkt zurückkehrten.

„Ich glaube nicht, dass sie das schaffen!“ murmelte Lindsay und blickte voller Ehrfurcht auf die für sie unmögliche Höhe, die erforderlich war.

Es war zu viel für Kathleen. Sie rannte, sträubte sich und unternahm einen weiteren vergeblichen Versuch, es aufzugeben.

„Jetzt, Monika!“

Der Name war in aller Munde.

Monica schien vollkommen cool zu sein, tatsächlich weitaus weniger aufgeregt als die Zuschauer.

„Ruhen Sie sich einen Moment aus, meine Liebe, wenn Sie außer Atem sind“, schlug Miss Russell vor.

„Nein, danke. Es würde Kathleen gegenüber kaum fair erscheinen. Ich werde es jetzt versuchen.“

„Hab es wie ein Vogel!“ rief der Rektor und klatschte in die Hände, als das Seil wieder einmal erfolgreich überwunden wurde.

Die Mädchen brachen in einen Sturm des Jubels aus, um teils ihre Bewunderung für die geschickte Tat, teils ihre Wertschätzung für Monica selbst zum Ausdruck zu bringen.

„Sie ist eine große Favoritin in der Schule“, erklärte Miss Russell Mr. Cross.

„Ich freue mich, dass sie mit anderen jungen Leuten zusammenkommt“, antwortete er. „Sie hat in der Regel eine langweilige Zeit, armes Kind, und hat die Enttäuschung über das Eigentum ihres Onkels mehr gespürt, als sie zugeben möchte. Mrs. Courtenays Krankheit ist sehr belastend. Meine Frau hat gestern mit dem Arzt gesprochen: Er denkt darüber nach, Sir William Garrett sollte sofort geholt werden; in ein paar Wochen könnte es sich als zu spät erweisen.

„Sie kennen die Familie schon lange?“ fragte Miss Russell.

„Seit Monicas Geburt. Ich kannte den alten Sir Giles so gut, wie er es nur irgendjemandem erlauben würde. Ich habe ihn manchmal angerufen und besucht und mit ihm über Botanik gesprochen, das einzige Fach, für das er sich interessierte. Er lebte so ärmlich, dass er lebte sein Einkommen muss sich über viele Jahre angesammelt haben. Er sprach selten über geschäftliche Angelegenheiten, aber einmal forderte er mich auf, meinen Namen als Zeuge für ein Dokument zu unterschreiben, dessen Inhalt er mir nicht mitteilte.

„Er bezog sich jedoch auf Monica, als ob sie von seinem Testament erheblich profitieren würde, und fragte mich, ob ich es für schädlich halte, wenn ein Mädchen eine Erbin hinterlassen würde. Ich versicherte ihm, dass dies in ihrem Fall nicht der Fall sein würde, und zwar in ihrem Fall Veranlagung und Erziehung waren so, dass Geld sie nicht verderben konnte.

„'Eine schwierige Zeit ist oft die beste Vorbereitung auf Wohlstand', antwortete er.

„Seitdem habe ich mich an seine Worte erinnert.

„Er ließ mich auf seinem Sterbebett rufen, und ich habe mich manchmal gefragt, ob es irgendein Geheimnis gab , das er mir anvertrauen wollte. Leider besuchte ich mehrere Meilen entfernt ein krankes Gemeindemitglied und erhielt die Nachricht nicht rechtzeitig. Als ich ankam Im Manor war er nicht mehr zu sprechen. Er versuchte, ein paar Zeilen auf ein Blatt Papier zu kritzeln, aber die Schrift war völlig unleserlich. Wenn er eine irdische Tat bereute, war es zu spät, sie zu ändern; er würde seine eigene begleichen Tolles Konto.“

Während der Rektor und die Schulleiterin sich unterhielten, wurde Tee in den Garten getragen, und die Mädchen beschäftigten sich nun mit der Betreuung der Gäste.

„Ich denke, dass die Konkurrenten eine Erfrischung mehr brauchen als wir“, sagte Mrs. Cross, als Cicely ihr die Sahne reichte.

„Sie werden nicht vergessen“, sagte Miss Russell, „aber sie freuen sich nur zu gerne, sich zuerst nützlich zu machen.“

Sicherlich konnten sich die Mädchen nicht darüber beschweren, dass sie vernachlässigt wurden; Sowohl Kuchen als auch Erdbeeren warteten auf einem separaten Tisch, an dem Miss Frazer den Vorsitz führte.

Als der Tee zu Ende war, wurden die Preise herausgebracht und der Rektor begann mit einigen passenden Bemerkungen, die Auszeichnungen zu verteilen. Cicely ging stolz hinauf, um ein Federmäppchen entgegenzunehmen, und Nora Proctor, die das Ei-Löffel-Rennen gewonnen hatte, bekam eine Schachtel Pralinen überreicht.

„Erster Preis für Hochsprung, Monica Courtenay“, verkündete Mr. Cross.

Alle schauten sich nach Monica um, aber sie war nirgendwo zu finden.

„Sie war kurz vor dem Tee hier“, sagte Miss Humphreys.

„Ich habe gesehen, wie ihr Dienstmädchen während des Bogenschießen-Wettbewerbs zu ihr kam und mit ihr sprach“, sagte Beryl Austen. „Sie ist sofort weggegangen.“

„Sie musste zweifellos zu ihrer Mutter gehen und wollte die Schießerei nicht durch einen Abschied unterbrechen", kommentierte Miss Russell. „Wir müssen ihren Preis für sie behalten."

„Aber sie wird nicht geklatscht", beklagte Lindsay.

„Ich denke, Monica wird das lieber vermeiden", sagte Mildred Roper. „Sie ist so schüchtern und zurückhaltend, dass sie es nicht mag, zur öffentlichen Figur gemacht zu werden."

Der Tag nach dem Sport war hoffnungslos nass. Lindsay und Cicely wurden am Morgen durch das tropfende Tropfen des Regens auf dem Efeu draußen und das Plätschern des Wassers geweckt, als es aus dem Auslauf in den Fass darunter fiel. Es war ein völlig durchnässter Regenguss, der aus einem bleiernen Himmel kam, der keine Aussicht auf Klarheit hatte.

Das Wetter war während ihres Aufenthalts im Manor so herrlich gewesen, dass sie über die Veränderung traurig waren. Das war besonders ärgerlich, weil Irenes Onkel und Tante alle Mädchen eingeladen hatten , an diesem Nachmittag nach Linforth zu gehen , mit dem Versprechen, ihnen die Kirche zu zeigen und sie anschließend im Obstgarten des Pfarrhauses mit Kirschen zu verwöhnen.

„Um sieben nass, um elf schön!" sagte die sanguinische Cicely.

„Heute nicht, fürchte ich", antwortete Lindsay. „Das Glas ist letzte Nacht heruntergefallen. Es steht vor einer Sintflut."

Die ganze Schule schien wegen des Regens leicht deprimiert zu sein. Zweifellos war es eine Reaktion auf die Aufregung des Nachmittags zuvor. Alle ihre Lieblingsbeschäftigungen lagen draußen, und es war schon so lange her, dass sie an das Wetter gebunden waren, dass sie kaum in der Lage zu sein schienen, sich im Haus zu vergnügen. Während der Nachmittagserholung saßen alle müßig da und schauten trübselig aus den Fenstern auf die Rasenflächen, wo die Markierungen der Tennisplätze schnell weggespült wurden.

„Es hat keinen Sinn, auf die Pfützen zu starren", sagte Lindsay. „Wir können unmöglich nach Linforth gehen . Das ist einfach schreckliches Pech. Alles ist schrecklich!"

Der Unterricht war an diesem Morgen kein Erfolg gewesen. Vielleicht spürte auch Miss Frazer den Einfluss des trüben Tages. Ihre Schüler waren jedenfalls ungewöhnlich dumm und unaufmerksam gewesen; Vor allem Lindsay hatte einen scharfen Tadel verdient und war infolgedessen niedergeschlagen.

„Wir müssen etwas tun", sagte Cicely. „Ich bin dafür, dass wir den Rest unserer Klasse jagen, nach oben gehen und ein wirklich gutes Versteckspiel spielen."

Da alles besser schien, als still zu sitzen, waren die anderen Mädchen bereit, mitzukommen und zu spielen.

„Zwei können sich verstecken und vier können schauen", sagte Marjorie. „Nur, wir bleiben auf dieser Landung."

Das alte Herrenhaus bot zu diesem Zweck ein herrliches Feld; Es war so voll mit Schränken, Winkeln und seltsamen Ecken, dass es ziemlich schwierig war, jemanden zu finden. Der trübe Tag steigerte den Spaß, denn in den meisten Passagen herrschte Dämmerung und ermöglichte viele haarsträubende Fluchten. Nora hatte tatsächlich ihre Hand auf Beryls Fuß gelegt, ohne es zu bemerken; Effie kroch in eine Rüstung und verwirrte die Verfolgung für eine lange Zeit; und Marjorie war fast aufgegeben, aber schließlich wurde sie in einem dunklen Winkel kauernd entdeckt, an dem die anderen mehrmals vorbeigekommen waren, ohne sie zu bemerken.
Nun waren Lindsay und Cicely an der Reihe, sich zu verstecken. Sie waren entschlossen, einen besonders guten Ort auszuwählen , und diskutierten darüber, bis dieser ungeduldig wurde.
„Sei schnell!" rief sie aus. „Sie werden bald mit dem Zählen von Hundert fertig sein."
„Ich kann mich nicht entscheiden, ob es besser hinter dem Wandteppich oder unter der Ottomane ist", überlegte Lindsay.
"Kuckuck!" schrie Beryls Stimme.
„Sie kommen! Für beides haben wir keine Zeit. Wir müssen uns in die alte Kiste begeben."
Es war der einzig mögliche Rückzug in der Nähe. Sie konnten bereits die Schritte der Mädchen auf den Eichenbrettern der Gemäldegalerie knarren hören; im nächsten Augenblick wären sie in den Gang eingebogen und hätten das obere Ende der Treppe erreicht. Ohne weitere Umschweife kletterten beide Verstecke in die Siedlung und zogen den Deckel über ihre Köpfe.
Für zwei war es tatsächlich sehr eng und äußerst unbequem.
„Könnten Sie mir einen Zentimeter mehr Platz lassen?" flehte Cicely mit gequältem Flüstern.
„Ich werde es versuchen", erwiderte Lindsay.
Es war schwierig, sich in solch engen Räumen zu bewegen. Um sich überhaupt zu bewegen, musste sie sich kräftig in Richtung Brustende heben. Der Effekt war ebenso unerwartet wie außergewöhnlich. Siehe da! Der gesamte Boden der Siedlung schien nachzugeben, und ohne Vorwarnung wurden die beiden Mädchen an einen unbekannten Ort darunter geschleudert.

Kapitel XVI

Eine Überraschung

Ihr Abstieg war so plötzlich, dass Lindsay und Cicely nicht einmal Zeit hatten zu schreien. Offensichtlich waren sie nicht weit gefallen, und obwohl sie beide einen Moment lang dachten, sie wären getötet worden, stellten sie bald fest, dass keiner von ihnen bis auf ein paar Prellungen verletzt war. Sie richteten sich in einem Zustand der Verwirrung auf und starrten um sich, als wüssten sie noch kaum, was passiert war.

Sie befanden sich in einer kleinen niedrigen Kammer von etwa acht Fuß im Quadrat. Die Wände bestanden aus ungeschliffenem Eichenholz, dazwischen grob verputzt, und der Boden bestand ebenfalls aus Eichenbalken. In einer Ecke befand sich ein winziges Fenster, das mit Spinnweben bedeckt war, durch das jedoch genügend Licht hereinkam, um die Umgebung sehen zu können. Die Falltür in der Decke, durch die sie so unerwartet gestürzt waren, musste sich drehend bewegt haben, denn sie hatte sich wieder aufgerichtet und war wieder über ihnen geschlossen.

Immer noch halb benommen standen die Mädchen einen Moment da und versuchten, ihren zerstreuten Verstand wiederzuerlangen, zu erschüttert und erstaunt, um überhaupt etwas zu sagen.

"Also!" rief Lindsay schließlich aus, mit einer Menge Bedeutung in der Einsilbe.

„Das ist ein Haus voller Überraschungen!" rief Cicely.

"Wo sind wir?"

"Wie kann ich sagen?"

„Wir schienen durch den Grund der Siedlung zu stürzen."

„Ja, nachdem du deinem Ende diesen großen Schritt gegönnt hast."

„Wir müssen in einem anderen geheimen Versteck sein."

„Dann stimme ich dafür, dass wir herumstöbern und schauen, was drin ist."

Eine Seite des kleinen Raumes war bis zur Decke vollständig mit einem Stapel Kisten gefüllt. Es schien eine sehr vielfältige Sammlung zu sein. Es gab alte Haarstämme, wie sie vor siebzig oder achtzig Jahren in Gebrauch waren, aus Holz, bedeckt mit Kuhfell, an dem die Haare belassen wurden; Es gab Lederkoffer mit starken Messingecken, Blechkoffer und sogar schlichte Holzkisten. Auf dem Boden und an die Kisten gelehnt standen eine Reihe mittelgroßer Leinensäcke und ein paar größere Säcke.

Den Mädchen kam es vor, als wären sie in eine vergessene Rumpelkammer vorgedrungen. Alles war dicht mit dem angesammelten Schmutz und den Spinnweben der Jahre bedeckt. Sie hätten ihre Namen in den Staub schreiben können. Als würde sie sich in einem Traum bewegen, bückte sich Lindsay und hob einen der Leinenbeutel auf.

„Wie schwer ist es!" Sie sagte. „Ich frage mich, was drin ist?"

„Es fühlt sich an wie etwas Hartes", antwortete Cicely und drückte kritisch mit Finger und Daumen darauf.

Der Mund war mit einer Kordel gesichert und Lindsay versuchte lange, den Knoten zu lösen.

„Oh! Machen Sie sich keine Sorgen, hier ist mein Taschenmesser", rief Cicely und wurde immer ungeduldiger.

Im nächsten Moment hatte sie die Schnur durchtrennt, und ein Regen goldener Sovereigns ergoss sich auf den Boden. Die beiden Mädchen sahen sich mit fast ehrfurchtsvollen Gesichtern an.

„Cicely!" sagte Lindsay feierlich. „Ich glaube wirklich, dass wir das Vermögen von Sir Giles gefunden haben!"

Eine weitere Prüfung stellte den Sachverhalt zweifelsfrei fest. Die Säcke waren bis zum Rand mit Goldstücken gefüllt. In einem Zustand großer Aufregung setzten die Mädchen ihre Ermittlungen fort. Die beiden großen Säcke enthielten Tabletts, Humpen und Kelche, zwar matt und angelaufen, aber unverkennbar aus Silber. Es war schwierig, an die Kisten zu gelangen, aber es gelang ihnen, hinaufzuklettern und eine oben auf dem Stapel zu öffnen, wobei weitere Silbergegenstände und einige Goldverzierungen zum Vorschein kamen.

„Lass uns nicht zu viele Dinge herausholen, sonst schaffen wir es nicht, sie wieder hineinzustopfen", sagte Cicely und versuchte, den Deckel der überquellenden Haartruhe zu schließen.

„Zweifellos sind diese darunter mit Geld oder Juwelen gefüllt", sagte Lindsay begeistert.

„Diese kleine Schachtel scheint aus Silber zu sein", bemerkte Cicely und nahm eine kleine antike Schatulle in die Hand, die besonders ihre Aufmerksamkeit erregte. Seine Seiten waren wunderschön in klassischen Mustern ziseliert und auf dem Deckel trug er das Wappen von Courtenay.

„Es ist voller Zettel mit Zahlen darauf", fuhr sie fort.

"Lass mich sehen!" rief Lindsay. „Warum, verstehst du das nicht ? – das sind Banknoten!"

Sie befanden sich sicherlich inmitten von Schätzen. Der Umfang des Schatzes von Sir Giles war offensichtlich nicht übertrieben. Am Boden des Sarges lag ein Brief mit der folgenden Adresse:

„An meine Großnichte Monica Courtenay."

„Die Schrift auf dem Umschlag ist genau die gleiche wie im *Blumenkalender* ", sagte Cicely. „Ich erinnere mich an diese lustigen Schnörkel und die , a's , die oben nicht geschlossen sind."

„So ist es; ich sollte wissen, wie weitläufig es irgendwo aussieht."

„Es ist so ein komisches, altmodisches Schreiben, als ob es mit einem Federkiel geschrieben wäre. Ich glaube, das sollten wir besser wieder weglegen."

Lindsay ersetzte den Brief vorsichtig durch die Geldscheine in der silbernen Schachtel.

„Dann hat Sir Giles das Rätsel tatsächlich als Leitfaden gedacht", bemerkte sie. „Die letzten Zeilen waren richtig.

„... du wirst sehen, es ist eine Sache,
die dir vielleicht nur ein verlorenes Glied beschert und dir eine größere Belohnung bringt, als du denkst."

„Und der Vergleich verbarg doch das Erbe!"

„Ja, viel sicherer als wir angenommen haben."

„Ich hätte nie gedacht, dass der Schatz an einem Ort wie diesem liegen würde, alles verstaut in alten Kisten! Ich dachte, wir sollten eine geheime Feder betätigen, und eine Tafel würde in der Wand aufspringen, und dann würden wir Geld und Juwelen zusammenliegen sehen." auf einem großen Haufen!"

„Es macht mir nichts aus, wie wir es gefunden haben, solange es hier ist."

„Trotzdem ist es eine Überraschung!"

„Es wird eine großartige Überraschung für Monica sein. Das ist eigentlich ihre ganz eigene."

„Sie wäre mit hundert Guineen zufrieden gewesen, und hier sind mehr als hundert Guineen", sagte Cicely und ließ mit einem zufriedenen Seufzer einige der Sovereigns durch ihre Finger gleiten.

„Sie sollte es sofort erfahren", erwiderte Lindsay. „Wenn du dich von diesen Geldsäcken losreißen kannst, denken wir besser darüber nach, zu gehen."

„Ja, ich schätze, es ist Zeit, dass wir zurückgehen. Übrigens, wie sollen wir hier rauskommen?"

Ah! Wie komme ich zurück? – das war die Frage! Die Falltür hatte sich hoch über ihren Köpfen geschlossen.

„Ich gehe davon aus, dass wir sie hochschieben können, wenn wir auf einer der Kisten stehen!" sagte Lindsay.

Mit großer Mühe zogen sie eine schwere Truhe über den Boden und kletterten darauf. Es war ein vergeblicher Versuch. So sehr sie es auch versuchten, die Falltür ließ sich keinen Zentimeter bewegen.

„Vielleicht gibt es eine geheime Quelle", stockte Cicely und tastete in alle Richtungen nach einem Bolzen oder Knopf, aber vergebens. Dann wurde ihnen die schreckliche Wahrheit klar. Sie waren so sicher verschlossen wie das Erbe!

„Was sollen wir tun?"

Lindsays rosa Wangen waren vor Sorge weiß.

„Lass uns anrufen. Vielleicht jagen die Mädchen noch im Gang nach uns, und vielleicht hören sie es."

Beide schrien, bis sie heiser waren, doch es kam keine Antwort. Das war in der Tat ein Versteckspiel der Extraklasse. Ihr Spiel war besser geworden, als sie erwartet hatten.

„Ich werde an die Decke klopfen. Es könnte lauter klingen als Rufen", sagte Lindsay. „Die Mädchen müssen uns aufgegeben haben und nach unten gegangen sein, denn niemand scheint es zu hören", fuhr sie fort, nachdem sie mehrere Minuten lang an der Falltür herumgehämmert hatte .

„Vielleicht sind sie beim Tee", schlug Cicely vor.

Sie untersuchten das kleine Fenster in der Ecke, aber die Befestigungen waren durch die lange Nichtbenutzung so verrostet, dass sie es trotz aller Anstrengung nicht öffnen konnten. Sie wischten den Staub und die Spinnweben davon und spähten hinaus.

„Wenn es einen Blick auf den Garten hat, könnten wir auf jeden Fall das Glas einschlagen und ein Taschentuch schwenken", schlug Lindsay vor. „Scott würde es mit ziemlicher Sicherheit bemerken, selbst wenn sonst niemand im Regen wäre."

Ach! Das Fenster schien sicher zwischen den Giebeln versteckt und von unten absolut unsichtbar zu sein.

„Wäre es möglich, auf das Dach zu kriechen?"

Lindsay schüttelte als Antwort den Kopf. Der Rahmen war zu klein, als dass selbst die schlanke Cicely hindurchgezwängt hätte. Die Mädchen setzten sich hin und betrachteten voller Bestürzung die Schatzhaufen um sie herum. Wenn sie eine Predigt über die Eitelkeit des Reichtums verlangt hätten, dann ohne Worte.

„Wir können weder Banknoten essen noch auf Betten voller Staatsanleihen schlafen", bemerkte Lindsay schließlich.

„Wir werden vielleicht tagelang hier eingesperrt sein, bevor sie uns finden", sagte Cicely ausdruckslos.

„Sie werden uns natürlich direkt verfehlen, aber sie werden nicht wissen, wo sie suchen sollen. Selbst wenn sie einen Blick in die Siedlung werfen würden, wären sie nicht klüger."

„Erinnern Sie sich an das Gedicht, das wir letzte Woche über Ginevra gelesen haben? Sie versteckte sich an ihrem Hochzeitstag in einer Truhe, als sie Verstecken spielten, und der Deckel schnappte mit einem Schnappverschluss zu. Sie haben sie nie gefunden – nur ihre Knochen, Jahre später!"

„Sprich nicht von solch schrecklichen Dingen."

„Wie lange dauert es, bis Menschen verhungern?" fuhr Cicely mit zitternder Stimme fort.

„Etwa zehn Tage, glaube ich. Sie werden nach und nach schwächer und schwächer."

Cicely stöhnte.

„Es gibt auch nichts zu trinken und ich werde so durstig", sagte sie und ihre Augen füllten sich mit Tränen.

„Wir müssen es noch einmal versuchen", erklärte Lindsay und sprang auf. „Lassen Sie uns einen weiteren Koffer herausziehen und es schaffen, ihn auf die Truhe zu heben. Ich glaube, wenn ich näher an der Decke wäre , könnte ich stärker drücken."

Die Kisten waren eher willkürlich angeordnet, sodass der ganze Stapel verwirrt umfiel, als die Mädchen eine von unten herauszogen. Sie mussten zur Seite springen, um nicht verletzt zu werden. Als der Aufruhr vorüber war, zeigte Cicely schweigend auf die gegenüberliegende Wand. In dem zuvor verborgenen Teil befand sich eine kleine, niedrige Tür. Hier bestand sicherlich eine Chance zur Flucht.

Sie kletterten über die Kisten und Koffer, ohne sich die Mühe zu machen, einen Blick hineinzuwerfen, obwohl einige bei dem Sturz aufgeplatzt waren. Einen Ausweg zu finden schien im Moment weitaus wichtiger als noch mehr Silberkrüge und -tabletts.

War auch dieser Ausgang gesichert? Mit zitternden Händen hob Lindsay den Riegel. Zu ihrer großen Erleichterung öffnete sich die Tür und gab einen sehr schmalen, unbeleuchteten Durchgang frei.

Nach ihrem Erlebnis in der Mansarde war es nicht gerade ermutigend, sich erneut gezwungen zu sehen, die Dunkelheit zu erkunden, aber es schien nichts anderes zu tun zu geben.

„Es muss irgendwohin führen", sagte Cicely. „Ich gehe lieber irgendwohin, als hier zu bleiben."

„Wir gehen besser vorsichtig vor, für den Fall, dass der Boden genauso verrottet ist wie an der anderen Stelle", warnte Lindsay. Der Gang roch feucht und stickig. Die Luft darin war wahrscheinlich viele Jahre lang ungerührt gewesen. Das schwache Licht, das von der Schatzkammer her eindrang, verschwand bald, und sie waren gezwungen, sich an den Wänden entlangzutasten. Immer weiter legten sie eine scheinbar beträchtliche Strecke zurück, manchmal bogen sie um scharfe Kurven und manchmal stiegen sie wacklige Stufen hinauf oder hinunter.

„Es muss halb um das Haus herumlaufen", sagte Cicely. „Werden wir nie ans Ende kommen?"

Plötzlich blieb Lindsay, die zuerst ging, stehen.

„Ich kann nicht weiter gehen", stockte sie; „Da vorne ist eine Wand."

Die armen Mädchen waren fast verzweifelt. Sie waren so zuversichtlich gewesen, dass die Passage sie mit Sicherheit in die Außenwelt führen würde; Es war ein schrecklicher Schlag, wieder einmal zum Stillstand zu kommen.

„Müssen wir den schrecklich langen Weg zurückgehen?" jammerte Cicely.

„Ich gehe davon aus, dass wir an irgendeiner Tür vorbeigegangen sind, ohne es zu wissen", antwortete Lindsay ziemlich erstickt.

„Dann können wir es im Dunkeln nie finden. Es nützt nichts. Wir werden beide hier verhungern, und hundert Jahre später werden sie unsere Skelette entdecken."

Cicely war völlig zusammengebrochen und schluchzte bitterlich.

„Wir werden nicht zu schnell aufgeben", sagte Lindsay, deren starker Mut ihr bei dieser Gelegenheit zugute kam.

Sie hatte hier und da an der leeren Wand vor ihnen herumgetastet, und schließlich stießen ihre Finger auf etwas, das wie ein verschiebbarer Riegel aussah. Sie schob es eifrig zurück. Eine Tür öffnete sich nach außen und ließ ein grelles Licht herein. Zu ihrem größten Erstaunen blickten sie in die Bildergalerie hinunter!

Es dauerte nicht viele Sekunden, bis sie auf den Boden sprangen und sich umdrehten, um zu sehen, durch welche Öffnung sie entkommen waren. Es war das Porträt von Monica Courtenay, das den geheimen Ausgang bildete. Es war mitsamt Rahmen in die Galerie herausgeschwenkt und schien mit Scharnieren ausgestattet zu sein, so dass es sich ganz einfach schließen und öffnen ließ.

„Jetzt verstehe ich, warum das Bild an diesem Tag im Rahmen wackelte!" rief Cicely aus. „Ich frage mich, dass wir daran noch nie gedacht haben."

„Und deshalb sollte sie natürlich das Vermögen der Courtenays bewachen. Zweifellos bewahrten sie ihre Wertsachen immer in diesem Versteck auf, und nur das Familienoberhaupt würde den Weg dorthin kennen."

„Alte Sprüche bedeuten also in der Regel etwas und sind kein Blödsinn."

„Lassen Sie uns sofort hingehen und es erzählen. Alle werden sich fragen, wo wir sind. Sie müssen jetzt Vorbereitungen treffen, und Miss Russell wird in der ersten Klasse sitzen."

Die ruhige Haltung der Schulleiterin ließ sich normalerweise nicht so leicht aus der Fassung bringen, aber sie sprang aufgeregt auf, als ihre beiden vermissten Schüler in die Bibliothek stürmten und die glorreiche Neuigkeit verkündeten.

„Lindsay und Cicely! Wo wart ihr? Ich wurde immer unruhiger wegen eurer Abwesenheit. Ihr sagt, ihr habt tatsächlich den Schatz von Sir Giles gefunden? Das ist kaum zu glauben. Mädchen, Mädchen, versucht euch zu beruhigen und mir einen verständlichen Bericht zu geben !" als erst der eine und dann der andere die Geschichte in unzusammenhängenden Sätzen aufgriffen.

„Wir haben Verstecken gespielt – und sind durch den Boden der Siedlung gefallen – da waren große Säcke voller Gold – und Kisten voller Silbersachen und Banknoten – wird sie nicht reich sein? Und er hatte es in einem Rätsel geschrieben." – wir dachten, wir würden dort verhungern wie Ginevra – und sind durch das Porträt hinuntergeklettert – ach, können wir jetzt gehen und Monica davon erzählen?"

„Das ist in der Tat eine äußerst außergewöhnliche Entdeckung", sagte Miss Russell, als sie ihnen schließlich eine klarere Aussage über die Sachlage entlockte. „Monica muss es sicherlich wissen, aber niemand außer mir darf es ihr sagen. Ich werde sofort in die Hütte gehen und sie sehen und sie warnen, ihrer Mutter die Neuigkeit ganz sanft zu überbringen. Wenn Mrs. Courtenay davon erfahren würde Plötzlich könnte der Schock angesichts ihres schwachen Gesundheitszustands äußerst gefährlich sein.

Die Nachricht, dass etwas von großer Bedeutung geschehen war, verbreitete sich wie ein Lauffeuer in der Schule. Sowohl Lehrer als auch Schüler ließen ihre Bücher zurück und strömten in die Bibliothek, um Einzelheiten zu erfahren. Sogar die Diener eilten herbei.

„Oh, Gott segne dich, Gott segne dich!" rief Mrs. Wilson, die sich zwischen den Mädchen einen Weg zur zentralen Informationsquelle gebahnt hatte. „Dies ist in der Tat ein Tag der Freude – ein Tag, an den man sich erinnert und für den man bis zum Ende seines Lebens dankt!"

Lindsay und Cicely starrten sie erstaunt an. War es tatsächlich „The Griffin", der da sprach? Und waren das Tränen, die über ihre harten Wangen liefen? Was sollte das heißen? Spielte sie eine Rolle? Oder hatten sie sie doch falsch eingeschätzt? Damals war weder Zeit für Vermutungen noch für Erklärungen. Sie waren die Heldinnen der Stunde und mussten ihre Geschichte noch einmal für diejenigen erzählen, die sie noch nicht aus erster Hand gehört hatten.

„Wir konnten uns nicht vorstellen, wo Sie versteckt waren", sagte Marjorie Butler. „Wir haben eine ganze Weile in der Bildergalerie gejagt. Beryl spähte in die Siedlung und sagte, sie sei leer."

„Wir waren noch verwirrter, als Sie nicht zum Tee erschienen sind", sagte Nora Proctor. „Erzählen Sie uns bitte noch einmal von den Geldsäcken!"

Miss Russell war jedoch der Meinung, dass die Aufregung lange genug gedauert hatte, mischte sich ein und stoppte das Konzert.

„Alle müssen sofort wieder mit der Vorbereitung beginnen", verfügte sie. „Lindsay und Cicely haben keinen Tee getrunken. Hast du Hunger?" fügte sie hinzu und wandte sich an das abenteuerlustige Paar.

„Hungern", antworteten sie lakonisch.

„Dann werde ich Ihre Vorbereitung heute Abend entschuldigen, und Sie können mit mir ins Esszimmer kommen. Es wäre ziemlich schwer, von Ihnen zu erwarten, dass Sie sofort nach einem solchen Erlebnis mit dem Unterricht beginnen."

Kapitel XVII

Auf Wiedersehen im Manor

Als Monica erfuhr, dass das Erbe ihres Onkels gefunden worden war, war ihre Aufregung groß. Zuerst weigerte sie sich , es zu glauben; Doch als ihr die Geschichte von Lindsays und Cicelys seltsamem Abenteuer erzählt wurde, wurde ihr langsam klar, dass es sich nicht um ein Märchen handelte und dass das so dringend benötigte und so ersehnte Vermögen auf ihre Verfügung wartete.

„Das Geld ist da und ich kann jetzt etwas davon haben?" fragte sie immer noch fast ungläubig. „Wird es bis zu hundert Guineen sein?"

„Viel mehr als das, meine Liebe, nach dem Bericht der Mädchen."

„Dann können wir nach Sir William Garrett schicken!" sagte sie mit einem Seufzer tiefer Erleichterung.

Miss Russell, der die Verantwortung, auch nur vorübergehende Verwalterin solcher Reichtümer zu sein, nicht gefiel, hatte den Rektor über den Vorfall informiert und ihn gebeten, zum Manor zu kommen und ihr bei der Untersuchung der Angelegenheit zu helfen. Da er Monicas Vormund war, schien er die richtige Person zu sein, die sich um ihre Angelegenheiten kümmerte. Er traf am nächsten Morgen ein und untersuchte in Begleitung von Miss Russell und Monica sorgfältig das Versteck und seinen Inhalt. Auf dringende Bitte der Herrin versprach er, dafür zu sorgen, dass alle Wertsachen so schnell wie möglich zur Bank gebracht würden.

„Ich konnte nicht mit ihnen im Haus schlafen, ich hätte solche Angst vor Einbrechern, jetzt hat sich die Nachricht von der Entdeckung im Ausland verbreitet", erklärte Miss Russell.

„Sie waren hier nur zu sicher", sagte Monica.

„Ja, als ihr Aufenthaltsort ein Rätsel war. Es ist anders, wenn jeder Bescheid weiß."

Der Reichtum, den der alte Sir Giles in dem geheimen Raum aufbewahrt hatte, war beträchtlich. Offenbar misstraute er Investitionen und hatte, ganz seiner eigenen Laune folgend, sein Geld in Gold und Banknoten gehortet. Es gab auch Edelsteine, die an sich schon ein kleines Vermögen wert waren und die er gesammelt haben musste, zusätzlich zu den Familienjuwelen und dem alten Silberteller, der über Generationen von Courtenays weitergegeben worden war .

Nachdem er einige der Kisten durchgesehen hatte, nahm der Rektor den Sarg und untersuchte kurz dessen Inhalt.

„Dieser Umschlag ist an dich gerichtet, Monica", bemerkte er.

Das Mädchen nahm es zögernd entgegen und gab es dann ihrem Vormund zurück.

„Es scheint eine Botschaft der Toten zu sein", sagte sie. „Ich denke, es wäre mir lieber, wenn Sie es laut vorlesen."

Der Brief passte gut zum exzentrischen und morbiden Charakter seines Autors. Es lief so: –

„MEINE LIEBE MONICA ,

„Gold, Silber und Edelsteine sind nichts als eine Eitelkeit der Eitelkeiten, eine Schlinge für viele und die Wurzel allen Übels. Wenn Sie diese in Anspruch nehmen, werden Sie, so hoffe ich, herausgefunden haben, wie einfach es ist, darauf zu verzichten, und zwar." Du wirst sie genauso verachten wie ich.

„Sie haben mir nie Glück gebracht, und ich bin mir nicht sicher, ob es eine Freundlichkeit ist, Ihnen etwas zu hinterlassen, was für mich nur eine lästige Belastung war. Nachdem ich lange und ernsthaft über die Angelegenheit nachgedacht hatte, habe ich beschlossen, es in der Sache zu belassen Hände des Schicksals.

„Ich werde diese Besitztümer in der verborgenen Kammer aufbewahren, von deren Existenz mir mein Großvater erzählt hat und die nun niemandem außer mir selbst bekannt ist. Ich habe das Geheimnis jedoch in einem Rätsel verborgen, dem Sie, wenn Sie es gefolgt sind, folgen Meine Ratschläge zum Studium der Botanik finden Sie auf dem Umschlag des *Blumenkalenders* .

„Sollte der Himmel befehlen, dass du diese Bürde auf dich nimmst, dann wirst du mein Rätsel richtig lesen. Sollte es anders bestimmt sein, wird diese Botschaft niemals deinen Augen begegnen. Glauben Sie mir, dass ich mich bemüht habe, zu Ihrem Besten zu handeln."

„Von Ihrem Onkel und Wohltäter

", GILES PEMBERTON COURTENAY. "

„Er schien große Angst davor zu haben, dass ich dieses Geld bekomme", stockte die arme Monica, bei der der Brief einen tiefen Eindruck hinterlassen hatte. „Soll ich es bereuen? Ist es wirklich so gefährlich?"

„Nicht, wenn Sie es klug nutzen. Ich hoffe, dass es sich in Ihren Händen als Segen und nicht als Fluch erweisen wird", antwortete der Rektor.

„Es scheint Onkel Giles kein Glück gebracht zu haben. Er nennt es eine Belastung."

„Reichtümer können niemals glücklich machen, wenn sie nicht zum Wohle anderer eingesetzt werden."

„Es ist traurig, darüber nachzudenken, wie lange diese stillgelegt haben", bemerkte Miss Russell. „Monica wird mit ihnen viel Gutes bewirken können."

„Dann bist du sicher, dass ich sie nehmen darf?" fragte Monica und wandte sich an ihren Vormund. „Ich habe das Rätsel nicht selbst herausgefunden, wissen Sie."

„Ich bin sicher, dass du das Erbe ohne Skrupel annehmen kannst, mein liebes Kind! Dein Onkel selbst sagte, er habe die Dinge dem Schicksal überlassen. Mir kommt es so vor, als wären Lindsay und Cicely genau zum richtigen Zeitpunkt zu diesem Glück geführt worden." Entdeckung. Sie müssen Ihr Vermögen als ein besonderes Geschenk der Vorsehung annehmen. Bisher war es ein Talent, das in einer Serviette aufbewahrt wurde; jetzt kann es Ihre Aufgabe sein, dafür zu sorgen, dass es im Gegenzug zehn Talente hervorbringt.

Obwohl Lindsay und Cicely ihre Aufgabe zufriedenstellend abgeschlossen hatten, hatten sie das Gefühl, dass es im Zusammenhang mit ihrem Abenteuer im Manor viele Punkte gab, die sie immer noch verwirrten. Das Geheimnis um den Laternenraum war noch nicht geklärt, und auch das seltsame Verhalten von Mrs. Wilson und Scott war noch nicht aufgeklärt.

Sie waren so darauf bedacht, diese verwirrenden Punkte zu entscheiden, dass sie beschlossen, Monica die ganze Angelegenheit anzuvertrauen und zu sehen, ob sie eine Erklärung geben könnte. Vor einem Monat wäre es unmöglich gewesen, sie für eine halbe Stunde für sich zu gewinnen, aber seit sie den Schatz gefunden hatten, waren die anderen Mädchen bereit, ihnen einen besonderen Anspruch auf ihre Gesellschaft zuzugestehen, und sahen es als Selbstverständlichkeit an, wenn sie zu ihnen kamen trug sie zu einem privaten Gespräch ins Sommerhaus.

Monica hörte sich aufmerksam die Geschichte ihrer verschiedenen Erlebnisse und Vermutungen an. Am Ende lachte sie herzlich und sah dann plötzlich ernst aus.

„Ihr lieben dummen Kinder!" rief sie aus. „Es war viel Lärm um nichts, und doch bist du beinahe in eine so große Gefahr geraten, dass es mir schon beim Gedanken daran schaudert. Es gab sicherlich einen Grund, den Dachboden zu besuchen, wenn auch ganz und gar nicht von der Art, wie du es dir vorgestellt hast . Es enthält eine große Zisterne, die das Wasser für das Bad und den Küchenboiler liefert. Diese wird von einem Tank auf dem Dach gespeist, der den Regen auffängt, und bei trockenem Wetter kann es passieren, dass er außer Betrieb ist. Wenn dies nicht der Fall ist Funktioniert es ordnungsgemäß, macht es ein merkwürdiges Blasgeräusch.

„Wie Stöhnen?" fragte Cicely.

„Ja, es ähnelt einem Stöhnen, obwohl ein riesiger Gefangener nötig wäre, um solch ein furchtbares Stöhnen der Verzweiflung auszustoßen. Kein Wunder, dass Sie dachten, jemand würde gefoltert!" und Monica lachte wieder.

„Sie können verstehen", fuhr sie fort, „dass wir bei so vielen Mädchen im Haus, die ein Bad brauchten, Angst hatten, dass der Tank leer werden könnte, und ständig die Zisterne untersuchten, um sicherzustellen, dass das Wasser richtig floss. Wenn ja." Auch wenn das Gerät nur eine Stunde lang angehalten hätte, könnte es dazu geführt haben, dass der Küchenkessel geplatzt wäre.

„Ist Mrs. Wilson dann hingegangen, um nachzuschauen?" fragte Lindsay.

„Entweder Mrs. Wilson oder Scott gingen jeden Tag. Meine Mutter war so besorgt darüber, dass ich selbst mehrmals hinaufrannte, um ihr sagen zu können, dass alles vollkommen sicher sei. Mrs. Wilson war genauso nervös. Es regnete so wenig June, dass sie sicher war, dass der Tank fast leer sein musste.

„Dann meinten sie und Scott das mit dem Lärm und der Gefahr, als sie sich in der Bildergalerie unterhielten!" warf Cicely ein.

„Ja", antwortete Monica. „Wenn Menschen versuchen, Gespräche zu belauschen und für sich eins und eins zusammenzuzählen, gelingt es ihnen selten, zu einem richtigen Schluss zu kommen."

Lindsay und Cicely erröteten. Sie hatten von Anfang an gewusst, dass Monica weder das Abhören noch das Spähen durch Schlüssellöcher gutheißen würde. Dies war der Teil der Angelegenheit, dessen sie sich beide ziemlich schämten; Sie waren sich bewusst, dass hinter ihren Bemühungen für sie eine große Neugier steckte. Monica nahm jedoch keine Notiz von ihrer verstärkten Farbe und fuhr fort:

„Sowohl Scott als auch Mrs. Wilson hatten völlig Recht, als sie Sie von den Dachböden fernhalten wollten; Sie werden verstehen, wenn ich Ihnen den Grund erkläre. Das Versteck im Laternenraum ist ein Relikt aus der Zeit von König James I. Haben Sie es gelernt? Doch welche strengen Strafgesetze wurden in Ihren Geschichtsbüchern damals gegen Katholiken erlassen? Jeder Priester, der beim Feiern der Messe erwischt wurde, konnte hingerichtet werden, und oft wurde er zuerst gefoltert, um ihn dazu zu bringen, den Aufenthaltsort seiner Gefährten zu verraten. Unsere Vorfahren, die damals lebten Das Herrenhaus gehörte immer noch dem alten Glauben, und sie brauchten einen Ort, an dem sie ihre Gottesdienste ohne Angst vor Störungen verrichten konnten. Deshalb verschafften sie sich einen geheimen Eingang durch den Schrank, und private Gottesdienste wurden in der großen Mansarde abgehalten. Trotz dieser Vorsichtsmaßnahmen war es möglich Für einen Priester war es sehr gefährlich, lange in einem Landhaus zu bleiben. Wenn seine Anwesenheit vermutet und Informationen gegeben würden, würde sofort eine Gruppe Soldaten mit einem Durchsuchungsbefehl kommen, um nach ihm zu suchen.

„Dann müsste er bereit sein, sich in einen noch sichereren Rückzugsort zu beeilen, für den Fall, dass sein erstes Versteck entdeckt würde . Am Ende des hinteren Dachbodens befindet sich ein kleiner Schrank, der geschickt in der Wand versteckt ist. Davor Es gibt einen Schacht, einen großen, schrecklichen, gähnenden Abgrund, mehrere Fuß breit und sehr tief, der bis in den Keller des Hauses reicht. Er war als Falle gedacht, um Verfolger zu verwirren, die im Dunkeln hineinfallen würden, wenn sie ihnen nachjagten Flüchtling."

„Ist der Schacht noch da?" fragte Cicely.

„Ja, es ist völlig unberührt und offen. Es liegt in einem so weit entfernten Teil des Dachbodens, dass niemand es für lohnenswert gehalten hat, sich die Mühe zu machen, es zudecken zu lassen. Jetzt können Sie verstehen, wie beunruhigt Mrs. Wilson war." als sie feststellte, dass einige von euch im Laternenraum gewesen waren. Sie glaubte nicht, dass ihr wirklich in der Lage sein würdet, den Weg durch den Schrank zu finden; dennoch war sie nie leicht, wenn sie an die Gefahr dachte, in die ihr vielleicht geraten könntet. Sie konnte sich nicht ausruhen, bis Scott die Tür mit einem Vorhängeschloss verschlossen hatte.

„Wir waren ganz nah dran", sagte Cicely schaudernd.

„Es war die größte Gnade, dass du dich nicht weiter gewagt hast. Ich kann nicht genug dankbar sein, dass die Zisterne gerade in diesem Moment ein Geräusch gemacht hat und dich wieder erschreckt hat."

„Dann wussten Sie von dieser Geheimtür, nicht aber von der in der Bildergalerie?" sagte Lindsay.

„Ja, ich glaube, es wurde vor zwei Jahrhunderten entdeckt, unter der Herrschaft von Königin Anna. In vielen alten Herrenhäusern gibt es ebenso clevere Vorrichtungen für Verstecke. Sie werden oft „Priesterlöcher" genannt. Ich habe davon gehört einer unter den Treppenstufen und ein anderer auf einer Fensterbank oder im Schornstein oder sogar hinter einem Bild.

„Wie bei uns“, sagte Cicely.

„Zweifellos war das unter der Siedlung vielleicht auch ein ‚Priesterloch‘ und hatte vielleicht einen zweiten Eingang für zusätzliche Sicherheit. Über einige der Verstecke werden sehr traurige Geschichten erzählt. Manchmal konnte der arme Flüchtling sie nicht finden.“ Eine Gelegenheit zur Flucht, und die Person, die das Geheimnis kannte und ihm Essen hätte bringen sollen, wurde getötet oder gefangen genommen. Dann musste er entweder herauskommen und sich den Soldaten übergeben oder bleiben und langsam sterben , anhaltender Hungertod.

„Ich dachte, wir würden das tun, als wir mit dem Schatz eingesperrt waren“, bemerkte Cicely.

„Wie viel hat Merle im Laternenraum herausgefunden?“ warf Lindsay ein.

„Sie hat zufällig an der Laterne gezogen und war genauso überrascht wie du“, antwortete Monica. „Sie war ein paar Schritte in den Flur gegangen, als ich von der Betrachtung der Zisterne herunterkam, und traf sie zu ihrem großen Erstaunen. Natürlich erklärte ich ihr alles und bat sie, es nicht zu erzählen, weil wir nichts mehr wollten Schulmädchen sollen mit der Erkundung beginnen.“

„Dann hat sie dir dieses geheimnisvolle Versprechen gegeben?“

„ Auf jeden Fall war es das für mich. Ich bin froh zu hören, dass sie es so gut gehalten hat.“

„Aber ich verstehe es immer noch nicht halb“, sagte Lindsay. „Wir dachten, Mrs. Wilson und Scott würden den Schatz dort oben verstecken. Wir sahen, wie sie eines Nachts einen Sack in den Garten trugen und etwas vergruben.“

„Du hast es geschafft, dem armen Scott einen großen Schrecken einzujagen“, lachte Monica. „ Am nächsten Tag erzählte er mir davon. Er tat nichts Schrecklicheres, als ein Wespennest auszugraben. Mrs. Wilson hatte es in der Bank entdeckt und ging mit ihm, um ihm den Ort zu zeigen und ihm zu helfen. Natürlich Dies war bei Tageslicht nicht möglich, wenn die Wespen umherflogen; aber bei Dunkelheit, als sie alle sicher in ihrem Loch waren, verbrannte Scott Tabak, um sie zu betäuben, und nahm dann das Nest. Er sagte, zwei der jungen Damen hätten es plötzlich getan Während er bei der Arbeit war, stürzte er die Böschung hinunter und erschreckte ihn fürchterlich.“

„ Also haben er und Mrs. Wilson den Schatz doch nicht vergraben? Sie haben nicht einmal versucht, ihn zu stehlen?“

„Nein, in der Tat! Es tut mir leid, wenn ich daran denke, dass sie auch nur für einen Moment solch schlechter Absichten hätten verdächtigt werden müssen. Mrs. Wilson mag in ihren Manieren eher schroff und unverblümt sein, aber sie ist eine treue alte Seele und ergeben für Mutter und mich . Ich glaube, sie wäre lieber verhungert, als einen Penny anzufassen, der uns gehörte. Und auch Scott ist absolut ehrlich. Ich versichere Ihnen, dass er nichts in den Gurkenrahmen verstaut hat! Natürlich hatte Mrs. Wilson oft nach dem Versteck gesucht, aber es geschah alles in meinem Namen, und niemand freute sich herzlicher als sie, als es gefunden wurde.

„Wir waren auf einem völlig falschen Weg", sagte Lindsay. „Der einzig richtige Hinweis war das Rätsel. Ich bin froh, dass wir das gelöst haben, auch wenn wir im Wettbewerb keine Preise gewonnen haben."

„Und doch hatte das Rätsel keinen wirklichen Nutzen", warf Cicely ein. „Wenn wir nicht Verstecken gespielt hätten, hätten wir nicht durch die Siedlung gehen sollen. Ist es nicht seltsam, dass es uns nicht gelang, den geheimen Raum zu finden, als wir uns so sehr bemühten, und dann das?" sollten wir zufällig darauf stoßen?"

Für Monica schien die Angelegenheit kein Zufall, sondern, wie der Rektor gesagt hatte, eine gnädige Vereinbarung der Vorsehung. Dadurch konnte sie nach Sir William Garrett schicken, und der große Spezialist traf im Laufe der nächsten Tage ein. Nachdem er Frau Courtenay untersucht hatte, gab er einen positiveren Bericht über ihren Fall ab, als ihr eigener Arzt zu hoffen gewagt hatte.

„Sie haben mich rechtzeitig konsultiert", lautete sein Urteil. „Ich vertraue darauf, eine vollständige Heilung bewirken zu können. Ein Winter im Süden würde Wunder bewirken, und wenn meine Behandlung gründlich durchgeführt wird, sollte sie im Frühjahr mit wiederhergestellter Gesundheit nach Haversleigh zurückkehren. "

Es war eine große Erleichterung, so beruhigt zu sein. Monica hatte das Gefühl, als ob eine schwere Last von ihrem Kopf gefallen wäre. Als die Ärzte endlich gegangen waren, rannte sie los, um ihren Freunden im Manor ihre gute Nachricht zu überbringen.

„Natürlich", erklärte sie, „wird Mutter die größte Fürsorge benötigen, aber wir können ihr jetzt alles geben, was sie braucht." Sir William Garrett hat versprochen, eine Krankenschwester aus London zu schicken, die seine Sonderbehandlung versteht und mit uns gehen könnte „Ich werde im Herbst nach Italien reisen. Oh, wie großartig wird es sein, wenn ich sie völlig gesund und gestärkt zurückbringen kann! Ich kann kaum dankbar genug sein. Und das alles ist dir zu verdanken", fügte sie hinzu und küsste Lindsay und Cicely unter Tränen ihre Augen.

Es war endlich bis zum Ende des Semesters gekommen; Die Mädchen beschlossen, sich widerstrebend von dem schönen alten Haus zu verabschieden, in dem sie zwölf so angenehme und ereignisreiche Wochen verbracht hatten.

„Wenn wir nicht nach Hause gingen, könnte ich es nicht ertragen, es zu verlassen", sagte Cicely. „Mir ist alles so ans Herz gewachsen. Unser liebes Schlafzimmer mit seinem großen Himmelbett (ich liebe diese gelben Brokatvorhänge) und den Rosen rund um das Fenster, die so köstlich duften, wenn man morgens aufwacht, und das Der Speisesaal, die Gemäldegalerie, die Bibliothek, das Eichenzimmer, in dem wir Unterricht haben, und vor allem der Garten. Oh je, es macht mich ziemlich traurig, wenn ich daran denke, dass ich sie vielleicht nie wieder sehen werde! Was für Veränderung, um sich im September in der Winterburn Lodge niederzulassen!"

„Ich nehme an, dass das Leben nicht nur aus Honig bestehen kann; wir müssen jetzt zu einfachem Brot und Butter zurückkehren", antwortete Lindsay philosophisch. „Aber ich werde dir ein Geheimnis verraten, um dich aufzuheitern. Monica sagt, ihre Mutter habe versprochen, dass sie dich und mich nach ihrer Rückkehr aus Italien bitten wird, einen Teil der Sommerferien im Manor zu verbringen. Aber sie möchte nicht Es ist uns wichtig, die anderen Mädchen sofort über die Einladung zu informieren."

„Wie herrlich entzückend!" rief Cicely mit leuchtenden Augen.

„Es ist noch ein ganzes Jahr her."

„Es macht mir nichts aus, solange ich daran denken kann, irgendwann einmal wieder hierher zu kommen und Monicas Besucher zu sein. Darauf kann ich mich freuen."

Der letzte Tag ist gekommen, wie es bei letzten Tagen immer der Fall ist, egal, ob man sich nach ihrem Kommen sehnt oder umgekehrt. Kisten waren heruntergebracht und verpackt worden, und Miss Russells Wäsche und Silber waren gesammelt und in großen Weidenkörben verstaut worden, die bereits auf die Reise nach London geschickt worden waren. Die auf der Fahrt geordneten Mädchen warteten nur auf das Wort „März!" zum Bahnhof starten.

Monica stand auf der Treppe, um sie zu verabschieden. Ihr hübsches, helles Gesicht und ihr üppiges kastanienbraunes Haar waren von der Eichentür eingerahmt.

„Ich werde euch alle schrecklich vermissen", sagte sie. „Es war mir eine große Freude, Sie hier zu haben. Bitte vergessen Sie mich nicht."

„Das werden wir wahrscheinlich nicht tun", antwortete Mildred Roper und sprach für sich und den Rest. „Wir haben herrliche drei Monate verbracht. Es waren eher Ferien als Schule. Ich denke, jede von uns wird sich bis zum

Ende ihres Lebens an dieses Sommersemester im alten Manor erinnern. Auf Wiedersehen!“